名家经典散文丛书

春天的旋律

（苏）马克西姆·高尔基　著
苏昀晗　译

江苏凤凰文艺出版社
JIANGSU PHOENIX LITERATURE AND ART PUBLISHING, LTD

图书在版编目（CIP）数据

春天的旋律 / (苏) 马克西姆·高尔基著 ; 苏昀晗译 . -- 南京 : 江苏凤凰文艺出版社 , 2018.4 （2024.2 重印）
（名家经典散文丛书）
ISBN 978-7-5594-0676-7

Ⅰ . ①春… Ⅱ . ①马… ②苏… Ⅲ . ①散文集 - 苏联 Ⅳ . ① I512.65

中国版本图书馆 CIP 数据核字 (2017) 第 134033 号

书　　名　春天的旋律

著　　者　（苏）马克西姆·高尔基
译　　者　苏昀晗
责任编辑　黄孝阳　王　青
出版发行　江苏凤凰文艺出版社
出版社地址　南京市中央路 165 号，邮编：210009
出版社网址　http://www.jswenyi.com
印　　刷　三河市双升印务有限公司
开　　本　880 × 1230 毫米　1/32
印　　张　9.25
字　　数　220 千字
版　　次　2018 年 4 月第 1 版　2024 年 2 月第 4 次
标准书号　ISBN　978-7-5594-0676-7
定　　价　69.80 元

目　录

人

>

一

每当我的心感到疲倦，过往的点滴就会唤醒久违的记忆，在心头泛起丝丝寒意。我的思想仿佛秋日孤冷的骄阳，照耀着当下杂乱的凡尘，不祥地徘徊在纷繁的人世间，无力上升，亦无能前行。每当我的心处于如此疲惫艰辛的时候，我总要将人的伟岸形象呼唤至身前。

人啊！我的胸间宛若升起了一轮红日，人在这炫目的阳光下从容前行，不断向上。悲剧般完美的人啊！

我看见他高傲的前额和那勇敢而深

邃的双眸，他的眼中闪烁着无所畏惧的思想的光辉，散发出庄严的力量，这力量可以在人颓废之时创造神明，又可以在人昂扬之际将神明摧毁。

他被丢弃在宇宙的荒野间，脚下的寸土正急速向无际空间的深处飞驰。他独自一人站在这块土地上，苦苦沉思着：“我为什么存在？”他勇敢地跨步向前，不断向上，要将沿途遇到的天地间的全部秘密揭开。

他不断前行，用心血浸润着脚下艰难、孤寂而又崇高的土地，用炽热的鲜血写下永不凋零的花儿的诗篇。他精妙地将内心的躁动、忧伤的呐喊谱成乐曲，用每一次经验创造科学，让自己的每一个脚印都点亮生命，如同太阳一般慷慨地将阳光洒向人间。他不断地向前，向上，他是大地的指路明灯。

思想的力量是他唯一的武器，它时而化为疾驰的闪电，时而变作冰冷的剑戟。自由而高傲的人阔步走在前端，高踞于生活之巅。他独自一人置身在自然的迷雾中，深陷在自己无尽的谬误里。这一切，沉重地压迫在他高傲的心头，伤害他的心灵，折磨他的头脑，激起他内心强烈的羞愧，召唤他将这一切消灭殆尽。

前进！人的天性在他胸间怒吼，自尊心反对地发着牢骚，如同蛮横的乞丐在讨要恩惠。错杂的情欲如同藤蔓一般吮吸着他的热血，缭绕着他的心扉，高声要求他让步于它们的力量。喜怒哀乐都试图掌控他，所有的一切都渴求成为他灵魂的主宰。

生活中杂乱的琐事如同脚下的污泥，又如路间丑陋的癞蛤蟆，阻挡他前进的步伐。

就像行星围绕着太阳，创造之魂的各种产物也将人紧紧缠绕：永远渴求的爱情，跟在远处一瘸一拐的友情，走在身前疲惫不堪的希望，还有那满怀愤怒的憎恨。它手上忍耐的镣铐正叮当作响，而信仰用乌黑的双眸凝视着他躁动的脸庞，等待着他投入自己平静的怀抱。

他知道这些可悲的随从，他创造的精神产物都是畸形的，弱小的，不完美的。

它们穿着旧真理的残破外衣，被各种偏见毒害，满怀敌意地跟在思想身后，却总也追赶不上思想飞跃的脚步，就像乌鸦永远追不上翱翔于天的雄鹰。它们同思想争论谁应居首，却鲜能与思想融汇为熊熊燃烧的创造之火。

这里还有人类永恒的伴侣，那静默又神秘的死亡总是如影随形，时刻准备着亲吻他那颗渴求生命的赤诚之心。

他知道这群永生的随从，同时，他还了解另一个产物——狂妄。

长着翅膀的狂妄，如同强大的旋风，满怀敌意地注视着人。它用尽全力鼓动思想，要把它拉入自己粗野的狂舞之中。

只有思想是人不变的女伴，他唯独与她永不分离，也只有思想的火焰能够照亮他前行路上的一切羁绊，拨开生命的谜团，散去自然的迷雾，点亮他内心混沌的纷扰。

思想是人自由的女伴，她总是敏锐地观察一切，并毫不留情地揭示真相：

“爱情施展着狡诈粗鄙的伎俩，想要占有操控自己的情人。她总是尽量贬低他人、委屈自己，然而，她的身后却隐藏着一张充满欲望的污浊面孔。

“怯懦无能的希望和紧随其后的谎言是一对亲生姐妹，身着盛装的谎言美艳无比，时刻准备着用溢美之词去安慰并欺骗众人。”

思想照亮了友谊这颗脆弱的心，那里面有它的小心谨慎，有它的残忍和虚幻的好奇心，还有妒忌生发出的腐烂的斑点，以及腐斑上滋长出的诽谤的胚芽。

思想看到了强大的憎恨的力量。她明白，只要摘下憎恨手上的镣铐，它必将世间的一切毁灭，就连正义的幼苗也绝不放过。

思想揭示了信仰呆板的真容。信仰不遗余力地攫取无尽的权力，渴求征服一切情感，将残暴的利爪掩藏。它沉重的双翼虚软无力，空洞的双眼视若无睹。

思想还同死亡搏斗。她把动物塑造成人，她创造了上帝，创造了哲学，开启了世界之谜的大门。自由而永生的思想反抗并仇视着死亡那无益却又愚蠢而凶狠的力量。

死亡相较于思想就是一个拾荒的妇人，她游走在偏僻的小巷，将腐烂又破旧的废物投进自己肮脏的口袋，也不时将完好结实的物品据为己有。

死亡浸渍着腐朽的臭气，身上覆着恐怖的尸布。她冷漠无声，毫无个性，总是如同一个严酷而粗鄙的谜一般立于人前。思想警惕地研究着她。富有创造力的思想，犹如明日一般闪耀，她充满了狂人的无所忌惮，骄傲地领悟自己的不朽。

躁动不安的人就这样阔步向前，他穿过生活那骇人的迷雾，勇往直前，不断向上。勇往直前，不断向上！

二

他感到了疲惫，脚步摇晃，呻吟不止。他惊恐的心在寻找着信仰，大声乞求爱情给予他温柔的抚慰。

软弱孵化出三只鸟儿：忧愁、绝望和苦闷。这恶毒而丑陋的鸟儿，在他心头不祥地盘旋，对着他忧伤地歌唱。它们唱道：他是一只渺小的昆虫，认知有限，思想软弱，他那神圣的骄傲更加可笑，无论他如何挣扎，终归要走向死亡。

在这虚伪而恶毒的歌声里，他那颗千疮百孔的心不住地颤抖，怀疑如针尖一般刺入他的大脑，屈辱的泪花在他眼中闪耀。

假使人忘记了自己的骄傲，死亡的恐惧就会把他威逼进信仰的监牢，爱情将绽放胜利的笑颜，将他揽入自己的怀抱。那高声许诺的幸福背后，隐藏着无力追寻自由的悲哀和贪婪专横的本性。

懦弱的希望与谎言沆瀣一气，对他唱起宁静幸福的赞歌，歌颂和解的平静安详。它们用温柔美丽的话语为困倦的灵魂催眠，将他推入甜蜜懒惰的泥潭，使他堕入烦闷的魔爪。

在浅薄情感的驱使下，他急忙将无耻谎言抛出的糖衣炮弹塞进大脑和心间。谎言公然宣称，人除了像牲口一般走回自己的安乐窝之外，再无其他出路可言。

但高傲的思想是人亲密的爱人，她同谎言展开了一场搏斗，战场就在人的心间。

思想像敌人一般追捕着人，像蠕虫一般不知疲倦地侵蚀他的头脑，像干旱一样占领他的胸膛，又像刽子手一样拷问他的灵魂。追求真理的苦闷，体悟人生冷酷而睿智的真理，是令人神清气爽的清寒，毫不留情地将人的心抓紧。寻求真理的道路虽然荆棘丛生，但透过昏暗的迷航已然清晰可见，如同思想培育出的一朵火红的鲜花。

但倘若人已被谎言的毒药侵害得无处可医，并忧伤地相信，世间最大的幸福莫过于物质和情感的满足，没有比衣食无忧、平静安乐更让人值得享受的事，那么思想将成为欢腾的战俘，她悲伤地垂下翅膀，闭目浅睡，任凭她的心意被人操控。

腐朽的粗鄙，无耻的苦闷的女儿，仿佛传播瘟疫的尘雾，铺天盖地地向人侵袭而来，她用刺鼻的灰色尘埃把人的头脑、心灵和双眼紧紧蒙蔽。

如若失去了骄傲和思想，人亦将失去自我，任凭那些弱点将自己退化成禽兽。

可一旦爆发激愤，唤醒思想，人便会重新上路，只身穿越自己谬误的荆棘，踏过疑虑的灼灼星火，踩着旧真理的废墟瓦砾，前进！

庄重、高傲、自由的人，英勇地注视着真理的双眸，对自己的疑虑宣告：

你们说我软弱无能，认知有限，这是一派胡言！我的认知在不断成长，我清楚地知道，它在我体内日益壮大！我从自己痛苦的程度感知它的成长，我知道，如若它停滞不前，我绝不会如今日这般苦痛。

我每向前一步，渴望更多，感受更多，看待事物也更为深刻，需求的快速增长正是我的认知在茁壮成长的见证！现在，它在我体内仿佛点点星火。也许你会说，那算得了什么。但星星之火可以燎原，将来我会成为黑暗宇宙中的灼灼火焰，我的使命便是点亮整个世界，熔化无尽的神秘之谜，寻求自我与世界的和谐统一，创建人的内在和谐。我要照亮这千疮百孔的大地，照亮纷杂昏暗的生活，将疾病、痛苦、悲伤和仇恨，将世间所有污浊连同死亡一起推入往昔的坟墓！

我的使命是解开谬误和过错编织的绳结，它们将怯懦的人们连接在一起，使他们变得血腥而丑恶，让他们成为相互蚕食的禽兽。

思想创造了我，为的是推翻、毁灭、踏平一切陈腐、局促、肮脏和歹毒的东西，用思想打造出新的坚固的基石，建立起自由、美好和人与人之间的尊重。

我是卑鄙懒惰的天敌，我要让每一个人都成为真正的大写的人！

一些人默默地从事着力不能及的奴隶劳动，只是为了让另一些人尽享饕餮，这样的生活毫无意义，可耻又可憎！

那些该死的成见和习惯啊，它们像粘滞的蜘蛛网，紧紧缠绕着人的头脑和生活，它们干扰人生，强迫思想，我定要将它们铲除！

思想是我的武器，我坚信思想自由、思想不朽，坚信思想的创造力永远在增长——这便是我力量的不竭源泉！

思想于我是黑暗生活中永恒的灯塔，也是唯一真实的坐标。思想是黑夜可耻谬误中的火光，我看到它愈发明艳，渐渐把无尽的秘密照亮。我在不朽思想的光辉中不断前进，不断向上。

在思想面前，天地间没有不可摧毁的顽石，也没有无法撼动的神坛。她可以创造一切，她拥有神圣而不可剥夺的权力，她能把一切阻碍她自由生长的事物倾覆。

我泰然地懂得，成见是旧真理的外衣，思想曾创造了旧真理，又亲自将其烧毁殆尽。当下缭绕于生活中的谬误的尘埃，皆是思想的火焰烧毁的旧真理的灰烬。

我还明白了，真正的胜利者并不是摘取胜利果实的人，而是那些坚守在战场上的勇士。

生命的意义在于创造，而创造是独立存在且永无止境的。

我在不断前进，只为燃烧得更加闪亮，彻底点亮人生的黑暗，而牺牲就是对我的褒奖。

其他的奖赏对我毫无意义：权力于我羞耻而无谓；财富于我沉重而愚蠢；荣誉于我亦是偏见和亵渎，它产生于人不知自重，源于妄自菲薄的奴颜婢膝。

怀疑！你们不过是思想喷溅的火星点点，她为了检验自身，才不吝余力地培育了你们，并用自己的力量将你们养大！

总有一天，我的情感世界将与不朽的思想融为一体，迸发出伟大而创造性的火焰。我将用这烈火把灵魂深处全部的黑暗、凶残烧毁，我将化身为思想已然创造并将长久创造的上帝！

一切源于人，一切皆为人！

就这样，庄严而自由的人重新昂起高傲的头颅，迈着从容而笃定的脚步，踏过陈腐偏见的灰烬，独自一人走在谬误灰暗的尘雾中。他的身后，是旧日乌云的尘埃，他的身前，无数的谜团正冷漠地等待着他去破解。

它们犹如苍穹中闪烁的群星，数不胜数，而人的道路，也从来没有尽头。

躁动不安的人就这样踏步前行，不断向上，勇往直前。

春天的旋律

幻想曲

我房间窗外的花园里，一群麻雀在光秃秃的槐树枝头激情洋溢地蹦来跳去，唧唧喳喳地聊个不停。一只德高望重的乌鸦蹲坐在邻家的屋脊上，一边倾听这些小灰鸟儿谈话，一边凝重地摇着头。浸满阳光的和煦的空气，把每一种声音都吹进了我的房间。我听到了溪流湍急的潺潺声，听到了枝叶轻轻摇曳的簌簌声，听懂了窗檐上鸽子们的柔情细语，春天的音乐就这样随着空气流进了我的心房。

“唧——唧唧！”一只老麻雀对它的

同伴说，“我们又把春天盼来了……难道不是真的吗？唧唧——唧唧！”

“哇，真的！哇，真的！”乌鸦庄重地伸长脖子，回应道。

我熟知这种稳重的鸟儿，它总是简明扼要地发表意见，而且不外乎是肯定的态度。它像大多数乌鸦一样，生性愚蠢，胆小怯懦。可它却在社会上占有重要的地位，每年冬天，它都会为那些潦倒的寒鸦和苍老的鸽子举办一些“慈善”活动。

我也了解麻雀，尽管它的外表看似轻浮，甚至是自由主义者，但本质上，它却是精明的鸟儿。它围着乌鸦跳来跳去，装出一副尊敬的样子，其实在内心深处，它深谙乌鸦的身价，时刻不忘讲上两三段乌鸦的黑历史。

窗檐上那只衣冠楚楚的青年公鸽，正热情地劝说一只娇羞的母鸽：

“咕，咕，你若不与我分享爱情，我就会悲伤而死，死——死掉。”

“您知道吗，夫人，黄雀来了！”麻雀报告说。

“哇，是真的！”乌鸦答道。

“它们来了，叽叽喳喳，飞来飞去，吵个不停，真是一群不安分的鸟儿！山雀也跟着来了……就像往日一样，嘻——嘻——嘻！昨天我开玩笑地问过一只黄雀：‘怎么，心肝儿，你们飞出来啦？’它竟无礼地回应我……这些个鸟儿，完全不尊重对方的官衔、品级和社会地位……我，也是七品文官麻雀……”

就在这时，屋顶的烟囱后面突然出现了一只年轻的公鸦，它低声报告道：

“出于本职，我留心听取空中、水里和地下一切生物的谈话，严密监控它们的举动。我荣幸地禀告诸位，你们刚才提到的黄雀正在大谈春天，它们竟敢期待自然界的革新。”

“唧，唧唧！”麻雀叫了一声，惶恐地望着告密者，可公鸦却善意地摇摇头。

“春天已经来过了，而且不止一次。”老麻雀说道，“至于自然界的革新嘛，这……当然……是好事，要是能得到主管部门的许可的话……”

“哇，是真的!”乌鸦赞赏地扫了对方一眼，说道。

“对于上述报告，必须补充的是，”公鸦继续说，“上述黄雀表示不满的借口，是提供给它们饮水的溪流……有些浑浊，其中有几只竟敢幻想自由……”

“嗬，它们向来如此!”老麻雀喊道，“这是因为它们年少无知，没什么危险的。我也曾年轻过，也曾幻想过……它……”

“幻想过……什么?”

“幻想过……宪，宪，宪，宪……”

“宪法?”

“只是幻想！仅仅是幻想过而已，先生！当然，是暗自想过……不过后来，这一切都过去了，出现了另一个‘她’，更现实的‘她’……嘻嘻嘻！您知道，这对麻雀是必要的，愉快的。嘻，嘻……”

“哼!”突然传来了威严的哼叫声。椴树枝上出现了一只四品灰雀，他慈爱地向鸟儿们行礼，吱吱呀呀地叫道：

“唉，先生们，你们难道没——没发现空气里有种气味吗?”

“是春天的气息，大人。”麻雀说。乌鸦讪讪地把头一歪，轻柔地嘎嘎了几声，像绵羊似的说道：

“哇，是真的!”

“嗯，没错……昨天，一只尊贵的世袭雕也对我说过同样的话。他说：‘哎，好像有什么气味……’我就回答道：‘让我们看一看，闻一闻，弄个明白。’有道理吧，啊?”

“当然，大人！完全有道理！”老麻雀毕恭毕敬地赞同道，“大人，凡事都应该等待，稳重的鸟儿总会等一等……”

这时，一只百灵从空中飞落，他停在花园里的融雪上，焦虑地跑来跑去，喃喃地说：

“曙光温柔地微笑，熄灭了夜空点点繁星，黑夜渐白，黑夜在颤抖。于是，夜晚浓重的漆黑，如同烈日下的寒冰，渐融渐消。满怀希冀的心啊，跳动得多么轻快，多么甜美，迎着朝阳，迎着晨曦，迎着光明与自由！”

“这……这是什么鸟儿？”灰雀眯起眼睛问道。

“是百灵，大人！”公鸦从烟囱后面严肃地回答。

“是诗人，大人！”麻雀恭敬地补充道。

灰雀斜眼睥睨着诗人，吱吱呀呀地说道：

“嗯，灰色的……下流货！他刚才好像在说什么太阳、自由，是不是？”

“没错，大人！”公鸦肯定地回答，“他在年轻的鸟儿面前煽风点火，想让他们心中都产生不切实际的希望，大人！”

“可耻！愚蠢！”

“完全正确，大人。”老麻雀附和道，“愚蠢之极！自由，是某种不明确的，应该说是不可捉摸的东西……”

“不过，要是我没记错的话，您似乎也煽动过它？”

“哇，是真的！”乌鸦突然叫了起来。

麻雀有些窘迫。

“是的，大人，确实有那么一次。不过，那是在可以减轻罪过的情况下。”

“啊？什么意思？”

“那是刚吃完午饭，大人。是——是在葡萄酒气的影响下，我是说，在它的压迫下，而且是有限制的，大人。”

“怎么回事?”

“我只是轻轻说了句‘自由万岁’，然后立刻大声地补充道，‘在法律限制的范围内!’”

灰雀看了乌鸦一眼。

“是的，大人。”乌鸦回答。

“大人，您要知道，作为一个七等文官，我是绝不允许自己对自由的问题采取认真态度的，这个问题根本就没有列入我的公职范围。”

“哇，是真的!”乌鸦又喊道。

无论肯定什么，对他而言都没有差别。

滚滚溪流沿着街道流淌而去，他们轻声哼唱着大河的歌儿，唱着自己在不久的将来，在道路的尽头，终会汇入大河之中：

“浩瀚、奔流的波浪将会接纳我们，拥抱我们，将我们带入大海。也许，太阳炙热的光芒又会将我们送至天空，之后，我们会在夜里化为寒露，从天而降，或是变成片片雪花，抑或是倾盆大雨洒落人间……”

太阳啊，春天灿烂、柔美的太阳，在明朗的天空之中，用饱含着热忱的爱和创造激情的上帝的笑容，微笑着。

花园的角落里，一群黄雀落在老椴树的枝头，其中一只黄雀正在向同伴激情洋溢地歌唱，唱着一首不知从哪里听来的海燕之歌。

鹰之歌

壮阔的海洋在岸边慵懒地叹息，它在浸满青色月辉的远方静静地睡去了。轻柔的银色海水与南方的蓝天交相辉映，一同沉沉地睡着了。海面上倒映着云朵羽毛般澄明的织锦，它们静静地漂浮着，并不遮掩群星金色的光纹。天空越来越贴近海面，仿佛想要听清楚，那些躁动的浪花迷迷糊糊地爬上海岸时，口中在喃喃私语些什么。

山上长满了被风扭曲得奇形怪状的树木，山峦将峰顶奋力一挥，送入了头上那片蔚蓝的荒漠中。在那里，它们仿佛被南方夜晚那温暖而柔和的烟雾所包围，尖锐的轮廓也变得圆滑而温润了。

山峦陷入了冥想。暗黑的阴影从山巅跌落在淡绿色的浪峰上，它们牢牢地裹挟着海浪，仿佛想要制止波浪的翻涌，想要静息海水不绝于耳的拍溅声和泡沫的哀叹声，这些声音打破了周遭神秘的静默，与静默相伴的还有隐匿在山峰下那片银青色的月辉。

“阿……阿拉……阿赫……阿……阿克巴尔！”纳德尔·拉吉姆·奥格雷轻轻地叹了口气。这是一位克里米亚的老牧羊人，个子很高，头发已经花白，皮肤被南方的骄阳晒得黝黑，是个很有智慧的干瘦老人。

我们二人并身躺在沙滩上，身边一块与母山分离了的巨岩上长满了青苔，这是一块忧郁、愁闷的岩石。海浪将泥沙和水藻抛向巨石，岩石面向大海的一侧挂满了这些东西，好似被一条细细的海与山的隔离砂带捆住了一般。我们的篝火照亮了岩石的这一侧，火光颤动着奔向山峦。火影幢幢，在布满深痕的古老岩石上奔跑。

我和拉吉姆正用刚捉到的鱼煮汤。我们两人都有同样的心境，仿佛世间的一切都是澄澈而富有灵魂的，都是可以让人深入体悟的。此时我们的心灵是那样纯洁、那样轻松，除了思考再无他求。

海水亲昵地拍打着堤岸，波浪温柔地低吟，那声音仿佛在请求我们允许它们靠近篝火取暖。在和谐的波涛声中，时不时蹦出一个更高、更淘气的音符，这便是勇敢地爬到我们身边的那朵浪花。

拉吉姆将胸膛紧紧地贴在沙滩上，面朝大海，两手拄着腮帮，深沉地望向昏暗的远方。厚厚的羊皮帽已经滑到了后脑勺，海风拂过他那布满皱纹的高高的前额。他开始喋喋不休起来，也不管我是否在倾听，仿佛只需要大海做他的听众：

“信奉上帝的人会升入天堂，那些不信奉上帝和先知的人呢？或许他们就在这片泡沫之中，或许他们就是浪花上的那些银色光点，或许……谁知道呢！”

一片月光随意地倾泻下来，波涛汹涌的昏暗海水被点亮了。月儿从茂密的山巅探出身子，深沉地将光辉抛向正在叹息的大海，洒在我们身旁的岩石和堤岸上。

“拉吉姆，讲个故事吧。”我对老人请求道。

“为什么？”拉吉姆并没有把头转向我，只是问道。

“什么为什么！我喜欢听你讲的故事。”

“我的故事都给你讲过了，没有什么可讲的了。”其实，他只是想让我恳求他，那我就求求他好了。

“你要真想听，我就给你吟一首歌谣吧。”拉吉姆同意了。

我很喜欢听古老的歌谣，他尽量保持歌谣独特的韵律，用一种阴郁的调子讲了起来：

一

游蛇爬上高高的山峰，盘踞在潮湿的峡谷中。它蜷缩一隅，眺望海洋。

旭日耀在高高的天空，山峦将暑气吹到天上，海浪击石，水花四溅。

泉水穿过漆黑的峡谷和激流，向大海狂奔，沿途飞石轰鸣。

山泉满身泡沫，灰白有力，它怒吼着劈开山峦，冲进海洋。

突然，在游蛇盘绕的峡谷中，一只苍鹰从天而降，它的胸膛受了重伤，翅膀上沾满了鲜血。它短促地低吼一声，坠落到地面，满带着无力的愤怒，用胸口去撞击坚硬的岩石。

游蛇吓得匆忙逃开，不过它很快就明白，这只鸟的生命只余下三两分钟。

游蛇爬到受伤的鸟身旁，对着鸟的双眼咝咝地说道：

“怎么，你快死了吗?”

“是的，我快要死了!”鹰深深地叹了口气，答道。

“我畅快地活过，我懂得了什么是幸福。我也英勇地战斗过，我看见过天空！你永远不会有机会那样近距离地欣赏它！唉，你啊，真是可怜!”

“你说什么，天空？就是那个空空荡荡的地方吗？我怎么会爬到那儿去呢！我在这里好极了，温暖又潮湿。”

游蛇这样回答着自由的鸟儿，在心里暗暗嘲笑鹰的荒诞。

蛇这样想：“是飞还是爬，又有什么不同呢！结局都是一样，终归会躺在土里，化为尘埃。”

这时，勇敢的鹰奋力抖动着翅膀，探起身子，凝望着山谷。

山泉从灰色岩石间滴落，阴暗的峡谷憋闷异常，散发出阵阵腐烂的臭气。

鹰聚集全身的气力，悲痛地哀鸣：

“啊，让我再直冲云霄吧！我要用仇敌来堵住我胸膛的伤口，用它来替我止血！啊，战斗的幸福!”

于是，蛇想：“此刻他如此痛苦，想必生活在空中一定非常快活!”

它建议这只自由的鸟儿：“你可以挪到峡谷边，跳下去，说不定翅膀就能把你托起，那样，你就可以在自己的领地多停留片刻了。”

鹰高傲地低吼，颤抖着爬向悬崖，它的利爪紧紧抓着岩石的泥土。

鹰爬到了峡谷边，奋力展开双翅，深深地吸了一口气，眼中闪烁着锐利的光芒。它，滚了下去。

它像石头一样，沿着峭壁坠落。它在极速下沉，折断了翅膀，散落了羽翼。

山泉的浪花拥抱着它，替它洗去身上的血迹，陪它奔流入海。

海浪发出阵阵哀鸣，怒吼着撞击岩石。鹰的尸首渐渐消失在壮阔的海面上。

二

游蛇盘绕在峡谷中，长久地思考着鸟的死亡以及鸟对天空的热诚。

它一直凝望着远方，那里永远用幸福的梦想来抚慰双眸。

“这只死鹰在那片无尽的荒漠中看到了什么呢？为什么它们这样的鸟儿，临死时还渴望在空中飞翔，哪怕这种热爱会深深地折磨自己的灵魂？它们在那里清楚了什么呢？其实，我只要飞上天空，哪怕停留片刻，便会全部知晓。”

蛇说完就这样做了。它把身子蜷成一环，往空中一跳，阳光下仿佛一条细带子在闪光。

爬行的动物是不会飞的，它忘记了这一点，重重地摔在了石头上。然而它并没有死，反而哈哈大笑了起来。

原来这就是在天空飞翔的美妙之处，这就是跌落下去的美妙之处！可笑的笨鸟！它们不了解土地，在大地上只会忧郁，它们渴望直冲云霄，在那片燥热的荒漠中寻求生活。那儿只是一片虚无，那里虽然满是光亮，却没有食物，也没有身体的支点。有什么可骄傲的呢？为什么要抱怨呢？为什么要用骄傲来掩藏自己疯狂的欲求，用抱怨掩饰自己对生活的无可奈何呢？可笑的笨鸟！不过，这些话再也骗不了我了，我全都明白了。我已经看到过天空，在空中飞过，也体验过跌落，但并没有摔死。现在，我更加相信自己了。就让那些不能热爱土地的人生活在虚妄之中吧。我懂得真理，我绝不会相信它们的召唤。我生长在土地上，我就要依靠土地而生活。

蛇骄傲地盘踞在岩石上。

海面水光粼粼，笼罩在一片灿烂的阳光之中，波涛汹涌着拍击海岸。

海浪用狮吼般的轰鸣唱响了傲鹰的赞歌，峭壁在它的冲击下瑟瑟发抖，天空在它的歌声中颤栗不休：

“我们为勇士的疯狂而歌唱！”

勇士的疯狂就是生命的智慧。啊，英勇的鹰啊，你在与仇敌的战斗中抛洒热血，总有一天，你的血滴会幻化成花火，在生命的黑暗中熊熊燃烧，在一颗颗勇敢的心中燃起对自由的渴求，对光明的向往。

你死去了，但在那些勇敢而坚毅的灵魂之歌中，你永远是不灭的榜样，你是对自由、对光明骄傲的召唤！

“我们为勇士的疯狂而歌唱！”

远处乳白色的海面静默不语，浪花哼着小曲在沙滩上翻滚。我默默地望着远方。大海上月光的银色光点越来越多，我们的小锅悄悄地沸腾了起来。

一朵浪花淘气地跳上海岸，吵闹着爬到拉吉姆的头边。

“你要去哪儿？快回去！”拉吉姆对着浪花挥了挥手，浪花恭敬地退回到海中。

拉吉姆把海浪当作人一样看待，这种怪异举动在我看来没有一丝的荒诞或者可怕。相反，我们周遭的一切都显得那样鲜活、柔软而又亲切。

大海是如此平静，海风拂过山峦，白日的暑气还未消散殆尽，从海面上吹来的新鲜空气里卷携着强大而含蓄的力量。深蓝色的苍穹中，群星的金色花纹勾画出某种庄严而醉人的情感，彰显着期待启示的甜美智慧。

万物都在打盹，却依然紧张而敏锐，仿佛下一秒钟一切都会精神焕发，合力奏响一曲妙不可言的和谐乐章。这些音符会将世间的奥秘唱响，让人类用智慧领悟，之后，再如熄灭鬼火一般，将智慧带进躯体，将灵魂高挂在暗蓝色的深渊。在那里，群星颤抖的花纹也将奏起启示的奇妙乐章，迎接灵魂……

草原上

我们离开彼列科普的时候，心里真是沮丧极了。我们饿得像狼一样，对整个世界充满了仇恨。在接下来的十二个钟头里，我们使尽浑身解数，只想偷点或是挣点什么东西充饥，但都没有成功。最后，我们什么也没办成，只得继续往前走。去哪儿呢？反正往前走就是了。

我们准备沿着早已熟谙的生活轨迹继续前行。我们早就在心里默默决定了，这些想法在我们饿得放射凶光的双眼中展露无遗。

我们一行三人，大家刚结识不

久，是在第聂伯河岸上赫尔松的一家小酒馆里碰见的。

我们当中有一个是铁路护卫队的士兵，后来好像做过线路工长。他一头红发，身材健硕，一双灰色的眼睛总是冷冰冰的。他会讲德语，还懂得很多监狱生活的知识。

我们这位兄弟并不爱过多地提及自己的往事，对此他或多或少都有充足的理由。我们彼此信任，至少从表面上是相互信任的，其实，在内心深处，我们连自己都没有充分信任过。

我们的第二个兄弟是一位瘦小的家伙，他总是略带怀疑地抿着薄嘴唇，说自己曾是莫斯科大学的学生，我和那位士兵也愿意相信这是真的。实际上，不论他以前是大学生、是侦探还是小偷，对我们而言都无关紧要。唯一重要的是，在我们相识的时候，他与我们是平等的——他在挨饿，在城里被警察关注，在乡下受到农户的怀疑，他怀着被欺辱的饿兽般的憎恨仇视着他们，并幻想着报复所有这一切。总之，不论从他在大自然的沙皇和生命的君主中所占的地位来看，还是就他自己的心境而言，他都是我们田野里生出的果子。

第三个人是我。由于我谦虚的本性，我决不会讲自己的长处，但也不愿在你们面前显得浅薄，所以缺点我要缄口不言。不过，我还是可以提供一些我性格的材料，可以说，我一向认为自己比别人高明，并且直至今日依然坚持这种想法。

就这样，我们离开了彼列科普，一直往前走。我们想打牧羊人的主意，想从他们那里要点粮食，他们极少拒绝路人的请求。

我和当兵的并排走着，那个“大学生”跟在我们身后。他的肩头搭着一件貌似短外衣的东西，那尖削的、被剪得光秃秃的脑袋上扣着一顶宽檐帽的残骸，一条缝着五颜六色补丁的灰裤子紧紧贴在他的瘦腿上。他把衣服衬子搓成细绳，把路边捡来的靴筒套在脚上，他管这个制品叫做草鞋。他默默地走着，踢起许多灰尘，同时闪着那双淡绿色的小眼睛。当兵的穿了一件红色的洋布衬衫，据说，这是他“亲手”在赫尔松得来的。他还在衬衫外面套了件暖和的棉背心，头带一顶颜色模糊的军帽，并按照部队的规定将帽檐斜扣在右眉上方。他打着赤脚，一条紧腿灯笼裤在腿上摇来晃去。

我也穿得破烂，光着脚。

在我们周围，草原像一个巨人伸展着臂膀向四面八方延展，无云的天空将蔚蓝而灼热的圆顶紧扣在草原上方，就像一轮硕大的黑色圆盘。尘土飞扬的灰色道路宛如一条宽阔的绸带，切断了草原，灼伤着我们的双脚。一片片鬃毛般刚收割的麦田，与那个当兵的久未修刮过的脸颊惊人地相似。

当兵的一边走，一边用沙哑的低音唱着：

“我们歌颂你神圣的复活……”

他以前在部队服役的时候，曾担任过类似营部礼拜堂诵经员一类的职务，因此知道相当多的赞美诗、诗篇和短颂歌。每当我们的谈话出现分歧的时候，他就会滥用自己这方面的知识。

前方，苍茫的天际出现了一些轮廓柔美、色调怡人的景物，看起来是由淡紫色渐变为微浅的粉红色。

“很明显，那就是克里米亚山。”“大学生”说。

“山？”当兵的惊叹道，“你这论断下得太早了，兄弟。那——是云。你看，多像加了牛奶的蔓越橘冻啊。”

我说，要是这些云真是果冻做的，那就太快活了。

“嗬，真见鬼！”当兵的啐了口唾沫，咒骂起来，“一个人影也没看到！一个都没有！就只能像冬天的熊那样舔自己的脚掌了。”

“照我说，应该往人多的地方走。”“大学生”抱怨道。

“照你说?”当兵的窜出火来，“就你有学问，就你会说。哪里有什么人多的地方？鬼知道，那种地方在哪儿!”

“大学生”紧抿着嘴唇，一声不吭。太阳落山了，天际的云团幻化成各种形状，都是无法用言语描绘的。周围弥漫着泥土和盐粒的气味。

这种干燥的气味闻起来竟激发了我们的食欲。

胃在隐隐作痛。这种感觉非常怪异，十分难受，就好像肌肉中的汁液全都慢慢流到什么地方蒸发殆尽，肌肉也就此失去了原本富有活力的弹性一样。一种干渴灼痛的感觉充满了口腔与咽喉，头也昏昏沉沉的，眼前不停闪动着黑色的星点。有时，这些黑点变成了几块冒着热气的肉，几个大面包。回忆赋予这些“往昔的幻影，无声的幻影”以各自特有的香气，这时候胃里简直像有一把刀在翻绞。

我们依然朝前走，相互描绘着各自的感受，同时目光锐利地紧盯着身边的每一个角落，想着会不会在哪儿突然发现羊群，或是谛听着有没有传来鞑靼人马车那尖锐的嘎吱声，他们可是要将水果运到亚美尼亚市场上去的。

然而，草原上空空荡荡，一片死寂。

在这么艰难的日子里，我们三个之前只吃了四磅[①]黑麦面包和五个西瓜，却走了四十里[②]路。真是极度的体力透支！在彼列科普市场上睡过去的我们，是被饥饿催醒的。

“大学生”满脸正气地劝诫我们不要睡觉，应该趁着夜黑做点什么。鉴于在体面的社会里并不适于公开谈论侵犯私有财产的计划，在此我就避而不谈

① 指俄磅，1俄磅等于409.5克。
② 指俄里，1俄里等于1.06公里。

了。我只是想如实地讲述，那些粗鄙的话对我并没有好处。我知道，如今在这个高度文明的时代里，人们的心肠变得越来越柔软了，就连当他们掐着自己亲人的喉咙，想要了结他们的时候，也要努力表现得尽可能地友善，并要遵守这种场合应有的一切礼数。我自己喉咙的经验让我不得不承认这种道德上的进步。我非常欣喜地肯定，世间的一切都在发展，都在改善。这种了不起的进步，在与日俱增的监狱、酒馆和妓院的数量上表现得格外突出。

就这样，我们吞下饥饿的口水，拼命用友好的交谈来遏止胃部的痛楚。我们走在空旷静默的草原上，淡红色的霞光一路相随。在我们前方，太阳悄悄沉进了被自己的光芒慷慨染红的轻云中。在我们身后和两侧，一片青蓝色的雾霭从草原升向天穹，将虚无的地平线变得更加狭小。

“伙计们，我们捡些东西来架篝火吧。”那个当兵的说着，从路边举起个木块，“我们得在草原上过夜了，有露水！干粪，随便什么树枝，全都捡来。”

我们跑到四周去捡枯草，找所有能烧着的东西。每一次，当我将身体弯向大地的时候，身体里就会产生一种强烈的欲望，想要扑下去吃这肥沃的黑土，拼命地吃，吃到再也塞不进去为止，然后睡去。哪怕永远也不再醒来，也要吃，要咀嚼，要感受到这热腾腾的厚浆从嘴里慢慢通过那干瘪的食道，落进想要吸食点东西的热滚滚的胃里。

“哪怕能找到点什么东西的根也好啊！”当兵的哀叹道，“有些根还是可以吃的。”

可这片被翻耕过的土地上什么根也没有。南方的夜来得那样快，太阳还没来得及消散它最后一抹光辉，星星已经在暗蓝色的夜空中闪烁了。我们周围的阴影聚拢得越来越密实，将这无边的草原收缩得更加狭小。

“兄弟们，”“大学生”小声说道，“那儿左边躺着一个人。”

“一个人?”当兵的怀疑地重复道，“他躺在那里做什么?”

“过去问问，说不定他有干粮呢。”

当兵的朝那个方向看了看，坚定地啐了口吐沫。

“过去看看!”

只有“大学生”那锐利的绿眼睛能分辨出，大约五十丈[①]的路边突出来的黑堆是一个人。我们踩着耕地上的土块朝他快步走去，此刻心中对食物的渴求更加剧了饥饿的痛楚。我们已经走得很近了，可那人一动也不动。

“很可能不是个人。”当兵的阴沉地说出了大家心里共同的想法。

不过我们的疑虑很快便消失了，因为地上的那堆东西突然动了起来，慢慢变大。我们这才看清，他果然是一个活人。他跪在地上，朝我们伸出一只胳膊，用沙哑的嗓音颤抖着说道:

“不要过来，再过来我就开枪了!”

昏聩的空气里突然响起一声干裂短促的枪声。我们像接受命令一般突然站住，这不友好的迎接让我们错愕地沉默了好几秒。

“真是个混——混蛋!”当兵的饶有深意地喃喃自语。

“没错，”“大学生”若有所思地说，“带着手枪上路，肯定是条有卵的鱼。”

“喂!”当兵的喊了一声，显然，他已经下定决心。那个人并没有改变姿势，默不作声。

“喂，你!我们不碰你，只要你把面包给我们。有吗?给吧，兄弟，看在上帝的份上!该死的，真是混蛋!”

最后一句，他的声音轻得只传到了自己的胡子里。那个人还是不出声。

“听见了没有?”当兵的嚷了起来，听得出他已经被愤怒和失望折磨得发颤

① 指俄丈，俄国旧长度单位，合2.134米。

了，“说，给面包！我们不走过去，你把面包扔给我们！”

“好。”那个人短促地说。

此时，他就算是对我们说“我亲爱的兄弟们”，或是在这几个字中注入最神圣最纯洁的情感，也远比不上这个简短粗暴的“好”更能唤醒我们，使我们恢复人性。

“善良的人啊，你别害怕我们。”当兵的面带微笑，轻声细语地说道，尽管那个人根本看不到他的笑容，因为他离我们至少有二十步的距离。

“我们都是老实人，从俄罗斯到库班去，钱都花光了，能吃的东西也吃完了，已经两天没有进食了。”

“接着！”那个好心人说着，手往空中一挥，一块黑色的东西忽地一闪，落在了我们不远处的耕地上。“大学生”冲过去捡了起来。

“再接着！这回没有了。”

当“大学生”把这珍贵的礼物聚拢在一起时，我们知道自己有了四磅的全麦面包。面包上粘着泥土，而且很硬。硬面包比软的更容易吃饱，里面的水分少。

“一份，一份，再一份！”当兵的聚精会神地分着面包。“等一下，分得不均匀！你看你，有学问的，应该掐一小块下来，不然他就少了。”

“大学生”并没有争辩，他屈从地损失了大约五所洛特尼克[①]重的面包，我接过来，放进了嘴里。

我开始嚼它，慢慢地嚼，勉强克制着想要压碎石头的牙床痉挛性的抽动。我感受着食道的抽搐，感受着它一点一点得到满足。这暖暖的、无以言说的美味一口口地进入胃里，似乎立刻化作了鲜血和脑髓。快乐，一种莫名的、宁静

① 所洛特尼克：旧俄重量单位，等于4.266克。

的、复苏的快乐，温暖了我的心，就像食物温暖了我的胃一样。我忘记了过去那些该死的忍耐饥饿的日子，也忘记了和我一样沉浸在享受中的伙伴。

然而，当我把手里最后几块面包放进嘴里的时候，想吃的欲望依旧强烈。

“他那儿，这个该死的，肯定还留了什么油或是肉之类的。”当兵的坐在我对面的地上，摸着胃抱怨道。

“有可能，那面包上就有肉的味道，说不定，面包也还有。”“大学生”说完，又悄悄地补了一句，“要是没有手枪……”

“他是什么人呢?”

“显然是跟我们一样的人。”

“是条狗!”当兵的说。

我们紧紧地团坐在一起，望着有手枪的恩人坐的地方。那里没有发出一点儿声响，也没有任何生命的迹象。

夜在四处聚集黑暗的力量。草原上死一般的寂静，静得我们能听到彼此的呼吸声，时不时，还会从哪里传来黄鼠哀怨的叫声。繁星，这苍穹的鲜花，在我们头顶闪耀。我们想要吃。

现在，我可以骄傲地说，在那几个可怕的夜晚，我并不比那两个偶遇的同伴坏，也不比他们好。我提议大家站起身去找那个人。我们不用动他，但可以把找到的东西吃个精光。他要是开枪的话，就让他开好了！反正三个人当中只能打中一个，就算是打中了，那连发手枪的子弹也很难致命。

“我们走!”当兵的跳起身说。“大学生”起来得慢了一点。

于是，我们朝他走去，几乎是跑着去的。“大学生”勉强跟在我们身后。

“伙计!”当兵的不满地对他喊。

迎接我们的是沙哑的抱怨和扣动扳机时发出的刺耳的声音。于是，火光一闪，响起了干裂的枪声。

“打偏了！”当兵的快活地喊着，一下就跳到了那个人跟前，“喂，鬼东西，我看你敢……”

“大学生”扑到了背包上。

那“鬼东西”却跪不住了，仰身倒了下去。他两手一摊，发出嘶哑的呻吟。

“见鬼！”当兵的惊了一下，他抬起脚，想要给那个人一下子。

“难道是他自己在哼哼吗？是你！你怎么了？喂，你不是打中了自己吧？”

“有肉，有饼，还有面包……东西多着呢，兄弟们！”“大学生”惊喜地大声喊道。

“哈，见鬼了，你自己喘吧，我们要去吃东西了。”当兵的嚷道。我从那人手里拿走了枪，他已经不再呻吟，只是躺在那里一动不动，手枪里还有一颗子弹。

我们又开始吃了起来，一声也不出。那人躺在地上，不做声，就连四肢也一动不动。我们根本没有理会他。

“难道，我的兄弟们，你们这么做只是为了面包吗？”突然有个嘶哑而颤抖的声音传了过来。

我们抖了一下。“大学生”甚至被呛到了，弓着身子咳嗽起来。

当兵的嚼完了一块面包，骂道：

“你这人面兽心的家伙，让你像干木头一样裂开才行。你以为我们会剥你的皮吗？我们要你的皮有什么用！你这蠢材的嘴脸，下流的灵魂！呸，还开枪杀人，真是混蛋！”

他一边骂一边吃，以至于咒骂都失掉了生动和力量。

“你等着，等我们吃完了，再来跟你算账。”“大学生”不怀好意地嘀咕道。

这时，寂静的夜空中响起了让我们战栗的哀嚎。

“兄弟，难道我想这样吗？我开枪……只是因为害怕。我从新阿冯来，要去斯摩棱斯克。天啊，热病却缠上了我，太阳一落下去，我的灾难就来了！我就是因为热病才从新阿冯离开的。我本在那里做木匠，是个细木工。我的妻子和两个女儿还在家里，我已经有三四年没见过她们了……兄弟们，都吃了吧……”

“我们会吃光的，不用你请。”“大学生”说。

“上帝啊！我要是知道你们都是些善良的老实人，怎么会开枪呢？可是在这种地方，兄弟们，在这草原上，夜黑风高的，能怪我吗？”

他边说边哭，说得准确些，是发出一声声颤抖、恐惧的哭号。

“怎么就哭哭啼啼的！”当兵的一脸鄙视地说。

“他身上肯定带着钱呢。”“大学生”突然说。

当兵的两眼一眯，对着他笑了一下。

“你啊，还真机灵。来吧，咱们先生起火来，睡吧。”

“那他呢？”“大学生”问。

“让他见鬼去吧！我们还要烤他不成？”

“倒应该这样。”“大学生”摇了摇他的尖脑袋说道。

我们跑去把柴火重新堆起来，刚才被细木匠的叫声吓住时，我们把柴火都丢在了路上。很快，大家就围坐在篝火旁了。火在无风的黑夜里悄悄地燃烧着，照亮了我们占据的这一小块地方。我们渐渐犯起了困意，尽管还可以再吃一顿晚饭。

“兄弟们！”木匠招呼我们。他躺在离我们三步远的地方，时不时还能听到他低声的自语。

“干什么?”当兵的说。

“可以让我到你们……的火堆那儿吗?我快要死了，骨头疼得要命!天啊，我已经回不了家了。”

“爬过来吧。”“大学生”应允道。

细木匠像是怕失去一只手或一只脚一样，慢慢地拄着地面爬到火堆旁。这是一个身材高大、瘦得吓人的家伙，他身上的各个部件好像都在晃荡着，那双浑浊的大眼睛里写明了正在折磨着他的病痛。他扭曲的脸瘦得见骨，在火光的照射下透出一种死人的土黄色。他全身战栗，让人对他产生了一种蔑视的怜悯。他把那双干瘦的大手靠近火堆，来回揉搓自己皮包骨头的手指，指关节笨拙、缓慢地弯曲着。总之，他就是让人嫌恶。

“你怎么变成这个样子的?是步行的，舍不得花钱?”当兵的一脸不悦地问道。

“别人建议的，叫我不要走水路，改走克里米亚，说空气好。可我现在走不了了，我就要死了，兄弟们!独自一人死在草原上，被鸟啄光，谁也不知道。妻子、女儿都会等我，我给她们写过信的。我的骨血会被草原的大雨冲走……天啊，我的天啊!”

他像一只受伤的野狼在悲痛地哀嚎。

“啊，鬼东西!”当兵的气得跳了起来，“你怎么抱怨个没完呢?能不能让人安静一会儿?你要断气了吗?那就快断气吧，好赶快闭嘴!”

“我们睡吧，”我说，“你呢，要是想在火堆旁呆着，就别叫唤，真的。”

“听见了吗?”当兵的恶狠狠地说道，“喂，放明白点，你以为你给过我们面包，对我们开过枪，我们就要照顾你吗?你这个哭丧鬼!要是碰到别人……

呸!”当兵的不再说话，躺在地上睡了。

“大学生”已经躺着了，我也躺了下来。木匠吓得缩成一团，慢慢靠近火堆，一声不吭地望着火。我听见他牙齿打颤的声音。“大学生”躺在左边，蜷着身子，好像一下子就睡着了。那个当兵的头枕着双臂，望着天空。

“这是多美的夜晚啊，那么多星星……”他靠向我，“天空是一条毯子，并不是天空。朋友，我爱这种流浪的生活，虽然充满了寒冷与饥饿，却是无比的自由。没有人是你的长官，就算你想要打碎自己的脑袋，也没人会多说一句。这些日子，我挨过饿，发过火，可现在却躺在这儿，望着夜空。星星对我眨着眼睛，仿佛在说：‘没关系，拉古金，去吧，去长长见识，在这个世界上，不要向任何人屈服。’我心里很快活，你呢，你怎么样？嗨，细木匠！你不要生我的气，也不要害怕。我们是吃了你的面包，这有什么大不了的，你有面包，我们没有，所以就吃了你的。可你呢，你这个野蛮人却对我们开枪，你难道不知道子弹是会把人打伤的吗？我刚才实在被你气急了，要不是你自己摔倒了，我一定会为你的无礼狠揍你一顿。至于面包嘛，你明天到彼列科普再买吧，反正你有钱。你这个热病得了很久了吗？”

当兵的低沉的说话声和病木匠颤抖的呻吟声在我耳边响了很久。夜，昏暗的几乎是漆黑的夜，降临到地面，越来越低。一股清新而湿润的空气灌进了我的胸中。

火堆里散发出平稳的光和怡人的暖意，我的眼睛闭上了。

“起来！快，我们走！”

我诧异地睁开眼，迅速蹦了起来。当兵的用力拉住我的手，帮我站稳。

“快，快走！”

他的脸上满是焦虑和严肃。我看了看周围，太阳正在升起，玫红色的晨曦照在木匠僵硬铁青的脸上。他张着嘴，眼球高高地凸出眼眶，目光全无神智，充满了恐惧。他胸前的衣服被撕破了，躺在地上的姿势很不自然。“大学生”已经不在了。

“喂，看够了吧！我说，快走！”当兵的拽起我的手，威严地说。

“他死了？”我问道，清晨的冷气让我不由地打了个寒颤。

“当然了，他要是勒你，你也会死啊。”当兵的解释说。

“他，是‘大学生’？”我喊道。

“那不然是谁？是你，还是我？就是那个有学问的，很巧妙地解决了这个人，还把同伴扔在了陷阱里。早知道这样，我昨天就把那个‘大学生’弄死了。一下就能弄死他，冲着太阳穴打一拳就行了，那样世界上就能少个恶棍了！你明白他做了什么吗？我们现在要赶快离开，不能让人在草原上看到我们，懂吗？今天人们就会找到木匠的，他们会发现，木匠被人勒死了，还被洗劫一空，他们肯定会把账算在我们这种人头上的。从哪里来？在哪里过的夜？就算你我身上什么也没有，可手枪还在我怀里。混蛋！”

“你快把手枪扔了。”我对当兵的说。

“扔了？”他想了想说，“这可是值钱玩意儿，说不定我们不会被抓到呢？不，我不扔，谁知道木匠身上有武器？我不扔，这东西值三个卢布呢，里面还有一发子弹。唉，我真该把子弹打进我们亲爱的同伴的耳朵里去！这狗东西，抢去了多少钱啊！该死！”

“还有木匠的女儿们呢。”我说。

“女儿？什么女儿？哦，这个人的……她们会长大的，反正也不会嫁给我们，说她们干什么。走吧，兄弟，快点！咱们去哪里？”

“我不知道，哪儿都一样。”

“我也不知道，反正去哪儿都一样。那就朝右走吧，海应该在那边。”

我们朝右走了。

我回头看了一眼，远处的草原上突立着一个黑色的小堆，上面闪耀着太阳的光辉。

“你是在看他有没有活过来吗？别担心，他不会站起来追我们的。那个有学问的人，显然是有一手的，解决得很彻底。嗬，这个好同伴，可把我们害惨了！唉，兄弟，人都变坏了，坏人一年比一年多啊！”当兵的悲哀地说。

草原，静默的旷野上，洒满了清晨明艳的阳光，它在我们周遭延展，在地平线上与天空交融。在明朗、柔善、慷慨的光芒下，在这片顶着蓝色苍穹的自由的沃野中，在这块伟大而辽阔的土地上，仿佛一切黑暗、任何不平事都永远不会发生。

“真想吃点什么，兄弟！”我的同伴卷着烟说。

“我们今天吃什么，在哪儿吃，怎么吃？”

这是一个问题！

……

这个故事的讲述者，我隔壁床的病友，就这样结束了他的故事。他对我说：

“就这样结束了。我跟这个当兵的处得很好，我们一起走到了卡尔斯省。这家伙很善良，而且阅历丰富，是一个典型的流浪汉，我很尊重他。直到小亚细亚，我们都在一块儿，可后来就失散了。”

“您还会想起那个细木匠吗？”我问。

“就像您看到的，或是听过的……”

“那样，没什么吗?”

他笑了。

“这件事，我该有什么感觉呢？他的遭遇并不是我造成的，就像我的遭遇里也没有你的责任一样。而且，任何人在任何事情中都没有罪过，因为我们全都一样——都是畜生。”

书

公园里，一栋旧式小别墅的墙根下，堆放着从屋里清理出来的垃圾。在那堆垃圾里，我看到了一本残破的书。看得出，它在这里已经躺了很久，经历了秋季的雨打和冬日的寒霜，上面覆盖着棕色的松针和去年枯黄的落叶。现在，被泥污粘合的书页已经被春日的骄阳晒干，再也辨认不出模糊的字迹了。

我用脚尖踢踢它，便走开了。我想，也许这是一本倾尽了作者心力的好书，有不少人读过它，为它感动，为它争论，并从此学会了思考。也许，这本书里凝聚着新的思想，在孤寂冷漠的时刻，温暖过许多人的心。

我回忆着自己的青少年时代，书籍曾是我多么珍贵的朋友。在伏尔加河与顿河相接的小火车站里度过的时光，尤其深刻地出现在我的脑海。

小车站建在一片灰草稀疏的草原上，那里空旷、寂静，只有冬日暴风雪的哀嚎才能打破那里的沉寂。夏天，车站上蚊蝇嗡嗡抱怨。在那片红褐色的草原上，黄鼠轻声打着口哨，像是在嘲弄着什么。被暑气弄得混沌的天空里，几只老鹰和白头鹞默默地盘旋。

那时，从月台向草原眺望，总能看到空旷的原野中，沉重的雾气在远方浮动。丘冈上，几只黄鼠站在自己的空穴旁，举起它那灵活的前爪，凑在尖嘴旁，像是在祈祷。除了它们，再也看不到其他生物。草原是那么荒凉空旷，寂寞的愁重重地压在它的心头。

偶尔有几个毛发浓密的牧羊人经过，长得像画中的隐士一般。他们赶着羊群，从南向北行进，寂寥的草原上传来他们奇怪的叫声：

“离亚——奥！离亚——唔……”

一阵风吹过，将灼热的细沙吹散在车站上，带来大鸨凄凉的咕咕声和啮鼠的吱吱声。随后，车站又恢复了平静。生活仿佛是一场没有穷尽的梦。

在草原的谷底，隐匿着几个哥萨克人的村落。车站后面，距伏尔加河大约五俄里处，有一片贫瘠的土地，别斯基村就坐落在那里。冬天的时候，总有些手脚麻利的姑娘从那儿到我们车站来打扫路上的积雪。可是，一入夜，她们的父兄就溜进站里偷木板当柴烧，还偷车厢里的货物。

炎热的夏夜总是特别难熬，人们呆在拥挤的房间里，根本喘不上气，闷热和蚊子搅扰得人们无法入眠。站里的人全跑到月台上，烦躁地走来走去，无聊了就吵两句嘴。起伏不休的哈欠声，对失眠和生病喋喋不休的抱怨声，还有那些可笑的提问，都惹得值班人员大为光火。院子里，女人们穿着白色衣衫，打着赤脚，披头散发，像是在梦游一般。人们用潮湿的柳枝生起了篝火。在没有风的夜里，篝火的烟雾向天空升腾，仿佛一根灰色的木柱。尽管如此，却还是驱不走蚊蝇，这些蚊子生在伏尔加河的死水湾中，它们云团一般成群结队地飞到这里，在燥热的草原上折磨人们，自己也奔赴死亡。

深沉的静默中，远远地，仿佛从地下的什么地方传来了沉重的轰鸣。那轰鸣越来越响，最后把车站淹没在了钢铁的隆隆声中。铁轨在吟唱，灯光在摇曳。有人睡眼惺忪地说道：

“十三次进站了。”

草原的尽头，一道红光刺穿了黑暗的外皮，划伤了黑夜。那模糊的光点沿着大地慢慢散开，仿佛是流淌的鲜血。红光缓缓逼近，分成两道，又变为一对残酷的黄眼睛，狂怒地颤抖着，似乎是某个凶残的怪兽，从黑夜的深处向车站的三间小屋爬来，威胁着它们的生命。你也知道，虽然这只是一列货车，但人们总要把它想象成别的东西，哪怕是狰狞的怪物。

客运列车从站台匆匆驶过，它只会加重生活的停滞感，让人越发察觉必须摆脱这样的生活。列车只停留一分钟，有些人透过车厢的小窗在四处张望，他们看上去就像是一幅幅镶在镜框里的肖像画。女人迷离的眼神，犹如黑夜中的火光灼灼闪耀，那转瞬即逝的笑脸，如一道道温暖的阳光颤动你的心房。

愤怒的汽笛划过，列车在缭绕的蒸汽里徐徐向前。车窗中的面孔幻化为怪异的形状，一同朝那个方向延伸。

很快，你就会习惯这种一闪而过的生活。每天从你身旁驶过的是同样的司机、司炉、乘务员，恍惚中，你会觉得所有人都是一样的，就像蚊子一般无法分辨。

车站上有十一个人，其中四个是有家庭的。大家仿佛生活在透明玻璃当中，无论你愿不愿意，每个人都了解所有人的一切，每个人都仿佛赤身裸体地生活。为了排解寂寞，人们刻意去忏悔，去坦白，一有机会就当众将自己的全部倾诉无遗。

人们打牌、酗酒，有时喝醉了、无聊了，就会发疯一般，野蛮地互相伤害。

一天傍晚，更夫科拉马连科，一个年轻帅气的小伙子，走到加油工叶戈尔申家窗下。这个加油工是个虔诚的老头，已经谢顶了，他娶了一位身材高大、沉默寡言的哥萨克孤女。小伙子走到窗下脱光衣服，对着窗子大喊：

“叶戈尔申，出来，老狗！快出来，把衣服脱光，让你老婆看看，谁更漂亮！”

哥萨克女人刚洗完衣服，端起一舀开水，冲着他的胸脯泼了过去。小伙子大叫一声，向草原逃去，叶戈尔申却拿起螺母扳手，冲着老婆就打。人们救下那女人，想送她去城里的医院看看，但哥萨克女人拒绝了。

“不用了，都是我的错，谁叫我那么友善地看着他呢。”她躺在院子里，身上裹着沾了血的破布条，瞪着那双蓝色的眼睛，伸着小舌头不停地舔舐嘴唇。

后来，她悄悄问了两次：

“我把他烫疼了吧？”

“噢，真是不害臊。”姑娘们悄声议论着。叶戈尔申把自己锁在屋里，跪在肥皂水中祈祷。人们从窗子里瞧他，咒骂着这个老头儿。

第二天一早，科拉马连科结清了账，离开车站向顿河那边去了。他高昂着头，沿着铁路异常笔直地前行，就像是一个正在接受检阅的士兵。

几天后，叶戈尔申也调到别的车站去了。

“嗨，兄弟，这下帮不到你了。”副站长克尔杜诺夫与他告别时说道，“应该把你调到地底下去，除了地下，没有地方能躲避苦难。”

彼得·伊格纳季耶维奇·克尔杜诺夫是个怪人，他总是半醉半醒，絮絮叨叨。也许，他对生活是有自己独到的见解的，但他表达不清楚，好像是不想被别人理解似的。

他长得十分瘦弱，总爱摇晃着那头卷翘的红发，垂下金色的睫毛，遮住那双灰眼睛，询问我们——我、过磅员还有我的同伴——有些驼背、脾气暴躁的报务员尤金：

“伙计们，你们为哪位上帝服务啊？有趣极了。”

或是自言自语：

“难道我生来就是喂蚊子的吗？”

我和报务员经常热烈地谈论未来，他却嘲笑我们道：

“有趣极了！如果你们问我十年后的今天将会发生什么，我肯定会告诉你们同现在一样。那么，再过二十五年呢？那时，还是一样。”

当我和尤金读起斯宾塞[①]的书时，他问道：

“是英国人吗？”

“是的。”

“那些全是胡扯，英国人从来不说真话。”

然后，他就再也不听我们读斯宾塞的书了。

有时，克尔杜诺夫会莫名其妙地固执起来。他一面捻着小胡子，一面用神

① 赫伯特·斯宾塞(1820—1903)：英国社会学家，“社会达尔文主义之父”，他提出把进化论中适者生存的理论应用在社会学上。

经兮兮的语气极力劝服我们，想让我们承认《潘·特瓦尔多夫斯基》[1]写得比《浮士德》要好，还说屠格涅夫以前是马贩子。有时，他高举着右手，叫嚷道：

“我们所有的作家都不是俄罗斯人：普希金是阿拉伯人的儿子，茹科夫斯基[2]是土耳其人的后代，莱蒙托夫[3]是英国人，别的俄罗斯作家也全都是私生子。”

他是图尔盖区一个神父的儿子，在坦波夫的神学院上过学。

“我学会了喝酒，然后就去喀山读大学了。”他讲道，那双灰色的眼睛闪着绿光，“我稀里糊涂地穿上了教授的大衣，戴上礼帽，然后又把这身行头换了酒，有趣极了。后来，他们让我离开大学，我便走了。五年来我经历了许多事，莫名其妙地结了婚，从那以后，就刹车了。”

后来，妻子离开了他，他独自带着六岁的女儿生活。那女孩性格沉静而严肃，像个大人。她凝滞而苍白的脸庞藏在金色的卷发中，深色的眼眸看什么都是全神贯注。尽管她很少笑，可站上的人还是特别喜欢她，那是一种敬畏谨慎的喜欢，男人们在她面前会压低咒骂，女人们以她为榜样教育自己的孩子。

“你看，薇拉奇卡多乖巧懂事。”

薇拉·彼得洛夫娜，父亲总是连名带父称[4]一起招呼女儿。他对女儿的态度让人很是费解，既充满了好奇，似乎又有些惧怕，还隐藏着一种敌意。

火车头在局促的轨道上运转。从顿河或是伏尔加河驶来的列车就要进站

---

① 《潘·特瓦尔多夫斯基》：波兰民间传说故事，被认为是波兰版的《浮士德》。

② 茹科夫斯基(1783—1852)：俄国浪漫主义诗歌的奠基人，代表作有《傍晚》、《十二个睡美人》、《斯薇特兰娜》等。

③ 莱蒙托夫(1814—1841)：俄国作家、诗人，是普希金之后才情最高的俄国作家之一。代表作有长诗《恶魔》、长篇小说《当代英雄》、诗剧《假面舞会》等。

④ 俄罗斯人的名字由名、父称和姓氏组成。

了，可薇拉·彼得洛夫娜用白头巾裹住金色的卷发，依然不紧不慢地穿过铁轨，她那双穿着红线袜的纤细的小腿在火车头间时隐时现。她是要去荒凉的草原上采野花，手中还握着柳枝追赶黄鼠。

父亲从车站的窗口或是月台上紧盯着她，他咬紧嘴唇，金色的睫毛遮住了充血的眼睛。

“不要再让她到铁轨上去了。”人们对他说。

可他却若无其事地回答：

“没事，她小心着呢。”

你看，她常常一个人跑到离车站一俄里的荒野中，在那片奇花异草间徘徊。她越来越不喜欢自己的父亲，不喜欢车站和大家，不喜欢这种半梦半醒的空虚的生活。

她不止一次在夜里跑到我家来，从头到脚裹着一件灰色的披肩，就像一只蝙蝠。她语气慌张，内心镇定地对我说：

“快来，我父亲又要醉死了。”

我一把抓起她的手，就往克尔杜诺夫家跑。

他躺在地上，全身发青，脸已经浮肿了，一双眼睛胀得鼓鼓的，就像是一个溺死的人。我给他灌了几滴氨水，他又活了过来，在一旁哼哼。小女孩异常平静地问道：

“还不会死吧？”

然后，她坐到父亲旁边，抚摸着他粗糙的脸说道：

“看，酒鬼多么不幸啊！”

尤金格外喜欢这个小姑娘，他总是幻想说：

“我要是有母亲，或者哪个傻女人愿意嫁给我这个驼背，我就会收养薇拉奇卡，她怎么能跟着克尔杜诺夫呢?”

他脾气暴躁，还有点悲观，可他的内心深处却充满了对美好生活的向往以及对人们柔情的怜悯。

“人们真是可怜!”夜里值班的时候，每当我们读完一本书，他都会叹息道，“人们真是可怜!”

他把这份情感徒劳地倾注在照顾醉汉和病人身上，他还去调解家庭纠纷，给同事、铁路报务员写鼓励信，劝这个结婚，劝那个拉小提琴，劝人去托尔斯泰移民区。

我曾经为此嘲笑过他，可他却锐利地反驳道:

“不然怎么办呢?在这样冰冷的生活里还能做什么呢?”

我们两人都酷爱读书，一有空闲时间，就不分昼夜贪婪地阅读。书籍是一道光芒，为生活在死气沉沉的虚无中的我们照亮了一个生机勃勃的世界。

我们如饥似渴地阅读，很快就读完了伏尔加到顿河之间六个车站里的所有书。一种精神上的饥荒降临了，这种痛苦只有生活在我们如此空虚的国度，被一马平川的无尽空虚压抑得窒息的人才能体会。生活无所寄托，这大概是我所体味过的最可怕的感受。

我们四处寻找好书，可是除了奥克列伊茨[①]的小说、一本旧《田野》以及几本这一类乏味的读物之外，再无所获。

克尔杜诺夫嘲弄我们道:

“怎么，伙计们，要憋过气了?有趣极了!”

---

① 奥克列伊茨(1836—1922):俄罗斯作家、文学评论家，作品有《旧世界的地主:西部随笔》、《我是如何逃过绞刑架的》等。

有一次，他一副同情我们的样子，提议道：

“我在卡拉奇有个熟人，他是订杂志看的，要不要我问他借几本?”

我们便开始央求他，他笑着同意了。几天后，列车的乘务员给克尔杜诺夫带了一个包裹，还有一封信。

“喏，杂志来了!”克尔杜诺夫说道，得意地挥了挥手中的包裹。可等他读完了信，便咬住胡子四处看了看，把包裹塞在腋下，紧紧夹着它。

“喂，快拿过来。”尤金裂开大嘴开心地笑着。

克尔杜诺夫耸了耸肩膀，打起了官腔：

“来得及，抢什么!”

尤金惊得退了一步，他们是好朋友，克尔杜诺夫从来没这么粗暴地对他说过话。

“我大费周折弄来的，一定要第一个看，你们等我看完吧。”克尔杜诺夫态度冰冷，气哼哼地补充道。

这下可把我气坏了，以前都是大家一起看的，要么就大声朗读出来，要么就把书放在报务室，谁有空便拿来看。

“你摆什么架子?”尤金质问道。克尔杜诺夫更生气了，嚷着：

“出去！我看书是为了放松精神，可不是为了吵架和胡说八道。读书需要安静，可你们总是讨论个没完，为什么是那样，怎么不是这样，我早就烦透了！我要一个人静静地读，你们都滚开!”

他把书锁进桌子的抽屉里，直到下班也没跟我们说过一句话，只是愤怒地四处张望，像是受到了什么惊吓似的。等他值完班回家时，尤金对他说：

“你睡觉时，把书放在外面，我去拿。”

他没有回答，只是笑了笑。

快到半夜的时候，尤金对我说：

“去吧，去拿书吧，他大概早就睡着了。”

白天大雨倾盆，连下了一个半钟头。雨后，炽热的骄阳再次爬上洗后的碧空，慷慨地炙烤着大地。现在，草原上漆黑一片，像在澡堂一般闷热。在团团乌云之间，在那深蓝色的云洞深处，金色的星星幽暗地眨眼，这一夜，它们仿佛全都熄灭了。一只青蛙在我前面蹦蹦跳跳，像是在帮我引路。远处，火车轰鸣。从水塔那边传来犹太司炉轻盈的歌声，他是个斜眼，通红的嘴唇上总是挂着一抹惨淡的笑容，仿佛无论怎样都无法将这笑容从他那黝黑而尖削的脸上抹去。一道黄光从克尔杜诺夫家的窗口射出，插进大地，照亮了黑暗中的一堆枕木和杨树枝。透过窗纱，我看见了克尔杜诺夫。他穿着睡袍坐在桌前，躬身拄着桌板，手指插进棕色的头发里。他那蓄着胡子的尖下巴不停地抽搐着，泪水滴落在手肘间的书上。灯光下，那一滴一滴坠落的泪珠显得格外分明，我仿佛听到了泪珠浸透纸张的声响。看到别人哭泣，真是不好受。

除了一盏灯，桌上还摆了一瓶刚打开的伏特加和一盘腌西瓜。小女孩蜷缩着在藤椅里睡着了，她的脸隐匿在卷发中，只看得见一张惊讶地张开的嘴。房间深处像草原一般昏暗，被照亮的地方又像漆黑的山中的一个洞穴。

克尔杜诺夫直起身，向窗外望了望。那张本就不大的脸上满是泪痕，显得更加瘦小了。他把书举到灯旁，想要烘干上面的眼泪。他先是烤一会儿，接着用手将书页抚平，又在灯上摇晃着书。他的眼泪总是不由自主地涌出来，流进胡子里。

我转身离开去接车了。回来后，我对尤金说：

“他没睡觉，一直在读书。”

“畜生！”报务员一边抱怨，一边打着派遣表，“还是朋友呢！充其量只是酒肉朋友而已。”

天亮前，我又来到了窗前，透过薄纱望着那个棕色头发的小个男人。他可能是睡着了，头垂在胸前，双手无力地搭在膝头。灯熄了，但铜台上依然点着蜡烛，金黄色的火苗在玻璃瓶上映出两个倒影。伏特加并没有变少。房间比之前更暗了，女孩不见了踪影，那本书合着放在桌角靠近窗台的地方。

我轻轻捅破了薄纱，把手伸了进去。克尔杜诺夫猛地跳起来，抓起烛台乱挥一气，大声喊道：

“滚开！找死！”

蜡烛熄灭了，可我还是看到了那张扭曲的陌生的面孔。

过了一会，他平静了下来。他粗暴地问道：

“是谁?”

“我是来取书的。”

“不给！”

我在窗外站了一会，望着东边的草原。那里，太阳正从云层中缓缓升起。在黄色的霞光中，依稀可见一个黑色的小骑士的身影，他身后的大地上挪动着一片灰云般的羊群。

这一切我早已习以为常。要是能看到书，要是能看到另一番生活，那该多么美妙啊！

克尔杜诺夫用那本书逗弄了我们四天，他把书带到车站自己读，我们一向他要，他就趁机嘲弄我们：

“给我跪下！”

尤金告诫他：

“蠢货，你想想，以前我们给过你多少书！”

“是啊，那又怎样？”

“你不能读给我们听吗？”

“跪下！”

他真是卑鄙又可怜，看得出，他自己也察觉到了这一点，可他还是违心地、固执地戏弄我们。他读起那本书，还时不时地发出各种感叹。

“有趣极了！原来如此！”

这些话更挑起了我们的好奇心和对这本书的渴望。我们对他怨恨透顶，甚至把对他的厌恶感转嫁到了他女儿的身上。每当那可爱的孩子跑到我们跟前，我们就冰冷地推开她，想以此来报复她的父亲。

直到今天，我还记得，小女孩那双黑眼睛是如何困惑地望着我和尤金的，她那如花朵一般娇嫩的小红唇是怎么在痛苦的微笑中颤颤发抖的。

克尔杜诺夫也看到了这些，可他只是冷冷地笑笑，然后神经质地拈着小胡子。

“想要看吗，小伙子们？”问完，他就把书藏进抽屉里，“可我不给。”

“我非要揍他一顿。”尤金恶狠狠地说，他喘着粗气，脸色发白，“就这么办，咱们不看他这本书，给也不看，怎么样？”

我同意了。

“好！”

“你发誓？”

“我发誓。”

现在回想起来有些可笑，但当时我的确受尽了折磨，甚至感到了害怕，因为那时我的心中竟燃起了对人的憎恨，这种恨意使我头晕目眩。

整个车站的人都知道我们三个兄弟闹僵了，他们听说了克尔杜诺夫在戏弄我们。大家期待着我们会做出什么来，甚至还用好奇的目光和冷笑去推波助澜。

这件事的结局很简单。一天早晨，克尔杜诺夫来上班，把杂志扔给尤金说：

“喏，拿去看吧。”

报务员一把抓起书，立刻闷声不响地把大鼻子凑到目录上去了。

晚上，我给尤金读了一篇小故事，讲的是一个好女人离开坏丈夫，去为社会为世界而工作的事情。我一边读一边想：

“难道，克尔杜诺夫就为了这个哭泣？”

突然，克尔杜诺夫闯进来，抓着门框大吼道：

“不，不许读！”

他已经喝得烂醉，恶狠狠地瞪着那双通红的含泪的眼睛，蹲下身来。

“不，不许读！谁都不会懂，什么也不懂。就连那些写书的人，他们也不懂。”

他倒在地板上，向我们伸出手喊道：

“住嘴！不许读！”

在门口，他的身后，站着小女孩薇拉·彼得洛夫娜。她身上的连衣裙敞着扣子，一直滑落到肩头。她赤着脚，那头红色卷发乱七八糟的，像火苗一般向上耸立。她站在那里，漠然问道：

“你们为什么欺负他？”

我初次遇到这个女人

我初次遇到这个女人，是在她为亲人送葬的时候。服丧的头纱像一团黑色的云雾从她的头顶垂落到她高挑匀称的身上，美丽的弯唇紧闭，脸庞如大理石般白净光滑，一双深色的眼眸冷漠地闪烁着。在我看来，她俨然是高傲与痛苦的化身。

自此，我便经常在海岸边、在阴森的僻静之地遇见她。那里往往叠覆着巨大的灰石，这是被淡盐和死海藻切割的山峰崩塌散落的残骸。

她宛如一尊雕像，动也不动地坐在岩石之间，将她内心深处的痛苦清晰地显露在我的面前。风轻拂着黑纱，一批又一批欢乐的浪花从荒凉的大海奔涌而来，翻腾着冲向她的脚下，拍溅着她脚边的岩石。有时，我看见她的脸上挂着大颗悲伤的泪珠。

我很想上前与她攀谈，可迟迟下不了决心。有一次，在五月一个明朗的日子里，大海帮了我。

这一天，海浪一反往日的强劲，愉快而平静地涌上阵阵柔波。它们用白色泡沫和五光十色的飞珠装点着阴森的灰岩，之后又哼唱着亲昵的欢歌漂回大海。

海浪懒洋洋地挪到岸边，将自己起伏跌宕的波峰扬得更高。它先是顽皮地停留片刻，然后一俯身，轰鸣着冲向了岩石。

女人轻轻地惊叫了一声，迅速抬起脚，笑盈盈地抖落裙角的水珠。

她惊叫的刹那，我立马向她奔了过去。当看到她并不需要帮助时，我旋即又停住了脚步。

她发觉了我的举动，脸上闪过一抹明朗的笑容，高傲的睫毛美丽地颤动着。她用深沉的声音问道：

“我是不是惊扰到您了？”

说完，她用眼神指了指轻抵海岸的新一轮浪花，补充道：

“它突然泼溅起来，请原谅，我打扰到您了。”

“没关系，您没有打扰我。”我回答。

“不是，我都看到了。这样很不好，不该打扰一个正在沉默的人。”

“您的话有些特别。”我说道。

“我懂得这些话的价值。”她平静地说。

说完，她坐到了更高的岩石上。她的脸一动不动地凝滞着，目光停留在海上洒满阳光的荒凉的远方。那里总是接连诞生出新的海浪，它们愉快而又勇敢地奔向堤岸，带着欢笑和泡沫，拍击着灰色的岩石。

“夫人!”我轻轻地说，“没有什么比孤独更能丰富人的心灵了。可有的时候，一个人无力承受痛苦，于是，孤独就如同干旱吞噬大地一般使人的心灵枯竭。”

她转向我，用那双忧郁的深色眼睛默默地打量我的脸。

“送葬的时候，我见过您。”我不好意思地继续说，“在这里，我看见您哭过。”

“哦，那已经不是第一次送葬了。”她轻轻地说，低下了头，“把死人埋葬在坟墓里，并没有把活人埋藏在心里那么痛。您明白吗?”

我明白。我们两人都沉默了下来。

在我们脚下，海浪嬉戏着走向消亡，然后又一次重生。海鸥无休止地鸣叫着，浓重的海腥味弥漫在我们周围。大海在阳光下闪烁着青绿色的光辉，波澜壮阔。

“有人与您分享过幸福吗?”女人突然问道，“我想，可能没有。那么痛苦呢？大概，时常听到吧？您看呐……”

她若有所思的目光又飘向了寂寥的大海，白色的浪峰之间闪过奔忙的海鸥。

“我们总是过多地倾诉自己的痛苦，过多地抱怨。在我们周围，满是这痛苦的呻吟。当我们死去的时候，留给世界的只有个人痛苦的印记。还有一些人，他们年轻、强壮而又勇敢，可他们还未亲身体味生活，就被我们的‘遗产’毒害了。我们给生活涂上了阴郁昏暗的色彩，唯独把自己的毒瘤描画得那般漂亮。一有机会，特别是在诗歌中，我们就想把个人的挫折摆在最前面。我们的后代，他们看着痛苦、听着挫败长大，在他们被自己的痛苦牵绊之前，就已经被别人的痛苦折磨得疲惫不堪了。于是，当困境真的来临之时，他们已经没有力气可以与之对抗，只能发出痛彻心扉的呻吟。”

她不说话了，抬头望了望天空，海鸥正忙忙碌碌地时隐时现。

“尊重他人的人不应该谈自己。谁给了我们这样恶毒的权利，让我们用自己的溃疡去毒害别人？古时候，伤病濒死之人都会骄傲地沉默，免得自己的呻吟会给敌人的恶行带来快感。可我们，恨不得用自己的抱怨声将全世界撼动，哪怕只是微不足道的牙痛。我们需要沉默的宽宏。我的悲伤也许是我致命的疾病，但我却不愿向人倾诉。相比之下，有人因贪婪和毫无节制而生活、而死去，我绝不同情这样的人。”

她沉默了一会，又轻声却明晰地说道：

“多想看到人们活得更有尊严啊！假若我有魔法，我要给每个新生儿都赋予足以保持沉默的宽阔胸襟。”

她站了起来，高挑匀称，罩着黑色的轻纱。海浪在她脚边顺从而欢快地拍溅着，她的面色祥和，深邃的眼睛骄傲地眺望远方。

“再见了。”她点点头，说道，纤长的睫毛又一次温柔地颤动起来。

我默默地向她鞠了一躬。

她在灰色的岩石间慢慢地走着，时隐时现，她的身影柔软而强大，她拥有对自己的痛苦缄口不提的宽阔胸襟。

接二连三的海浪活泼、欢悦地拍打着岩石，空气中洋溢着生机盎然的大海的味道，大海在轰鸣的海浪声中朦胧地轻轻颤抖。慷慨而静默的太阳将欢乐的阳光洒满大海，将炽热而有益的光明倾泻人间。

时钟

一

滴答，滴答！

午夜阑珊，独自坐在静谧中谛听时钟的脚步，钟摆那冷漠的雄辞令人生畏，单一而精确的步调皆为踏出同一条真理——生命在不息地运动。黑暗与梦境笼罩人间，万籁俱寂，唯有时钟漠然而响亮地记录着正在流逝的分分秒秒。时钟滴答作响，每一次响动，都意味着生命在缩短一秒。这是属于我们每个人生命时间的点滴，它一旦流逝便再不会回头。生命的分秒源自何处，又消逝何方？没有人能够给出答案。

其实，无解的问题千千万，那些决定我们是否可以得到幸福的更为重要的问题，依旧无人可以解答。怎样活才能感到自己为生活所需？怎样活才能不丢失信仰和梦想？怎样活才能让时光不白白流逝，让心灵面对逝去的分秒时无需羞愧？不息运动的时钟能否回答这些问题？时钟会在生命面前给出怎样的答案？

二

滴答，滴答！

世间再没有比时钟更冷漠的事物了。当您呱呱坠地时，当您贪婪地采摘青春韶华的花朵时，时钟无不单一而准确地滴答作响。从出生后的那一天，人便在一步步地走近死亡。就连弥留之际您低声呻吟的那一刻，时钟也在冷漠而平静地计算着每一秒。在冰冷的计时声中，请仔细听一听吧，那里充满了知晓一切却又对这些感到厌倦的情绪。世间没有任何事物可以拨扰时钟的心弦，万事万物在它眼中皆为虚妄。倘若我们想要生活，就自己创造另外一个充满情感与思想的时钟吧，将那个单调乏味、满是愁苦的时钟，那个扼杀灵魂、责怨而冰冷的时钟永远取代。

三

滴答，滴答！

时钟在不息地运动着，它那绵亘的步履从没有片刻停留。那么，我们该将哪一个时刻称为“现在”呢？这一秒钟刚刚诞生，第二秒便尾随而至，将上一秒推进无名的深渊。

滴答，您幸福无比。滴答，苦痛的剧毒又注入了您的心底。假使您不努力用清新和鲜活来灌注生命的下一秒，那么痛苦将如影随形，与您纠缠一生。忧郁是诱人的，它是一种危险的特权。有了忧郁，我们便不再追寻那些作为人应该拥有的更高的权利了。然而忧愁俯拾即是，早已廉价得令人不屑一顾，也未必值得珍惜。我们应该用那些更为独特更加宝贵的事物来填充生命，难道不是吗？忧愁只是贬值了的资本。我们也不该向任何人抱怨生活，那些宽慰之语中哪里找得到作为人所要追寻的权利呢？只有当人同阻碍他生活的事物战斗时，他的生命才会变得丰盈而多彩。在斗争中，忧愁而苦闷的时刻便会无声无息地远离您的生活。

四

滴答，滴答!

人的生命短暂得荒诞。那么，该如何生活呢？一些人逃避生活，而另一些人则忘我地献身于它。逃避生活的人，他们行将就木之时，精神和回忆会一贫如洗，而那些投身于生活的人们却富裕充盈。人终有一死，倘若没有人将自己的智慧和身心毫无保留地贡献给生活，那么人生也不会留下任何印记。在您临终之际，时钟只会无情地倒数着您生命的最后几秒。滴答！在这几秒之间，又有新人出世，而您却已不复存在。除了即将散发腐气的躯体，生活不会留下您的任何痕迹。难道您的自尊心可以容忍这样的结果吗？您甘于被无端抛入生活，又被硬生生地从生活中拉出吗？这种机械般的行为不会令您恼羞成怒吗？倘若您的骄傲还会为自己成为时间的奴隶而感到羞耻的话，就请在生活中留下永世不灭的印记吧。请想象一下您在生活中扮演的角色。一块砖被造出来，把它砌在墙中，任它风化，最后在人世间消失殆尽。做一块砖是枯燥而粗鄙的，不是吗？倘若您拥有智慧和灵魂，倘若您想要体悟生命中那些饱含情感又富于激情的美妙时刻，那么，请拒绝成为一块砖头吧！

五

滴答，滴答！

一旦您意识到，自己在时钟无休止的运动中扮演着怎样的角色，您必将为自己的卑微而感到神情沮丧。这种觉醒会令您感到羞愧难当。然而，它会唤醒您的傲骨，从而使您仇视将自己贬低至此的生活，并勇敢地向生活宣战。为了什么而战斗呢？大自然剥夺了人类四肢行走的能力，但同时也赐予了人一根拐杖，那便是理想。从那时起，人类便无意识地、本能地追寻着更高更美好的目标。让这种追寻变为自觉的行动吧！让人们体悟到，只有不断追寻更加美好的事物，才会在生活中找到幸福的真谛。请不要抱怨自己的无力吧，什么也不要抱怨。您的抱怨能够带给您的，只是精神赤贫者的一丝怜悯和施舍。人类都是不幸的，但最不幸的其实是那些用不幸来装扮自己生活的人。这些人最渴求得到他人的关怀，然而恰恰是这些人最不值得得到关注。奋勇向前，这才是生活的真谛。就将我们的一生都献给追求吧，只有这样生命才会充满美妙的时刻。

六

滴答，滴答！

“你用黑暗包围了一个人前行的道路，再给他光明又有何用？”这是年迈的约伯[1]向上帝的质问。如今，像他这般谨记自己是上帝的孩子、是上帝按照自己的模样创造出来且敢于向上帝质询的人已经不复存在了。现在的人对自己的

---

①《圣经》中的人物。约伯是上帝的忠实仆人，以虔诚和忍耐著称。真神赞他“完全正直”、“敬畏真神”、“远离恶事”。

价值全无珍视，他们并不热爱生活，也不懂得自爱。尽管深知终有一死，却深深地惧怕死亡。那些不可避免的便是必然。人自创生之日起便注定会死亡，是时候去习惯接受这一点了。完成使命的体悟可以消除对死亡的恐惧，正直真诚的人生旅程必将铺就宁静祥和的归宿。滴答！一个人身后留下的只有他的功业。人生的时钟连同他的希冀一起终结，然后另一个时钟，一个评价他人生的严酷时钟开始计时。

七

滴答，滴答！

其实，这个满是矛盾、谎言和仇恨交织的世界并不复杂，如果我们愿意相互关注，彼此理解，人人都拥有知己的话，一切都会变得更加简单。

一个人就算再伟大，他终归也是渺小的。我们需要相互理解。我们的语言总要比思想更加模糊，人类无法找到足够准确的词语，来向他人袒露心扉。许多于生命而言万分重要的思想，由于无法及时找到恰当的表述方式而消逝得全无踪影。产生了一种想法，人往往竭尽全力地想用语言，用坚定而明确的语言将其表达出来，可这样的语言，却很难找到。

更多地关注思想吧！努力创造思想，它定会为您的劳动报偿。思想无处不在，只要您想追寻，在石头缝里也会读出思想。如果人想要追寻，那便可以获得一切；如果人想要追寻，那便可以成为生活的主宰，而不是像当下这般，只能做生活的奴仆。只要人们渴望生活，傲然珍视自己的力量，那么生活本身便是一座壮丽的时钟，一座闪烁着精神力量的光辉、以其崇高的功业震撼人心的伟大的时钟。

八

滴答，滴答！

精神强大而英勇的人们，献身于追寻真理、正义和美好的人们，万岁！我们并不了解他们，因为他们满身傲骨，从不求报偿；我们也不曾得见，他们如何耗尽心力，却依旧甘之如饴。他们用艳丽的光芒照亮生活，就连盲人也重见光明。应该让那无数的“盲人”睁开双眼，让所有人都惊恐而厌恶地正视生活，让他们看清楚自己粗鄙、不公又丑陋的生活。

掌控人生愿景的人们万岁！整个世界皆在他的胸怀之间，世间的伤痛，人类的苦难，无不压在他的心头。生活的罪恶与肮脏，谎言和残暴，都是他的仇敌。他慷慨地将自己全部的光阴奉献给战斗，他的生活满是激荡的欢喜、炫丽的愤怒和高傲的执拗。

不要怜悯自己，这是世间最值得自豪、最辉煌壮丽的智慧。不会怜悯自己的人们万岁！只有两种方式活着：腐朽或者燃烧。怯懦和贪恋只会依附腐朽，而勇敢和慷慨必将钟情于燃烧。每一个热爱美好的人都会懂得，伟大归于何处。

我们生活的时钟，是一座空虚、烦闷的时钟。让我们用壮丽的功勋将它变得丰盈吧。绝不要怜悯自己，我们必将拥有一个激荡着欢乐与骄傲的炫丽年华！不会怜悯自己的人们万岁！

晨

世间最美妙的事莫过于欣赏一日的新生。当天边闪烁第一缕阳光，黑夜的阴影便悄悄地躲藏，它躲到山谷和石缝中，它藏进浓密的枝叶里，藏进缀满露珠的草丛中。山峰在一旁温和地微笑，仿佛在对黑夜的柔影说：

“不要害怕，这是太阳！”

海浪高昂着白头，对着太阳膜拜，就像宫廷的美女在朝拜自己的君王，嘴中吟唱着：

“恭迎您，世界的主宰！”

慈爱的太阳面露笑容。这些浪花整夜嬉戏，旋转不休。此时，它们穿着凌乱，绿色的衣衫压皱了，天鹅绒长裙缠绊了双脚。

“你们好！”太阳从海平面上升起，说道，“你们好，我的美人。不过，好了，安静些吧。如果你们一直跳得那样高，孩子们就无法游泳玩闹了。应该让世人都过得安乐，你们说对吗？”

几只绿色的蜥蜴从石缝中爬出，它们眨着惺忪睡眼，相互说道：“今天真热！”

在灼热的天气里，苍蝇都飞得懒懒洋洋，蜥蜴们很容易就能捉住它们。能吃到一只肥美的苍蝇，这是多么美妙的事情啊！蜥蜴都是极其贪恋美食的。

缀满露水的花儿们摇曳生姿，它们挑逗地说道：

“先生，请描绘一下我们清晨饰着露珠的美艳吧！请用语言为我们勾画一副肖像吧！来试试，这多么容易，我们是那么的普通。”

这些狡黠的小家伙，它们明明知道，人类根本无法用言语描绘出那种醉人的美妙。它们正在笑呢。

我恭敬地摘下礼帽，对它们说：

“你们多么可爱啊！感谢你们给我这份殊荣，可我，我今天没有时间，或许以后……”

它们高傲地笑笑，对着太阳伸了个懒腰。阳光把露珠照得闪闪发亮，花瓣和枝桠上洒下一片钻石般的光芒。

金色的蜜蜂和胡蜂在花儿上方盘旋，它们贪婪地吮吸着甘甜的花蜜，暖洋洋的空气中流淌着它们浑厚的歌声：

歌颂太阳，
安乐生活的源泉！
歌颂劳动，
创造美丽人间！

红胸脯的知更鸟醒了，两条纤细的小腿，支撑得身子摇摇晃晃。此刻，它也唱起了轻柔、欢乐的歌。鸟儿比人更懂得生活在世间的欢乐。知更鸟总是第一个迎接太阳，在遥远而寒冷的俄罗斯，它们被称为“朝霞鸟”，因为这些鸟儿胸前的羽毛浸染着朝霞的色彩。灌木丛中，愉快的黄雀蹦跳着，它们的羽毛灰中带黄，像极了街头的小孩。它们调皮捣蛋，不知疲倦地呼喊着。

追赶蠓虫的燕子和雨燕一闪而过，犹如一排黑色的箭，它们发出欢快而幸福的声响。拥有一双轻盈的翅膀是多么幸福啊！

五针松的枝叶摇动，阳光洒下一片光辉，宛如一只硕大的酒杯中斟满了金色的美酒。

为劳动而生的人们醒来了，他们穷尽一生装扮世界，为大地创造财富，却由始至终忍受贫穷。

为什么会这样?

这些等你长大后自会知晓，当然，如果你想去了解的话。而现在，你只需学会热爱太阳，这一安乐和力量的源泉。你要学会欢乐，学会善良，就如同善良的、一视同仁的太阳。

人们醒来了，他们向田间地头走去，开始了一天的劳动。太阳面带微笑，注视着他们。它清楚地知道，这些人为大地做了许多好事，它曾见证了这片荒原是如何变为沃野的。大地上承载的是人类祖祖辈辈创造出的伟大的劳动成果。除去那些严肃的、孩子们暂且无法理解的事物外，人们还创造了各种玩物和一切令人愉悦的东西，比如剧院。

啊，我们先辈的劳动多么了不起！他们在我们周围所创造的一切伟大的劳动成果，是多么值得爱惜和尊重！

孩子们，请不吝去体悟，人在大地上耕耘的童话就是人世间最有趣的童话！

篱笆中的玫瑰羞红了脸庞，花儿处处洋溢着笑颜，尽管有些正在凋谢，却仍然仰望着蓝天，注视着金色的太阳。它们天鹅绒一般的花瓣沙沙作响，散发出甜美的芬芳。那蔚蓝色的馨香的空气中，荡漾着轻柔而温暖的歌声：

美，就是美，
哪怕它正在枯萎；
爱，终究是爱，
即使死亡将要来临。

新的一天到来了！

孩子们，日安。愿你们的一生中拥有无数个美好的一天！

歌

房间的窗子正对着一个花园，这是克里米亚南岸最美的花园之一，那片三十余亩[1]的土地上，精心栽种着来自世界各地的奇花异草。伟岸的澳洲红杉高耸在硕大的芭蕉叶上方，来自阿尔卑斯高山的松树对着柔美盘亘的日本合欢投射下了片片阴凉。在蔚蓝色的云杉树下，白润绚烂的玉兰灿若星河，摇曳生姿。洋槐、月桂、宝塔一般的杨树和多愁善感的翠柏交相倒映在墨池的镜面上。几只天鹅伸展着翅膀，宛若升起的

① 此处指俄亩，一俄亩等于1.09公顷。

白帆，在丝绒般柔和的水中遨游。眼前的一切是那样炫目多姿、生机盎然，洋溢着南国的阳光，散发着醉人的芬芳。园中所有的花儿——玫瑰、百合、昙花还有其他美艳的精灵们，全都扬起笑颜，迎接朝阳。

公园面朝大海，坐落山间。透过千姿百态的树叶之间的丝丝耳语，我们仿佛可以聆听到海浪拍打石岸时那亲昵的低吟。公园上空悬挂着青灰色的山峰，伟岸的山巅被密林遮盖得严严实实。这里的景致雄浑壮丽，草木的能量着实令人赞叹。人若想在这断壁残垣中开辟出如此仙境，想必要花费巨大的才干与智慧。公园的主人将花园取名为“仙境”。

清晨六点，公园的某个角落里敲响了钟声。钟声不慌不忙，一声一声、不知疲倦地鸣响在静谧中。十，三十……一次我数的是九十二下，另一次却是七十八下。敲钟的是一位衣衫褴褛的驼背老人，他毛发浓密，腿脚不便，很像守护宝藏的地神。夜幕将至，老人手拿一支破枪，双眼盯着地面，步履蹒跚地在公园里走来走去，那副样子让人看起来忍俊不禁。随着最后一下钟声的落地，公园的小路上出现了一群少女和妇人，她们都来自奥尔洛夫省，而且长相十分相近，个个身材矮小，颧骨突出，眼睛也很小。她们那粗红的手中握着铁锹、草耙和修剪枝叶的剪刀，她们三五成群地分散到各处，开始干起活来。

在这片汇集了世间至美的人间仙境中，幽静可人的清晨显得愈发纯净。这个时节，南国的太阳还不甚灼热，柔美的阳光闪耀在润泽的蒲葵叶上，满怀爱意地照亮花儿和五光十色的沙石小径。海水喧闹，犹如管风琴在叹息。突然很想听一支歌，一曲赞美清晨、阳光和生命的庄严颂歌。就在这时，棕榈丛后面传来了与眼前景致不甚和谐的女低音：

啊，你们啊，年轻的小伙子，
你们啊，美丽的小姑娘！

三个声音一同严整地唱起来：

不要去，

会更好，会更好！

不要爱，

会更好，会更好！

鸟儿被歌声惊起，扑扇着翅膀在繁茂的翠柏间乱舞。剪刀咔咔地剪断玫瑰枝叶，铁锹将砾石翻铲得嚓嚓作响，粗壮的银流从水管中滋滋地喷涌。在草木的锦缎中，在明艳的花丛里，在珍稀植被的枝叶下，妇人和少女的灰色身影缓缓移动，她们如泣如诉地哼着一曲奇怪的悲歌：

她跑到门旁，

抓起了肚子。

接着，响起了威严的和音：

若能够，若能够

不相识，

总好过，现如今

需相忘。

苍鹰在蔚蓝色的天空中展翅翱翔，几只燕子在它下面若隐若现。一群蜜蜂和黄蜂环绕着金合欢绚烂的花枝，轻柔地拨动着嗡鸣的琴弦。大自然在创作，在狂欢，整个花园都洋溢着节日般的欢愉，庄严而热烈，鸟儿们忘我地手舞足蹈。只有那些劳作的妇女们全无感悟，她们在树根旁弓着脊背，像猴子一般手脚并用，仿佛已被那首哀怨的歌儿攫了魂。

若能够，若能够

不要去；

若能够，若能够

不要爱。

公园的上方，汽车一路鸣笛，沿着雅尔塔公路径直驶进隧道。车笛奏响的回声震荡着山谷，被一路抛下公园，扔向大海。空气中弥漫着海水含碘的咸味，浪花韵律匀称地拍击着岩石，鹅卵石被波涛冲击得噼啪作响，远处可以听见海鸥的啼叫，燕子的低鸣，还有苍雀、霞鸟和柳莺的欢唱。阳光绽放得愈加明艳，生命的乐章更加丰盈。

然而，在这片奇花异草之间，在这些被人从天涯海角寻回的珍木丛中，在这花香鸟语的人间仙境里，穿着褪了色的破衣衫的妇女们依旧在缓缓劳作。她们满脸通红，双眼呆滞，躬身清除着园中的杂草，时不时用衣袖拭去脸颊和颈上的汗珠，口中却未曾停止过那曲凄凉的歌：

不要爱，

会更好，会更好！

她们当中年纪最长的大约三十出头，可她却是最活泼的一个。只有她的歌声是愉快的，仿佛只有她一人懂得应该去爱。其他的那些十五六岁的小姑娘们，却都忧郁地唱着那首奇怪的歌儿：

不要爱，

会更好。

……

幸福

曾几何时，我离幸福只有一步之遥，那一刻，我几乎碰触到了幸福柔软的指尖。

那个时刻是在一次散步中转瞬即逝的。炎热的夏夜里，一大群年轻人聚集在伏尔加河河畔。他们在捕鲟鱼的牧场里架起篝火，喝着渔民煮好的鱼汤，饮着伏特加和啤酒，谈论着如何快速将世界变得更美好。谈得身心疲累了，他们便各自找寻割过牧草的空地去休息。

我和一位姑娘离开了篝火。在我看来，她聪明又伶俐，那双乌黑的眼眸美丽又灵动，她的话语中常常表露出简单而质朴的真理，她对待所有人都是那样温柔和善。

我们悄悄走着，肩并着肩。被镰刀割过的草茎在我们脚下吱吱作响，微醺的月光从夜幕的水晶杯中倾泻而出，在大地上洒下一片清辉。

姑娘深深地吸了口气，说道：

“多么美妙啊！就好像非洲的大沙漠，那草垛便是埃及的金字塔。”

然后她提议，像白天一样，在干草垛边那浓密的圆形阴影中坐下来。草虫低鸣，远处传来悲伤的质问：

“啊，你为什么背叛我？”

我开始满怀激情地讲起自己熟悉的生活，还有那些无法理解的困惑。突然，她轻轻地呻吟了一声，然后仰头倒在了地上。

这是我第一次看到有人昏厥，那一刻，我张皇失措，只想着叫人来帮忙。但我突然想起这种情况下小说中那些品行高尚的英雄们是如何处理的，于是我解开她的裙带、上衣和围胸带。

我看着她的胸脯，她的胸脯就好像两个翻扣在心房的银碗，里面斟满了月光皎洁的清辉。我痴痴地看着，大脑如火燎一般，想去吻她。可我抛弃了这个念头，奔向河边去取水。《圣经》上写道，在类似的情况下，如果事发地附近没有溪流（小说的作者常常故意设下这样的情节），英雄就要自己跑去找水。

我像一匹烈马，拼命跳过草地，跑了回来，手中的帽子里盛满了水。然而，姑娘已经穿戴整齐地站在了草垛边。

“不用了。”她推开我手中湿漉漉的帽子，满脸疲惫地轻声说道。

她离开我，回到了篝火旁，那里有两个大学生和统计员在不厌其烦地唱着那首恼人的歌儿：

啊，你为什么背叛我？

“我没有让您不悦吧?”我被姑娘的沉默深深折磨着，不禁打探道。

她简短地回答：

“没有，您不是很敏捷，但我还是要感谢您。”

我觉得，她的感谢并不真诚。

我们见面的机会本就不多，从此之后，我就更少见到她了。没过多久，她彻底从城里消失了，大约四年之后，我才在船上与她重逢。

她住在伏尔加河畔的农间别墅里，现在准备回城中丈夫那边。她的穿着体面又舒适，而且已经怀孕了。她的颈上挂着一条长长的金表链，胸前的大胸针看起来像勋章一般。她变得更加美艳，更加丰腴，宛若愉快的格鲁吉亚人在炎热的基弗利斯广场上出售的高加索浓葡萄酒酒瓶。

“你看，”我们亲切地交谈起来，回忆过往，“我已经嫁人了，那一切……”

夜幕降临，河面上闪烁着晚霞的光辉。船舷翻卷着红花边的宽带子，泛起的泡沫渐渐隐没在北方蔚蓝的天际。

“我已经有两个孩子了，现在正期待第三个降生。”她用行家热爱自己事业一般的口吻骄傲地说。

她的膝头放着一包黄纸袋装的橙子。

“嗨，我要对您说这个吗?”她问道，乌黑的双眼中荡漾着温柔的笑意，“如果那时，在草垛旁，您若是再勇敢一些，吻了我的话，那么，我就是您的妻子了。要知道，我怎么会不喜欢您呢?唉，真是个怪人，居然跑去打水!您啊!”

我对她说，那是按照书中的指示做的。那时，我认为圣书是不可侵犯的，要先给昏迷中的姑娘喝水，等姑娘睁开双眼并高呼“啊，我在哪里”后，才可以亲吻她。

她轻轻笑了起来，若有所思地说道：

“这就是我们的悲哀，我们依然按照圣书过活。生活远比书籍更广博，更加充满智慧。先生，生活完全不像书中写的那样啊。”

她从袋子里拿出一个橙子，仔细端详了半天，皱着眉头说道：

“混蛋，掺进了烂的。”

她笨拙地将烂橙子扔进水里，我看见，那橙子旋转着消失在红色的泡沫中。

“那么，现在呢？怎么，还遵照着圣书生活吗？”

我默不作声，只是出神地望着被落日的火焰染红了的河岸，远处，那片火红而橙黄的草地空旷无边。

翻倒的小船闲躺在沙滩上，犹如一条条硕大的死鱼。金色的沙滩上倒映出白柳忧郁的倩影。远处伫立着一堆堆的干草，让我不禁想起了她的比喻：

“就好像非洲的大沙漠，那草垛便是埃及的金字塔。”

女人剥开第二个橙子，用长者的语调重复说着，仿佛是在惩罚我：

“唉，我要是您的妻子……”

我感谢她是真诚的。

由于烦闷无聊

客运火车喷出一团团浓重的灰烟，就像一条巨大的爬虫，消失在草原深处，淹没在澄黄的麦浪中。火车的轰鸣声消融在热腾腾的浓雾里，几分钟就打破了荒凉的旷野上冷漠的沉寂。在这无边的平原上，只有一座孤零零的小车站，让人感到无尽的忧愁寂寥。

当火车充满生机的低沉的喧嚣四散开去，消弭在明朗的苍穹下，车站四周又恢复了压抑的沉寂。

草原是金黄色，天空是蔚蓝色。无论是草原还是天空，都一样的浩渺无边，褐色的车站抛洒其间，就像是缺乏想象力的画家苦心描绘的忧郁画中随意挥洒的偶然一抹。

每天中午十二点和下午四点，都会有火车穿过草原，在这里停留四分钟的时间。这四分钟便是车站最重要的时刻，也是唯一的欢愉时光，它总给车站职工们留下许多感想。

每一列火车都载满着装扮各异的人，他们只出现片刻，或在车厢的窗口闪过一张张疲倦的、不耐烦的、冷漠的面孔。铃声一响，汽笛一鸣，他们又带着喧嚣驶过草原，冲向远方的城市去了，那里翻涌着喧闹的生活。

车站的职工十分好奇地看着这些面孔，送走火车后，他们相互分享着刚刚捕捉到的印象。他们周围是静默的草原，头顶是淡漠的天空，他们心中生发了一种模模糊糊的嫉妒，嫉妒那些人每天从他们身旁穿过，奔向不知名的远方，而他们却只能留在这里，被关在荒漠中，好像与世隔绝一般。

火车开走后，他们都站在月台上，用目光遥送着黑袋子消失在金色的麦浪中，他们默默回想着眼前飞驰而过的生命印象。

他们几乎全都在这儿：站长是个金色头发的老实人，蓄着哥萨克的大胡子；他的副手是个红头发的年轻人，长着尖尖的小胡子；车站看守卢卡，身材瘦小，敏捷狡黠；一个扳道员叫戈莫佐夫，他身体结实，长着大胡子，是个沉默寡言的汉子。

站长太太坐在车站门口的长椅上，她是一个矮胖妇人，很怕热。她的膝头睡着一个小孩，孩子的脸跟母亲一样，圆鼓鼓、红扑扑的。

火车开到斜坡上就不见了，好像钻到地底下去了似的。

这时，站长转身对妻子说：

“我说索尼娅，茶炊好了吗？”

“当然好了。”她懒洋洋地小声说道。

“卢卡，你过来，把路基和月台打扫干净！你看，这儿扔了多少东西！”

“知道了，马特维·耶果洛维奇。”

“好，那个，尼古拉·彼得罗维奇，怎么样了？来喝茶吧？”

“好的，照旧。”副站长说。

送走下午的火车，马特维·耶果洛维奇问妻子：

“我说索尼娅，午饭好了吗？”

他对卢卡吩咐了几句，就是每天都重复的那个指令。然后，他招呼一起吃饭的副站长：

“那个，怎么样了？来吃饭吧？”

副站长得体地回答：

“照旧吧。”

他们从月台走到屋子里。屋里摆了很多花，家具却很少，可以闻到厨房和小孩尿片的味道。他们围坐在餐桌旁，谈论起刚才飞驰而过的种种景象。

“尼古拉·彼得罗维奇，你看到二等车厢里穿黄衣服的那个没有？真是个要命的美人儿啊！”

“是不错，就是衣服穿得没有品位。”副手答道。

他说起话来总是简短而笃定，他自诩是一个懂得生活、受过教育的人。他中学毕业，总是带着一个黑色细布的笔记本，里面摘录了从报刊书籍上读到的各种名言警句。职务之外的所有事，站长都完全承认他的权威，并认真听他发表见解。站长尤其喜欢尼古拉·彼得罗维奇笔记本上的警句，总是真心地赞赏它们。可这次，副手对黑发女人服装的评价却引起了马特维·耶果洛维奇的质疑：

“难道黄色不适合黑发女人吗？”

“我是说样式，不是颜色。”尼古拉·彼得罗维奇解释道。他从玻璃罐里拿出一些蜜饯放到小碟里。

“样式，那就是另一回事了。”站长同意道。

他的妻子也加入了谈话，因为这个话题是她熟悉的，她也能够明白。可这些人向来少用脑筋，所以谈话总是进行得慢腾腾的，也很少能聊出激情。

窗外的草原被静谧深深地迷住了，天空在宏伟的宁静中显得庄严而神圣。

几乎每隔一个钟头就有货车经过，可押车的都是熟人。这些乘务员也被草原上无聊的旅程压得昏昏沉沉的。他们有时候也讲一些路上的事儿，某一路段压死人啦，工作中有什么新闻啦，谁被罚了钱啦，谁又调了岗位啦，等等。这些新闻并没有引起大家的讨论，人们把它们全都吞了进去，就像一个贪吃的人吞下罕见的美食一般。

太阳慢慢地从空中爬到草原的边际，刚一落地就立刻变成了紫红色。草原被淡红的光芒笼罩着，让人生发出一种忧愁之感，唤起了人们逃出荒原奔向远方的渴望。太阳刚一触碰到大地的边界，就懒洋洋地钻进地里或是爬到它背后去了。太阳消失后，天空中长久地回响着晚霞明亮的音乐，可霞光渐渐褪色，温暖而静默的夜幕降临了。星星亮了起来，它们在打颤，像是被草原上的寂寞吓坏了。

黄昏中的草原缩小了，夜晚的黑暗悄悄地从四面八方爬向车站。就这样，夜来了，漆黑而阴郁。

车站里点起了灯火，淡绿色的信号灯比所有的灯光都更亮、更高。周围的一切都是黑暗和沉寂的。

有时响起了铃声，这是火车过站的信号。急匆匆的铃声响彻草原，之后又迅速消失了。

铃响后不久，一道红色的烈火从昏暗的远方呼啸而来，火车低沉的轰鸣是草原沉寂的颤抖，它正在黑暗的围绕下冲着孤寂的车站前行。

在车站这个小社会里，下层人和特权阶层的生活也没什么差别。看守卢卡总是想从车站跑去七俄里外的妻子和兄弟那儿，他在那里有家事。每次他请沉默寡言的草原扳道工帮他值班时，他都这样说。

戈莫佐夫一听到“家事”，总会深深地叹口气，对卢卡说：

“唉，去吧。人确实应该照顾家事。”

另一个扳道工，阿法纳西·亚果地卡，是一个老兵，他那红润的圆脸上长着灰色的硬胡茬。这个人很爱取笑人，作弄人，他不相信卢卡的话。

“家事？”他讥笑地喊道，“妻子？我看，你的老婆是个寡妇吧，还是当兵的婆娘？”

“呸，你个鸟队长！”卢卡轻蔑地回应道。

这个老兵之所以叫“亚果地卡鸟队长”，是因为他狂热地爱鸟。他的整间小屋，里里外外挂的全是鸟笼、鸟巢，这些鸟整日叫个不停。老兵把鹌鹑关起来后，它便孜孜不倦地重复着单调的“簸箕，簸箕”。椋鸟低声地发表长篇大论，五颜六色的小鸟们不知疲惫地唧唧喳喳，啼啭歌颂，给老兵孤独的生活带来了丝丝慰藉。他把所有的空闲时间都留给了鸟儿们，他体贴亲热地照料它们，可对同事却毫不关心。

他管卢卡叫“游蛇”，管戈莫佐夫叫“咔查普[①]”，也不怕难为情，他总是当面说他俩是“娘们的跟屁虫”，应该为此揍他们一顿。

卢卡并不把他的话当回事，可要是老兵真的惹恼了他，他也会喋喋不休地咒骂：

---

① 乌克兰人对俄罗斯人的蔑称。

“你这个没文化的当兵的，耗子吃剩的东西！你懂什么，退伍的瘪三！你这一辈子除了在大炮底下赶蛤蟆，就是看团里的白菜，发议论还轮得到你？快滚回到你的鹌鹑那儿去，你个鸟队长！”

亚果地卡平静地听完看守的辱骂，然后跑到站长那里去告状。没想到站长大喊大叫，骂他不该为这点小事来烦他，把他撵了出去。于是，亚果地卡又回去找卢卡，开始回骂他。他不急不慌地专挑那些恶毒的粗话来骂，没一会，卢卡就受不住了，他啐了口唾沫，跑开了。

戈莫佐夫用叹息回应老兵的责骂，他有些局促地辩解道：

“你要干什么？跟这种人真是没办法。当然，这太不像话了。不过，你不要评论人，否则就得被别人评论。”

有一次，老兵讥笑着回答：

“说来说去都是一个论调！不要评论，不要评论，可要是不评论，人们就无话可谈了。”

车站里除了站长太太外，还有一个女人——厨娘。她叫阿琳娜，不到四十岁，她生得丑，又矮又胖，胸已经下垂了，看上去总是脏兮兮的，衣服也穿得破破烂烂。她走起路来摇摆不停，脸上长着雀斑，一双满是皱纹的细眼睛总是露出惊恐的神情。一种奴隶似的东西注入她每一个笨拙的形态里，两片厚嘴唇总是撅着，似乎是想要请求所有人的宽恕，跪在他们脚下却又不敢哭出声来。戈莫佐夫在站上住了八个月，却从来没有注意过阿琳娜。每次碰见她，他只是说一句“你好”，她也同样回答一声“你好”，他们随便交谈两三句，就各走一边了。可有一次，戈莫佐夫来到了站长的食堂里，请阿琳娜给他补衬衫。她答应了。补好衬衫后，她亲自给他送了过去。

“真是谢了！”戈莫佐夫说，“三件衬衫，每件十戈比，一共该给你三十戈比，对吧？”

“是的。”阿琳娜回答。戈莫佐夫想了一会，沉默了很久。

“你从哪个省来的？”他问道，那个女人一直在看他的胡子。

“梁赞。”她说。

“那么远！怎么来的啊？”

“就是一个人，孤独地……”

“这还能走得更远呢。”戈莫佐夫叹了口气。

他们又沉默了好一会儿。

“其实我也是，我是从尼热哥罗德来的，谢尔卡其县。”戈莫佐夫说，“我也是一个人，孤独地。以前我有过家，有过老婆，还有两个孩子。可妻子得了霍乱死了，孩子们呢，也就……而我，被痛苦压垮了。没，没错，后来我也试着安置过家，可没成，机器老了，不好使了，就走了。离开了正常的生活，现在已经挣扎三年了……”

“没有自己的窝可真糟糕。”阿琳娜轻声说。

“可不是！你是寡妇吧？”

“我还是姑娘。”

“不可能！”戈莫佐夫直白地表示怀疑。

“上帝作证，是姑娘。”阿琳娜笃定地说。

“怎么不嫁人呢？”

“谁要我啊？我什么也没有，给谁也带不去好处，长得又丑。”

“倒，倒也是。”戈莫佐夫若有所思地说。他摸着胡子，仔细地打量起她，然后又问她工钱是多少。

“两卢布五十戈比。”

“这样，我不是欠你三十戈比吗？听我说，你晚上到我这儿来拿钱。十点左右，怎么样？到时候我把钱给你。咱们喝点茶，说说话解解闷，反正咱们两个都孤零零的。来吧！”

“我去。”她简单地说完就走了。

晚上十点，她准时去了他那里，到天亮才离开。

戈莫佐夫再请她过来，也没给她三十戈比。她却自己来了，笨拙而呆板，就站在他面前一声不出。他躺在床上望着她，身子往墙边挪了挪，说：

“坐吧。”

等她坐下，他就警告道：

“你听着，要保密，不能让别人知道，谁也不行，否则对我不好。我也不年轻了，何况你也……懂吗？”

她首肯地点点头。

分别的时候，他把自己的衣服拿给她补，再次提醒道：

“不能让任何人知道，一个也不行！”

他们就这样过着，向所有人隐瞒了彼此的关系。

每天夜里，阿琳娜偷偷跑到他这里来，几乎是爬着来的。他总是一种居高临下的态度，作出一副君主的模样，有时干脆直白地对她说：

“你怎么生得这么丑！”

她默默地对他笑笑，这是惨淡的满含歉意的笑容。每次离开他的时候，她总会带回去些他吩咐的工作去做。

他们并不经常见面，不过只要戈莫佐夫在车站碰到她，就会压低声音对她说：

“今天来。”

她总是顺从地出现在他面前，长着雀斑的脸上带着一种郑重的神情，仿佛是来履行某种重要的职责。

可当她回家的时候，脸上又会出现平日里那种满怀歉意的、僵硬惊恐的表情。

有时她会站在某个角落或是大树后面，呆呆地望着草原。黑夜笼罩着那里，万籁俱寂，让她的心里感到丝丝恐惧。

一天，送走了晚车，站长在马特维·耶果洛维奇家窗前的花园里举办了一个茶会。大家围坐在白杨树下。

夏日里他们经常举办这样的茶会，这多少能给他们单调的生活增添一些乐趣。

他们聊完从刚才的火车上看到的景象之后，就再不出声，只默默喝茶了。

“今天比昨天热。”马特维·耶果洛维奇说，他一手将空茶杯递给妻子，另一只手擦去脸上的汗珠。

妻子接过茶杯说：

“就是闷得无聊，才觉得热。”

“嗯，可能是。真的，要是打牌肯定会好些，可我们只有三个人。”

尼古拉·彼得罗维奇耸耸肩，眯起了眼睛，一字一顿地说道：

“叔本华说过，打牌使所有的思想破产。”

“说得太好了！”马特维·耶果洛维奇大为感动，“怎么说的，思想的破产？没错！这是谁说的？”

“叔本华，德国人，哲学家。”

“哲，哲学家？嗬。”

“哲学家是做什么的？在大学里做事？”索菲亚·伊万诺夫娜好奇地问道。

“就是，怎么跟你说呢，这不是个官职，而是——这么说吧，这是一种与生俱来的天赋，每个人都可以成为哲学家，只要他天生惯于思考，喜欢刨根问底。大学里肯定有哲学家，不过，哲学家也可以很简单，就算在铁路干活也可以成为哲学家。”

“可是，大学里的哲学家是不是会赚得多点?”

“那要看他们的智慧了。”

“啊，要是有四个人，就可以痛痛快快地打牌了!”马特维·耶果洛维奇叹息道。

谈话又中断了。

云雀在蓝天里歌唱，知更鸟在杨树枝叶间穿行，轻声啁啾。房间里传出了小孩的哭声。

“阿琳娜在那儿吗?”马特维·耶果洛维奇问。

“当然。”他的妻子短促地回答。

“阿琳娜这个婆娘真特别，您注意到了吗，尼古拉·彼得罗维奇。”

“特别就是平庸的初始形态。”尼古拉·彼得罗维奇一副沉思的样子，自言自语道。

“什么?”站长感兴趣地问道。

尼古拉·彼得罗维奇教导性地把警句重复了一遍，然后心满意足地眯起眼睛。索菲亚·伊万诺夫娜懒洋洋地说：

“您读过的东西怎么都记得这么清楚？我读过的东西啊，第二天就忘了。就说前几天吧，我在《涅瓦》[1]上读到了一个特别有趣的故事，可到底是什么故事，我却一个字都想不起来了。”

---

① 俄罗斯文学杂志，创刊于1855年。

“这是习惯。”尼古拉·彼得罗维奇简短地解释道。

“不止，这简直比那个哲学家说得还好，叫什么来的，叔本华？”马特维·耶果洛维奇笑着说道。

“可以说，新的事物总会变成旧的。”

“反过来说也行。有个诗人说过：‘没错，生活的智慧就是节省，一切新东西都是从旧东西里生出来的。’”

“嗨，真是见鬼！您说这种名言警句，怎么就像是从筛子里往外倒似的！”

马特维·耶果洛维奇满意地笑了笑，他的妻子也笑了，而尼古拉·彼得罗维奇受到了恭维，没掩饰住内心的得意。

“关于平凡的话是谁说的？”

“巴尔青斯基，一个诗人。”

“那另外一句呢？”

“也是诗人说的，弗方诺夫。”

“真是有智慧！”马特维·耶果洛维奇称赞诗人道，他脸上露出满意的笑容，又把两句话重复了一遍。

烦闷似乎在玩弄他们，它一会松开自己紧实的怀抱，一会又紧紧抱住他们。这时，他们又沉默了，茶水更加剧了闷热。

草原上只有太阳。

“啊，对了，我要说阿琳娜的。”马特维·耶果洛维奇想了起来，“这个婆娘可真古怪，我最近留心看她，觉得很奇怪。她心里好像很沉重似的，不笑，也不唱，说话都很少，简直是一块木头。可她干起活来又很利落——你们知道，她照顾列利亚那孩子非常尽心。”

他把声音压得很低，不想让阿琳娜透过窗子听到他的话。他知道仆人是夸不得的，否则他们就会骄傲。妻子饶有深意地皱起眉，打断他说：

“好了，别说了，你根本就不了解她。”

“我是爱情的奴隶，
在同你的战役中，
我是那么软弱。
哦，我的恶魔！”

尼古拉·彼得罗维奇一边用茶匙敲着桌子，一面用朗诵的调子轻声唱起来。他笑了。

“什么？你们在说什么？她？啊，啊，这是你们两个胡诌的！”

马特维·耶果洛维奇哈哈大笑起来，他的两颊不停地抖动，汗珠顺着额头流下来。

“一点也不好笑！”他的妻子说，“第一，照顾小孩是她的本分；第二，你看到了吧，她做的是什么面包啊，太酸，又烤煳了，这是为什么呢？”

“是，是，那面包确实不怎么样，要跟她说一下。不过，上帝啊，她是想男人了吧！我可不希望这样！啊，真是见鬼！可他，是谁？卢卡？我一定要好好嘲笑他一番，这个老鬼！还是亚果地卡，那个胡子刮得精光的混蛋？”

“是戈莫佐夫。”尼古拉·彼得罗维奇简短地说。

“什么？是那个古板的家伙？哦，哦，您不是在编故事吧？”

这个滑稽的故事引起了马特维·耶果洛维奇极大的兴趣。他一会儿哈哈大笑，连眼泪都笑出来了，一会儿又严肃地说必须训斥那对情人一番。想象着他们之间会说怎样的情话，他忍不住又哈哈大笑了起来。

后来，他想出了神。尼古拉·彼得罗维奇也摆出一副严厉的神情，索菲亚·伊万诺夫娜却莽撞地打断了丈夫。

“啊，这些鬼东西！我可要好好嘲笑他们！太有趣了！”马特维·耶果洛维奇平静不下来了。

这时，卢卡走过来报告说：

“有电报。”

“我这就过去，给四十二号车发信号。”

他急忙和副站长一起到车站去。卢卡敲起了简短的钟声信号，尼古拉·彼得罗维奇坐在电报机前，给邻站发报文：“可否让四十二号发车？”站长在办公室里走来走去，笑着说：

“咱们得好好戏弄他们一番，反正也闲着无聊，笑一笑也好啊。”

“这是自然。”尼古拉·彼得罗维奇表示同意，他一边说一边敲着电报机。

他知道，哲学家说话必须言简意赅。

这个逗大家一笑的计划很快就实施了。

一天夜里，戈莫佐夫来到阿琳娜的地下室。她听从了戈莫佐夫的吩咐，得到了站长太太的许可，在许多废弃家具中给自己摆了张床。这个地方潮湿又阴凉，破椅子，破木桶，破木板，还有各种各样的破旧家具，在黑暗中呈现出可怕的形状。阿琳娜一个人住在这里的时候，总是害怕得睡不着觉，她躺在麦秆上，睁着双眼，一直在低声诵读自己熟悉的祷告文。

戈莫佐夫来了，他默默地揉摸她，久久地抱住她，直到累得睡着了。可阿琳娜很快就惊慌地叫醒了他：

“季莫费伊·彼得罗维奇！季莫费伊·彼得罗维奇！”

“什么？”戈莫佐夫半梦半醒地问。

“有人把我们锁住了。”

“怎么会这样？”他跳起来问道。

“有人来了，然后锁了门。”

“你胡扯!”他愤怒地低声嚷道，一把推开了她。

“你自己去看看。”她顺从地说。

戈莫佐夫站起身，一路上不停地撞到东西。到了门口，他推了推门，沉默了一会，愤恨地说：

“肯定是那个当兵的。”

门外传来幸灾乐祸的笑声。

“放我出去!”戈莫佐夫大声央求道。

“什么?”这是当兵的声音。

“我说，放我出去。”

“到了早上，就会放你出去的。”当兵的说完就走开了。

“我还要值班，见鬼!”戈莫佐夫生气地喊道，声音中满是恳求。

“我替你值了，喂，坐下吧。”

当兵的真的走了。

“嘿，你这疯狗!”扳道工懊恼地嘟囔着，“等着瞧，反正你不能把我锁在这儿，还有站长呢，看你怎么跟他解释。他肯定会问，戈莫佐夫在哪，到时你怎么回答他?”

“我看，这就是站长吩咐的。”阿琳娜绝望地轻声说道。

“站长?”戈莫佐夫惊恐地说道，“他怎么会这样呢?”他沉默了一会，对她喊道，“你胡扯!”

她用重重的叹息回答了他。

“这可怎么办啊?”扳道工一下子瘫坐在了门边的木桶上，“太丢脸了！都是你这个丑八怪害的！都是你!”

他握紧拳头，对着她呼吸声传来的方向恐吓道。她却默不作声。

湿漉漉的黑暗包裹着他们，黑暗中还混杂着酸白菜的霉味和刺鼻的辛辣味。从门缝里射进一道道月光，门外一辆火车呼啸而过。

“你怎么不说话啊，小妖精？”戈莫佐夫用恶狠狠又夹着轻蔑的语气说道，“现在我该怎么办？你干了好事现在就不出声了？妖精，快想想，该怎么办？我要躲到什么地方去啊？啊，上帝，我怎么会跟这个女人搞到了一起！”

“我会请求宽恕。“阿琳娜小声地说。

“什么？”

“也许，他们会原谅……”

“那我怎么办？是，他们会原谅你。那我呢？就该剩下我一个人丢脸，让大家尽情嘲笑？”

他静了一会，然后又开始责骂起她。时间走得很慢，慢得近乎残酷。终于，女人用颤抖的声音哀求道：

“原谅我吧，季莫费伊·彼得罗维奇！”

“想要原谅你就得敲破你那脑袋！”他吼道。

又是一阵沉默，对于两个被关在黑暗中的人，这样长久的沉默是阴郁的、残忍的，充满了呆滞的痛苦。

“上帝啊，快点天亮吧！”阿琳娜小声哀求道。

“你闭嘴，我会让你看到天亮的！”戈莫佐夫威胁她道，又向她抛来了劈天盖地的责骂。之后，安静的沉默又来折磨他们了。随着黎明的到来，时间变得越来越残忍，好像故意将每一分钟走得更慢，好让人们更享受这种可笑的境地似的。

戈莫佐夫睡了一会，然后又被地下室旁边的鸡叫声吵醒了。

“唉，你这个巫婆，睡了吗?”他低声问道。

“没有。”阿琳娜重重地叹了一口气。

“要不，睡一会儿?”扳道员讽刺地建议道，“唉，你……”

“季莫费伊·彼得罗维奇，”阿琳娜几乎是哀求地说，“你不要生我的气了！可怜可怜我吧！看在上帝的份上，可怜可怜我吧！我一直孤零零一个，只有一个人！而你对我……你是我的亲人，你是我的……”

“别叫，不要让人笑话!”戈莫佐夫严厉地打断了这个女人歇斯底里的哭诉，他有些心软地说，“别说话，上帝要是惩罚……”

他们又开始默默地等待接下来的每一分钟。时间一分一秒地过去了，却没有带来任何消息。终于，阳光从门缝里射了进来，那些闪亮的光线切断了地下室的黑暗。很快，外面就响起了脚步声，有人走到门口，站了一会又走开了。

“折，折磨人啊!”戈莫佐夫叫了起来。他啐了口唾沫，又开始沉默地、焦急地等待。

“上帝啊，宽恕我吧!”阿琳娜小声自语。

锁头在响，好像有人悄悄地走到地下室来了。不一会，站长严厉的声音传了过来：

“戈莫佐夫，拉着阿琳娜的手出来。嘿，快点!”

“你来!”戈莫佐夫小声说。阿琳娜低着头走了过来，站在他旁边。

门开了，站长站在门口，行着礼说：

“恭贺新婚！来，奏乐!”

戈莫佐夫刚迈出门槛就停住了，莫名其妙的喧闹声把他吓呆了。卢卡、亚果地卡、尼古拉·彼得罗维奇都站在门后面。

卢卡用拳头敲着水桶，发出羊叫般的男高音；当兵的吹着信号笛；尼古拉·彼得罗维奇在空中挥舞着手臂，鼓着腮帮嘟着嘴，像喇叭一样吹着：

“嘣！嘣！嘣！嘣！”

水桶震动着，信号笛吹着，吼着。马特维·耶果洛维奇掐着腰哈哈大笑。看到戈莫佐夫惊慌失措地站在眼前，脸色苍白，颤抖的嘴唇露出羞赧的笑容，耶果洛维奇的副手也忍不住哈哈大笑起来。阿琳娜像石头一样一动不动地站在他身后，把头埋进胸里。

“阿琳娜对季莫费伊
甜蜜地说着情话……”

卢卡胡乱地唱着，一边唱一面对戈莫佐夫做着鬼脸。老兵走到戈莫佐夫跟前，对着他的耳朵吹起信号笛。

“喂，走啊！喂，挽着她的手！”站长喊着，笑得前仰后合。他的妻子坐在台阶上，左摇右摆地尖声喊道：

“马佳[①]，走！哈哈，我要笑死了！”

“为了相会的刹那，
我愿忍受苦痛。”

尼古拉·彼得罗维奇贴着戈莫佐夫的鼻尖唱道。

“万——岁，新婚夫妇！”马特维·耶果洛维奇看到戈莫佐夫向前走了一步，便带头喊道。这下子，四个人齐声高喊“万岁”，老兵简直是在嘶吼。

阿琳娜跟在戈莫佐夫身后，抬起头，大张着嘴，甩动着两只胳膊。她两眼呆滞地看向前方，可是什么都没看进去。

“马佳，让他们亲嘴吧。哈，哈，哈！”

“亲一个，新郎新娘！”尼古拉·彼得罗维奇喊道。马特维·耶果洛维奇笑得

① 马特维的爱称。

甚至都站不稳了，只得靠住一棵树。水桶一直叮当乱响，信号笛还在叫，还在吼，还在挑逗着新人。卢卡边唱边跳：

“啊，阿琳娜呀，

给我们熬了好浓的汤！”

尼古拉·彼得罗维奇又用嘴吹道：

“嘣，嘣，嘣！哒，哒，哒！嘣，嘣，嘣！哒，哒，哒！”

戈莫佐夫走到宿舍门口，然后就不见了，只剩阿琳娜站在院子里，被那些疯癫的人们团团围住。他们大喊，大笑，在她耳边打口哨，围着她又蹦又跳，兴奋得完全失去了理智。她站在那里，面无表情，头发乱七八糟，又脏又可怜，更是可笑。

“新郎跑了，可新娘还在。”马特维·耶果洛维奇指着阿琳娜，对妻子喊道，之后又哈哈大笑起来。

阿琳娜转过身，绕过宿舍，跑到了草原上去，口哨、喊叫和嘲笑声欢送着她。

“够了！让她去吧！”索菲亚·伊万诺夫娜喊道，“让她清醒清醒，还得做午饭呢。”

阿琳娜跑到草原上，在那里，被征用的铁轨后面耸起一道麦田。她走得很慢，像是一个人在深入地思考某件事情。

“怎么样？怎么样？”马特维·耶果洛维奇反复问着另外几个参与玩笑的人，他们正交相谈论新郎新娘行为中的各种细节。大家都笑得前仰后合，而尼古拉·彼得罗维奇甚至还找来了应时应景的名言：

“该笑的时候就笑，

这是权利，不是罪过。”

然后，他又郑重地补充道：“可是笑得太多，也会对健康不利。”

这一天，站上的人笑得太多了，午饭吃的却不好，因为阿琳娜没有回来做午饭，只得站长夫人亲自动手。不过，这顿稀里糊涂的午饭并没有影响大家的好心情。戈莫佐夫一天都没有出房门，只是到了该他值班的时候才出现。他一出来就被叫到了站长办公室，尼古拉·彼得罗维奇盘问他是如何“勾引”上这个美人的，这又引得马特维·耶果洛维奇和卢卡哈哈大笑了一阵。

“从独创性的角度来看，这是头一等的大罪了。”尼古拉·彼得罗维奇对站长说。

“是罪过。”扳道工勉强挤出个笑容。他明白，这个时候他把阿琳娜说得越可笑，别人就会少嘲笑他一点。

“是她对我抛的媚眼。”

“抛媚眼？哈，哈，哈！尼古拉·彼得罗维奇，您只要想象一下，她那张丑脸，对他抛媚眼？太美妙了！”

“是啊，她抛媚眼，我看到的时候心里就想，玩玩吧。后来她说：‘想让我帮你缝衬衫吗？’”

“可重点并不在缝补。”尼古拉·彼得罗维奇对站长解释说，“您知道，这是涅克拉索夫的话，出自他的诗《富家女和贫家女》。继续说，季莫费伊。”

于是，季莫费伊继续说下去。起初他还说得很勉强，可后来谎言竟渐渐使他活了过来，因为他看到了谎言对他的好处。

他说的那个人此刻正躺在草原上。她走进了麦浪深处，艰难地扑倒在大地上，躺在那里一动也不动。太阳炙烤着她，当她的后背实在受不住这火烧一般的日光时，她才翻过身来，用手捂住脸。她不想看见天空，那天太过明朗，而天空深处的太阳又太过光亮。

在这个被耻辱压垮的女人的周围，麦穗发出簌簌的声响，数不清的蟋蟀担心地叽叽喳喳叫个不停。天太热了。她拼命想要记起祷告文，却怎么也想不起来。眼前回旋的全是一张张嘲笑的面孔，耳边回响着卢卡的高音、信号笛的鬼嚎以及他们的狂笑。也许是因为这个，也许是因为炙热，她的胸口越压越紧。她解开上衣，让阳光直接照在自己赤裸的身体上，她想要呼吸得更轻松些。

可这时，太阳灼烧着她的皮肤，身体里好像有一团火焰在燃烧着她的心。她沉重地喘着气，不时自语道：

“上帝，饶恕我吧！”

只有麦穗的簌簌响声和蟋蟀的唧唧哀鸣回应她。她抬起头，看到远方麦浪溢出的金光，看到车站远处峡谷里矗立的水塔的黑烟囱，看到车站的圆顶。在这片被蔚蓝色的苍穹笼罩着的无边沃野上，再也没有别的东西了。阿琳娜觉得，人世间只有她一人孤独无依，就她一个人躺在大地之中，永远也不会有人愿意与她分担这份孤寂。没有人，永远没有。

傍晚时分，她听到有人在喊：

“阿琳娜！阿琳什卡！见鬼！”

一个声音是卢卡的，另一个是老兵的。她更想听到第三个声音，可那人却没有唤她。阿琳娜的眼中充满了委屈的泪水，她哭了起来，眼泪从那张满是麻子的脸颊迅速流到了胸口。她哭着，用裸露的胸口反复擦着干燥灼热的土地，只想要不再感受到身体里越来越灼热的火焰。她哭着哭着，突然停了下来，她努力憋着抽噎声，好像害怕被别人听到会不许她哭了似的。

再后来，夜晚降临了，她站起身慢慢走回了车站。

回到车站，她贴着地下室的墙站了很久，就那么站着望向草原。货车出现又消失了，她听到当兵的在向列车员们讲着她的丑事，听到列车员们在哈哈大笑。笑声传到了荒凉的草原，那里还隐约听得到黄鼠的吱吱私语。

“上帝啊，饶恕我吧！”女人叹息着，紧紧靠在墙边。可叹息并没有减轻她心头压着的重担。

快到早晨的时候，她偷偷走进车站的顶楼，把平日晾衣服的绳子结成套，在那里吊死了。

过了两天，人们才因这尸体的腐臭找到了阿琳娜。起初，大家害怕极了，后来便讨论起事情到底怪谁。尼古拉·彼得罗维奇断言说，这全是戈莫佐夫的罪过。于是，站长给了扳道工一拳，严厉地吩咐他不准声张。

政府派人来调查，最后查明，阿琳娜是得了抑郁症。最后，他们派铁路工人把阿琳娜的尸体抬到草原上，埋了。这之后，车站里又恢复了平静和秩序。

车站上的居民又过起了一天四分钟的日子。每天，他们都忍受着烦闷、孤独、闲散和炎热的折磨，满怀欣羡地追寻着眼前飞驰而过的火车。

冬天，暴风雪裹挟着哀嚎和怒吼席卷草原，把小车站围裹在茫茫大雪和狂野的风声里，车站上的居民过得更加烦闷无聊了。

小小个儿的女人

"她呀，兄弟，个儿小小的!"

每当我回想起这句话的时候，脑海里总能浮现出两位老眼昏花的老人。他们从遥远的地方向我微笑，他们的笑容那么温和，充满了怜惜的爱意，颤颤巍巍的声音也突显着这一点——个儿小小的。

我徒步游走在祖国广阔而苍凉的大地上。那一次是我整整十个月以来在崎岖的道路上收获的最美好的回忆，它使我整个人都变得轻松欢畅起来。

从扎顿斯克到沃罗尼日的路上，

我遇到了两个朝圣者。他们是一对老夫妻，加起来有一百五十多岁了。他们走得缓慢而又笨拙，在滚热的尘土中艰难地移动着脚步。他们的面容和穿着都有种说不出的奇特，这种奇特使人一下子就能看出他们来自远方。

“我们是在上帝的帮助下，从托博尔斯克省一步步走来的。”老头儿证实了我的推测。

老太太一边走，一边用善良和蔼的目光打量着我，曾几何时，那一定也是双蔚蓝色的眼眸。她和蔼地笑笑，叹了口气说道：

“我跟老头子是从雷沙村H厂来的。”

“那一定累坏了吧？”

“我们吗？没什么，还走得动。有上帝的指引，可以慢慢地走。”

“是为了还愿，还是为晚年祈福呢？”

“为了还愿，小兄弟。我们向基辅和索洛维茨克的圣人们许过愿。”老头又一次肯定了我的话，“孩儿他妈，咱们在这里坐坐歇一会行吗？”他对老伴说。

“嗯，怎么不行呢。”她同意道。

于是，他们在路旁一棵老柳树的树阴里坐了下来，一同坐下的还有我。天气很热，空中万里无云，一条大路在我们前后蜿蜒盘转，消失在热雾弥漫的远方。四周一片静谧，荒无人烟，道路两旁，枯萎的黑麦静止在田间。

“土地都被吸干了。”老头折下几根麦子，递给我说。

我们谈起了土地，谈起了农民的命运与土地残酷的依附关系。老太太一边听一边叹着气，还不时插入几句有经验的得体话。

“她要是还活着，看到这样的土地，一定会伤心的！”老太婆看着周围低矮干枯的黑麦和那光秃秃的麦穗，突然说道。

“是啊，肯定会伤心的。”老头点点头。他们二人突然沉默了下来。

“你们在说谁？”我问。

老头和善地笑笑。

“一位……”

“一位小姐，我们以前的房客。”老太婆说道。

突然间，他们两个望着我，好像商量好了似的，缓慢而怜惜地一齐说道：

“她是那么小小的个儿。”

这句话莫名地刺痛了我的心，他们苍老的声音里有一种安魂祈祷的意味。可突然，他们却相互打断，争先恐后地讲了起来。我坐在他们中间，一会看看这个，一会又转向另一个。

“一个警察把她领来的，说是要交给村长，让我们给她安排个住的地方。”

“就是说要派到谁家里去住。”老太婆解释道。

“于是，就派到了我们家。”

“我们一看，她全身冻得通红，一直在发抖。”

“她是那么小小个儿！”

“我们看了简直要掉泪。”

“天啊，我们在想，要把她发配到哪儿去呢？”

“我们该怎么对她呢？这是犯了什么罪啊？”

“让我来告诉你，她是从哪儿来的。”

“她是从俄罗斯来的。”

“我们先让她坐到火炉旁。”

“那个炉子大大的，还很暖和。”老太婆叹了口气。

“是啊，然后我们给她拿了些吃的。”

“她还笑了呢。”

“她的小眼珠黑黑的，像只小老鼠。”

“她整个人都像老鼠，眼睛圆圆的。”

“她喘了口气，就哭起来了。她说，谢谢你们，亲人!”

“然后就开始忙乎了。”

“是啊，这就开始了。”老头儿一脸赞叹地说，笑得眼睛都眯了起来。

“她像个线团似的，在屋里转来转去，忙这个，忙那个。她一会挪挪这里，一会又收收那里。她说：‘脏水拿去喂猪，来拎出去。’她自己也动起手来，刚要提桶，哪知脚一滑，小手噗通一声插进了桶里，一直浸到肩膀。哈你……”

他们二人笑了起来，一边笑一边喘着粗气，咳得眼泪都出来了。

“那些小猪崽又……”

“她直接亲它们的脸。”

“她说，小猪崽不能离开人。”

“那个星期可把她累坏了!”

“经常满身是汗。”

“她哈哈大笑，叫喊着，小脚乱蹬。”

“可有的时候，她又突然小脸一沉，害羞起来。”

“像是要昏过去了似的。”

“还掉眼泪。她嚎啕大哭，像是中了邪一样。我们都围着她团团转。她到底怎么了？我们搞不清楚，只好也跟着哭。自己都不知道为什么哭。我们抱着她，一块儿掉眼泪。”

“很明显，她还是个孩子。”

“我们一直孤独地生活，一个儿子去当兵了，另一个在金矿上。”

“她大概有十八岁了。”

“怎么可能！看模样十二岁都不到。”

“哎呀，你也太——十二岁？不可能！”

“怎么，还要大？不会的。”

“怎么不会？她已经是长成的姑娘了。要说个儿小，那也不能怪她啊！”

“我什么时候说要怪她了，真是！”

“得了！“老太婆和善地让了步。吵过之后，两位老人又沉默了下来。

“那么，后来呢？”我问。

“后来？没了，小兄弟。”老头儿叹息道。

“她死了，得热病死了。”两行泪顺着满是皱纹的脸颊流了下来。

“没错，小兄弟，死了。和我们一起过了短短两年，全村人都认识她。哪是全村啊，认识她的人太多了。她识字，经常去村里的会上发言。没话说，真是聪明的姑娘！”

“最主要的，是心灵！她有一颗天使般的心！所有事她都能接受，所有人她都能理解！她原本是大城市的小姐，穿着天鹅绒的短袄、衣带、鞋子，还读书。可她却懂得农民！啊，她什么都懂！‘亲爱的，你从哪儿知道的这些？’‘书里面全都写着呢！’嗨，她懂这些干什么!有什么用！她当初要是嫁人做个阔太太，也不至于被发配到这个地方来，就这么死掉！”

“说来也怪，她那么小小的个儿，竟能教我们大家学习，还很严格。”

“她是个有文化的人，这没的说。任何事，任何人，她都愿意帮忙。哪里有人生病了，她会立刻跑去，哪里有人……”

“临死前，她一直神情恍惚，嘴里不停念叨着：‘妈妈！妈妈！’那副可怜样儿啊……大家跑去请牧师，希望她可以醒过来。可她，亲爱的孩子，没等他来就——去了。”

老太婆的脸上流着泪，我却觉得很欣慰，仿佛那泪水是为我而流。

“全村的人都聚到我家来。大街上，院子里，都挤满了人，所有人都爱她，非常爱她。”

“嗬，这个小姑娘的心像金子一样!”老头儿感叹道。

“大家都来参加葬礼。等到谢肉节[①]的时候，她已经走了四十天了，大家商量着要为她祈祷超度。邻居们也说：‘你们真的要这么做吗？那就去吧，你们是自由的人，不是干活儿的，希望祈祷能超度她。’于是，我们就动身了。”

“你们这么做都是为了她?”我问道。

“是为了她，为了那个小姑娘，我的亲人，为了她！我们说，也许上帝会接受我们罪人的祷告宽恕她。我们在斋戒的第一天就上路了，正好是礼拜二。”

“为了她!”我重复道。

“是为了她，朋友!”老头儿肯定道。

我还想要再听他们说几次，正是为了给她祈祷，他们才走了这几千里的路。在我看来，这崇高得简直令人难以置信。我向他们试探了几个其他的动机，想要再一次确信，他们只是为了她，为了那个黑眼珠的小女孩才跋涉千里。当我终于确信了这一点时，我感到了无限的满足。

“你们一直都要步行吗?”

“不，我们受不了！有时候也搭车。坐一天车，再走路。我们有些累了。我们老了，这样一直走路熬不住啊。上帝作证，我们老了。要是我们有她那样的脚，嗬，那就不一样了。”

他们又抢着讲起了她，讲起了那个被命运抛弃，远离家乡和妈妈，最后死

① 谢肉节:俄罗斯传统节日,又名送冬节,是俄罗斯人迎春送冬的重要节日。

于热病的小姑娘。

两个钟头过去了，我们又起身继续赶路。我想着那个小女孩，却怎么也想象不出她的模样，我为自己贫乏的想象力感到痛苦。

俄罗斯人是不善于想象美好、光明的人和事的。

很快，一个赶着马车的乌克兰农人追上了我们。他扫了我们一眼，抬起帽子跟我们打招呼，然后对老人喊道：

“坐上来吧，我送你们进村。”

他们坐上车，消失在了一片尘雾中。我在那片烟尘里走了很久，凝望着远处那渐渐隐匿的马车，凝望着上面载着的两位老人，他们走了几千里路，只是想要为一个小女孩祈祷，只是为了那个惹得他们深爱的异乡人。

小女孩

一天傍晚，我结束了繁重的工作，疲倦地倚坐在一栋宅院的墙根下。这是一栋阴沉的古旧建筑，落日的余晖抚摸着墙上斑驳的疮疤和肮脏的裂痕。

日日夜夜，这栋宅院里的人们都如同暗窖里的老鼠。他们饥肠辘辘，衣衫褴褛，身上裹着乱七八糟的布条，心里亦同身体一样污浊阴暗。

一成不变的低吼从宅子的小窗中缓慢地爬出，这发自生活激荡的呻吟深沉得有如烈火燃起的灰色浓烟。我早已熟识这种声音，便装作已经睡熟，免得再次听见这令人焦虑而沮丧的声响，哪怕短短一声，哪怕与以往并不一样。

可这时，从那一堆空桶和破箱子里，传出了宁静而柔和的声音：

睡吧，亲爱的！

睡吧，我的宝贝！

悠啊，悠啊，悠，

悠着我亲爱的女孩。

过去，我从未听过这栋房子里传出母亲哄孩子入睡时满怀爱意的声音。我轻轻站起来，侧身看到，一个小女孩正坐在那堆纸箱中。她低着头，淡褐色的卷发轻轻地晃动，口中还若有所思地哼唱着：

睡吧，快睡去吧，

安静地睡吧。

她的小脏手里攥着一只木勺，勺柄裹着红色的破布。她瞪着那双忧郁的大眼睛，直直地望向它。

她有一双美丽的眼睛，闪亮而柔和，还透着孩童不该沾染的哀伤。看到那双眼睛之后，我再也没注意到女孩脸颊和小手上的污泥。

她头顶的空气中，弥漫着烟灰炭墨色的浓雾，充斥着叫喊声、辱骂声、酒鬼的疯笑和哀嚎。她脚下的地面污浊不堪，裂痕斑斑，夜幕下的余晖将破碎的纸箱和空桶染成了红色，散发出令人恐慌的不祥之兆，仿佛在讲述它们如何被贫穷之手残忍地摧毁成眼前这一片残骸。

我不由自主地为之一颤，小女孩打了个哆嗦，突然发现了我。她的瞳孔瞬间紧张地收缩起来，整个人全身绷紧，就像小老鼠见到了猫一般。

我对着她微笑起来，她的小脸脏脏的，充满了忧郁和惊慌，双唇紧紧地抿在一起，柳眉也不住地颤动着。

她猛地站起身，仔细地抖落着破旧的粉红色衣裙。她将手中的洋娃娃塞进口袋里，用清丽的嗓音故意凶巴巴地问道：

“看什么看?”

那一年，她才十一岁，瘦瘦小小的。她认真地打量着我，两只眉毛在不停地颤抖。

“喂，”她沉默了一会，接着问道，“你想要干什么?”

“没什么，继续玩吧，我这就走。”我回答。

这时，她朝我走了过来，小脸嫌恶地皱在一起。她大声说道：

“我们走吧，十五戈比。”

我并没有明白她的话，我因某种可怕的预感而全身战栗。

她走到我身边，用肩膀紧靠着我的身体，扭过头迎向我的视线，用那种死气沉沉的语调说道：

“来吧，走吧，我也不愿在大街上找客人，可是有什么办法呢，妈妈的情夫扯破了我的衣裙……来，走吧。”

我沉默不语，只是轻轻地将她推向一旁。她眼中满是疑惑地看着我，嘴唇扭曲得令人触目惊心。她抬起头，用那双明亮而忧郁的大眼睛看着我，低沉地说道：

“怎么，你犹豫了？你是觉得我太小，会大喊大叫吧？不要担心，我以前会，但现在……”

话还没有说完，她就若无其事地吐了下口水。

我感到沉痛不已，迅速从她身边走开了，脑海中满是她那双孩童才有的明亮的眼眸。

一个人的诞生

事情发生在一八九二年，大饥荒的那一年，发生在苏呼姆和奥切姆契立之间，柯多尔河畔离海不远的地方。在那个地方，可以透过山溪清脆的欢愉声，清楚地听见海涛拍溅的低鸣。

秋天。桂树黄灿灿的落叶像活泼的小鲑鱼似的，在柯多尔河的白色波浪里打转。我坐在岸边的岩石上，心想：海鸥和鸬鹚大概真的把落叶当做小鱼了，它们受了骗，所以在海浪拍岸的树后，在右边气冲冲地鸣叫着。

我的头上，栗树扮着金色的衣

装；我的脚下，洒满了树叶，像是人的掌纹。海的那一岸，光秃秃的榛树像一张破碎的渔网悬挂在高空。有一只红中透黄的山啄木鸟，似乎被网缠住了，一边蹦跳，一边用黑嘴啄树皮，把小虫子撵出来。伶俐的山雀和青灰色的旋木雀——这一对从遥远的北方飞来的客人，啄食着这些小虫。

我左侧的山顶上，乌云重重地垂悬，就要下雨了。黑影从那里爬下嫩绿色的斜坡，坡上长着死气沉沉的黄杨。在老山毛榉和菩提树洞中可以找到"醉蜂蜜"，古时候，它用那醉人的甘甜几乎把庞贝大军的将士们醉死，使得钢铁一般的罗马大军全军覆没。这种蜂蜜是用月桂和杜鹃花酿成的，过路人把它们从树洞里掏出来，抹在大饼上吃。

我坐在栗树下的石头上，被生气的蜜蜂狠狠地蛰了一下。我在装满蜂蜜的盒子里蘸着面包，一面吃，一面欣赏秋日里疲惫的斜阳那慵懒的嬉戏。

秋日里的高加索就像是一座宏伟壮丽的教堂，伟大的智者——同时也是大罪人——建造了它，只为能够救赎过去的罪行，遮掩住良心锐利的眼光。广袤的神殿是用黄金、绿松石和祖母绿修筑的，山上铺设的是土库曼人在撒马尔罕和沙马赫织就的上等地毯。他们把全世界的珍奇都抢夺到这里来，摆到太阳眼前，仿佛想要对它说：

"你的东西，你所赐予的一切，都还给你。"

我仿佛看见，一群长须白发的巨人，睁着孩童般愉快的大眼睛，顺坡而下。他们一路慷慨地播撒下五彩斑斓的瑰宝，装扮着大地，将厚厚的白银覆盖山巅，用生气盎然的各种树木围卷沿途，这块沃野在他们的手中变得美艳无比。

在大地上做人，是一件多么美妙的差事啊！你可以尽赏世间奇妙，在悄悄赞叹这美不胜收的景色之时，感受那无与伦比的甘甜！

的确，困难也时有发生，整颗心会被刻骨的仇恨刺痛，心血被苦闷贪婪地吮吸。然而这并不是全部，也不会永恒，因为就算是太阳也会忧愁地凝望人类啊，它为人们呕心沥血，可人们却还不成功。

自然，还是有不少优点的，就是要修理一番，或最好是重新塑造。

我左边的树丛上，一些深色的脑袋在左右摇晃。透过海涛的喧嚣与河水的絮语，传来了微弱的说话声，那是饥民们从苏呼姆到奥切姆契立去做工，他们刚在苏呼姆修完公路。

我知道这些人，他们来自澳廖尔省。昨天，我和他们一起干了活，结了帐，只是我在夜里先离开了，想要来海边迎接日出。

四个男人，还有一个高颧骨婆娘。她很年轻，正怀着孕，挺着大肚子，青灰色的眼睛里满是畏惧的神情。我从树丛上看到她包着黄头巾的脑袋，它摇晃着，像是一朵随风摇曳的太阳花。她的丈夫在苏呼姆吃多了果子，死了。我当时就跟这些人一起住在板棚里，他们按照俄罗斯人的好习惯，将自己的不幸全数倾诉了一遍，声音响亮得大概在五里外都听得见。

这是一些被不幸折磨得精疲力竭的人，痛苦使他们远离故土，远离那片疲累、贫瘠的土地。痛苦如同狂风吹送秋日干枯的落叶一般，把他们送到这片陌生的华丽大地上来。五彩斑斓固然炫目，可艰苦的劳动条件却让这些人心灰意冷。他们看着这里的一切，眼中的光亮悄然褪去，只剩下忧伤的神情。他们苦笑着，小声地相互说道：

“唉，这片土地啊！”

“就直接露出来了。”

“是啊，全都是石头。”

“不得不说，地太差了。”

于是，他们回忆起了草原、湿地这些亲切的地方。那里每一捧泥土都是祖先的遗骸，充满着无尽的回忆。那里的一切对他们而言都无比熟悉，无比珍贵，到处浸满了他们的汗水。

跟他们在一起的还有一个乡下女人。她是个大高个，腰板挺得像木板一样直，下巴像马的下颌似的，一双黑得像煤一样的斜眼暗淡无光。

每天晚上，她和这个包黄头巾的女人一起到板棚后面，坐在碎石堆上，托着腮帮，歪着头，怒声高唱：

“乡村墓地后，
绿茵树丛旁，
我将白手帕，
铺在细沙上。
等得急哟，
我亲爱的伙伴，
等他一来，
我要把腰儿弯。”

包黄头巾的女人总是默不作声，她低着头，盯着自己的肚子。有时，她也会突然慵懒而忧伤地加入歌声里，用男人般嘶哑的哭腔唱道：

“哦，我亲爱的，
哦，亲爱的人儿，
我没有这样的好命，
能与你多见几面。”

在南国闷热的黑夜里，这样的哭诉不禁让人想起北方，想起雪原，想起狂风的呼啸和遥远的狼嚎。

后来，斜眼女人得了热病，人们用帆布把她抬到城里。她在床上颤抖着，呻吟着，好像依然在唱着乡村墓地和细沙的歌儿。

黄色的脑袋在空中一闪而过。

我吃完早饭，用树叶盖住盒子里的蜂蜜，整理好包袱，不慌不忙地跟着前人的脚印走去。茱萸的拐杖敲击着小路坚硬的泥土。

我在狭小的灰色道路上前行，右侧是波涛汹涌的蔚蓝色大海。好像有看不见的木匠对它使用了成千上万只长刨，白色的刨屑被散发出犹如健康女人气息般的湿润温暖的狂风驱赶着，奔向海岸。土耳其帆船往左边歪着，驶向苏哈姆。船帆高扬，就像是苏哈姆总工程师鼓得圆滚滚的腮帮。那可是个严肃的人，不知为什么，他总把安静说成“喃静”，把虽然说成“殊然”。

“喃静点！你殊然硬气，我还是马上就能把你送到警局去。”

他很喜欢把人送到警局去，现在想想，他大概早就被坟里的蛆虫啃到骨头了吧。

我走得很轻盈，仿佛腾云驾雾一般。愉快的思绪，复杂的回忆，在脑海中轻轻环舞，它们旋转得像海面上的白色浪花，表面翻涌，深处却是平静。光明灵巧的青春希冀，像海底的银鱼一样轻轻游荡。

小路一直绵延到海边，它蜿蜒地靠近海浪拍打的沙滩。大概是树丛也想要瞧一瞧大海的面容，它们顺着小路的丝带俯身问候，像是对着广阔的蓝色水面点头致意。

风儿从山上吹来，就要下雨了。

树丛里传来轻微的呻吟，那是人的声音，那是永远扣人心弦的呢喃。

拨开树丛，我看见那个包黄头巾的女人，她正靠着胡桃夹树坐着，头歪到肩头，怪异地张着嘴，瞪着眼睛，看上去有些疯癫。她捧着自己的大肚子，呼吸异常，整个肚子都抽搐着。那个女人一边捧着肚子，一边低声呻吟着，露出黄色的牙齿。

“怎么了？撞到了？”我俯下身问她。她光脚踩在泥土中，像苍蝇似的乱蹬着，艰难地摇摇头，嘶哑地说：

“走开，不要脸的，快走!”

我立刻明白了，我曾经看见过一次，自然害怕地跳到一边去了。可那女人厉声嘶嚎着，模糊的泪水从她快要爆裂的眼睛里喷涌而出，在涨得紫红的脸颊上流淌着。

这让我不得不回到她身边。我放下包袱、茶壶、饭盒，推她躺在地上，想让她的膝盖弯曲。可她却一把推开我，用手捶打我的脸和胸脯。她像母熊一样转过身，吼着爬向树丛深处：

“强盗！魔鬼!”

她的手支撑不住了，便倒在了地上，脸磕在了泥土里。她叫喊着，抽搐着，双腿伸得直直的。

在炽热的激励下，我很快回忆起了自己所知道的这方面的知识。我把她翻倒在地上，弯起她的腿。羊水已经流出来了。

“躺好，就要生了。”

我跑到海边，挽起袖子洗了洗手，然后跑回来准备接生。

这女人扭来扭去，像烤在火上的桦树皮，拼命拍着身边的土地。她抓起枯黄的野草，想塞进自己的嘴中，泥土撒在她那张没有血色的狰狞的脸上，眼中充满了血丝。就在这时，胞衣破了，露出一个小脑袋来。我必须制止她双脚的抽搐，帮助孩子出来，还要留神她别把野草塞进自己扭曲地叫喊着的嘴里。

我们对骂了一会，她从牙缝里骂，我也不用高声。也许，她是出于疼痛，出于羞怯，而我则出于惭愧，出于怜悯。

“上，上帝啊!”她声音嘶哑，咬青了的嘴唇里吐出白沫来。她那被太阳晒褪色了的眼睛里流淌着母亲苦痛难耐的泪水，她的身体好像被撕裂成了两半。

“走，走开，你不要……”

她用虚软、脱节的双手一直推我。我笃定地说：

“傻瓜，快生吧。”

我非常同情她，感觉她的眼泪好像喷到我的眼里去了。我的心烦闷不堪，只想大喊，便喊了起来：

“喂，快生啊!”

很快，我的手中就捧着一个人——红红的。尽管隔着泪水，我还是看到他全身红彤彤的。他还和母亲连在一起，就已经对这个世界充满了不满。他挣扎胡闹着，低声叫喊着。他的眼睛是浅蓝色的，皱巴巴的脸上一个小红鼻子塌得可笑，嘴唇颤抖着，喊道：

“哇——哇——”

他多么光滑啊，好像一不小心就会从我手上滑落似的。我坐在地上望着他，哈哈大笑了起来。看见他，我太高兴了，竟忘了应该要做什么。

“剪断。”母亲小声说。她闭着眼睛，脸颊凹陷，面如死灰，仿佛没有了气息，可她青色的嘴唇还依稀颤抖着：

“用小刀剪断。”

我的小刀在板棚里被人偷走了，我只好用牙咬断了脐带。婴儿用低音哭叫着，这时母亲倒笑了。我看到，那双深不见底的眼睛闪烁着蓝色的光芒，异常夺目，一只黑乎乎的手在裙下摸着。她想找口袋，咬破了的嘴唇咝咝作响：

“没，没，我没有力气了。口袋里有带子，把肚脐系上。”

我掏出带子，系上了。她笑得愈发明艳，这笑容那么美好，那么耀眼，我的双眼简直被这笑容的光芒灼伤了。

“你休息一会，我去给他洗洗。”

她紧张地嘀咕道：

“当心点，轻点儿，可要小心啊！”

这个小红人根本不需要小心，他握紧拳头，使劲喊，使劲哭，好像要跟我打架似的。

“哇——哇——”

“你呀，兄弟，你先站稳脚跟吧，否则邻居会立刻割下你的脑袋的。”

当海水的泡沫第一次浸润他的身体时，当海水愉快地冲刷着我们两人时，他叫喊得特别严肃、特别响亮。当我轻拍着他的胸脯和后背时，他眯起眼睛，躲闪着，发出刺耳的尖叫。海浪一个接着一个地冲洗着他。

“叫吧，澳廖尔人！使劲喊吧。”

等我们回到他母亲身边时，她躺在那儿，闭着眼睛，咬紧嘴唇，忍受着产后的痛楚。透过叹息声和呻吟声，我听到了她垂死的低语：

“给，给我。”

“等一会吧。”

“给我！”

她的双手颤抖着解开胸口的衣扣，我帮她拿出那天生就够二十个孩子吃用的乳房，把好斗的澳廖尔小鬼贴近她温暖的身体。他立刻懂得要做什么，不再出声了。

“圣洁的圣母啊！”母亲哆哆嗦嗦地叹息着，凌乱的头发在她肩头蹭来蹭去。

突然，她轻轻叫了一声，然后便沉默不语了。当她再次睁开那双美妙绝伦的眼睛时，蓝眼睛里满是圣洁的母性的光辉。她仰望着蓝天，感激的、幸福的笑容在眼中燃烧着、融化着。母亲艰难地抬起手，慢慢地为自己和婴儿画着十字。

“荣耀属于你，圣洁的圣母。哦，属于你！”

眼中的光亮暗淡了，熄灭了。她长时间地沉默着，勉强地喘着气。突然，她干练、笃定地说：

“小伙子，把我的包袱打开。”

包袱打开了，她认真地看了看我，虚弱地笑笑，凹陷的脸颊和满是汗水的前额上闪过了丝丝红晕。

“你能走开一会吗？”

“你不要太劳累。”

“好了，好了，走开一会。”

我走到不远的树丛里，心里感到有些疲惫，可胸中却似有可爱的鸟儿在轻声歌唱，这歌声与海涛不绝的潺潺声交相呼应，听起来无比美妙，听一整年也不会厌倦。

不远处有条小溪淙淙流淌，好似一位少女在向密友讲述自己心爱的情郎。

包着黄头巾的脑袋从树丛里抬了起来，此时头巾已经包得十分整齐了。

“喂，喂，小兄弟，你回来得太早了！”

她一只手拄着树枝，像喝醉了似的坐在那里，灰白的脸上血色全无，眼睛那里出现两个蓝色的深坑。她深情地低声说：

“你看，他睡着了。”

他睡得很香。在我看来，他与其他孩子并没有什么两样，如果非要说有什么区别，那就是环境不同。他躺在树丛下一堆艳丽的秋叶上，这种叶子在澳廖尔省是看不到的。

“你啊，当母亲的也该躺一躺。”

“不，不行，”她摇摇头，脖颈虚软无力，“我还得抓紧到那儿去。”

“去奥切姆契立?”

“没错。我们的人已经走很远了。”

“你还可以走吗?”

“有圣母啊，她会保佑我的。”

既然圣母与她同在，那我还有什么可说的呢。

她望着树丛下那张不安分地鼓着腮帮的小脸，眼中放射出温暖、爱抚的光芒。她舔着嘴唇，缓慢地抚摸着胸脯。

我架起火堆，用石头固定住，想要把茶壶放上去。

“做母亲的，我这就煮茶给你喝。”

“可以吗？给我喝点吧，我的奶都干了。”

“你的老乡把你扔下了?”

“怎么会呢！他们没有扔下我，是我自己掉队的，他们又喝多了。这样也好，不然我要在他们面前躺下来，那可……”

她看了我一眼，用手肘挡住脸，吐了点血，不好意思地笑了笑。

“你这是第一胎吗?”

“是啊。那么，你是谁?”

“好像是个人。”

“当然是人了！结婚了吗?”

“没这个福气啊。”

“骗人吧?”

“为什么这么说?”

她闭上眼睛，想了想：

“那你怎么会知道女人那些事呢?”

这回，我只好说谎了：

“我是学这个的，大学生，知道吗?”

“哦，我知道。我们神甫的大儿子就是大学生，他学做神甫。”

“我也是那类的。对了，我先去打点水。”

女人把头贴在儿子身上，听听他是不是在呼吸。然后，她朝着海的方向望去。

“我也想洗一洗，不过，这是什么水，又咸又苦?”

“你就用这个洗吧，这水对健康有益。”

“是吗?”

“真的，它比溪水要暖和，这里的溪水冷得像冰。”

“你知道的真多。”

一个阿布哈兹人骑着马一步步地走了过来，他打着盹，头垂到胸口。那匹小马全身都是肌肉，耳朵一跳一跳的，一双滚圆的黑眼睛斜看着我们，长嘶了一声。骑马人猛地扬起戴着毛皮帽的脑袋，往我们的方向看了看，然后又低下了头。

“这里的人都怪得很，长相吓人。”澳廖尔女人小声说。

我走到一旁。水银一般光亮而鲜活的水流在石板上跳跃，在欢唱，秋叶在水中欢快地翻腾。洗过手和脸，灌满一壶水，我走了回去。隔着树丛，我看到那个女人正焦急地张望着，她跪在地上，在石头上爬着。

“你要做什么?”

她吓了一跳，脸色苍白地把什么东西藏在身后。我猜到了。

“给我，我帮你埋。”

“噢，小兄弟，这怎么行？应该放到澡堂脱衣间的地板下面。”

“这什么时候才能建个澡堂啊!”

“你说话真幽默，可我很担心，要是被野兽吃掉怎么办，胞衣可是要还给土地的!”

她转过身，递给我一个湿嗒嗒的包袱，害羞地小声请求道：

“那你，一定要好好埋起来，埋得深一些。看在上帝的份上，可怜可怜我的儿子吧，埋得安全点!”

等我再回来的时候，我看见她正从海边蹒跚地走来。她的一只手向前伸着，衣裙湿到了腰间，脸上泛着红晕，好像从内部散发着光辉。我扶她走到火堆旁，惊异地想：

“真是猛兽般的力量!”

后来，我们就着蜂蜜喝茶，她轻声问我：

“你放弃学业了吗?”

“放弃了。”

“是不是喝酒喝穷了?”

“是，后来喝穷了。”

“你还真是这样的人啊！我在苏呼姆看见过你和管事的为了伙食吵架，那时我就想，这肯定是一个什么都不怕的酒鬼。”

她的舌头饶有滋味地舔着嘴唇上的蜂蜜，蓝色的眼睛一直斜看着树下那个睡得香甜的新澳廖尔人。

“他要怎么活呢?”她叹了口气，看看我，说道，“谢谢你帮助我，尽管我并不知道这对他来说是不是好事。”

喝完茶，吃完东西，她画了个十字。在我收拾行李的时候，她萎靡地摇晃着，一面打盹，一面想着什么，眼睛又褪去了光泽。她看着大地，然后站了起来。

“你该不会是要走吧?”

“正是。”

“你要小心啊!”

“有圣母在呢。把他给我!”

“我来抱。”

我们争论了一会儿，最终，她妥协了。我们肩并肩地走着。

“但愿我不会一直晃来晃去的。”她抱歉地笑笑，一只手搭在我的肩上。

俄罗斯大地的新居民，一个前路未知的人，他躺在我的怀里，神气地打着微鼾。海浪披着白色蕾丝般的刨屑，翻涌着拍击岩石，发出一阵阵的低鸣。树丛在窃窃私语，阳光朗照，快到正午了。

我们慢慢地走着，孩子的母亲时不时地停下来，深深地叹着气。她高昂着头，四处张望，看大海，看森林，看群山，看儿子的脸。被苦难的泪水彻底洗过之后，她的眼睛又重新焕发出惊人的光彩，燃烧出无穷无尽的、蓝色的爱的火焰。

有一次，她停住说道:

“上帝啊，这样多好，真好呀！就这样一直走，一直走，走到天涯海角。这样，我的儿子就能够在自由中长大，在母亲的怀抱中长大。我亲爱的儿子!”

海咆哮着，咆哮着。

茶炊

故事发生在夏夜，在别墅里。

一个小房间靠窗的桌子上，摆着一个大肚子茶炊，它望着天空，热烈地唱道：

茶壶，你可曾看出，

月亮爱上了茶炊，爱得痴迷。

事情是这样的：人们忘了给茶炊盖上熄火盖，把茶壶留在茶炊托上，就离开了。茶炊里面还有很多炭，水却没剩多少。这会儿，水已经煮开了。茶炊在大家面前夸耀着自己金光闪闪的铜身。

老茶壶身上已经有了裂痕，它很喜欢戏弄茶炊。壶里的水已经煮沸了，它可不喜欢这样。这不，茶壶翘着壶嘴，咝咝地逗弄着茶炊道：

月亮从高空
俯视着你，
就像俯视着怪物一样。
原来，是这样！
茶炊扑哧着蒸汽，低声埋怨道：
根本不是这样，我和月亮是邻居，
甚至还有亲缘，
我们都是用铜做的，
不过，她可没我这般光彩照人。
这个红头发的小妮子，
你瞧，她满脸黑斑！
热气从茶壶嘴里冒个不停，它嘘声说道：
哎呦，你个大话精，
真是听不下去了！

小茶炊确实很爱说大话，它认为自己是聪明人，是美男子，它早就盼着能把月亮从天上摘下来，给自己当托盘使了。

它得意地喷着热气，好像根本没听到茶壶的话，只是沉醉地唱着自己的歌儿：

噗，我多么炽热！
噗，我多有力量！
只要我想，就能像皮球一样，一跃，
穿过乌云登上月亮。

茶壶也咝咝地唱着自己的歌：

那就请我
同这位特殊的人物，谈一谈，
为何要把水白白煮开。
既然如此，你就跳跳看。

茶炊被烧得炽热，全身发青，颤抖着低吼道：

我再沸腾一会儿，
等我感到无趣，
就立刻冲出窗外，
把那月亮娶回家来。

它们就这样沸腾着，沸腾着，吵得桌上所有的东西都无法入眠。茶壶逗弄道：

月亮比你圆。

茶炊回答：

可她体内没有炭。

一只倒光了奶油的蓝色奶油罐对空玻璃糖罐说：

都是空的，都是空的！
我讨厌这两个家伙！

糖罐甜美地回答：

是啊，它们啰里啰嗦，
让我听了也心烦。

糖罐长得胖，肩膀也宽，看起来十分可笑。奶油罐呢，相貌平平，只有一条胳膊，是个忧郁的驼背先生，它说起话来总是带着淡淡的忧伤：

唉，

哪儿都是空的，

哪儿都是干的，

无论是茶炊里，

还是月亮上。

糖罐蜷缩着喊道：

有只苍蝇飞进来了，

在我肚里搔我的痒。

哎呀，哎呀，我害怕，

怕我就要笑起来了。

奶油罐讪讪地说：

这可真是奇谈，

要是能听到玻璃的笑声……

脏兮兮的熄火盖醒了过来，叮叮当当地说：

叮当！谁在喍喍自语？

为何说个不停？

连鲸鱼夜里都要休息，

你看，午夜就要来临。

然而，当它看了一眼茶炊，惊慌地又叮当作响道：

哎呀，人都走光了，

不是去睡觉，就是外出闲逛。

可是，我的茶炊啊，

可能就要开焊了！

他们怎么可以，
把我熄火盖忘记？
现在他们只得
挠后脑勺懊悔！

这时，茶杯也醒了，叮叮当当地响了起来：

我们是普通的茶杯，
对一切都无所谓。
什么样的派头，
我们全都熟悉。
不管是冷是烫，
我们都能适应！
大话精小茶炊，
我们从不相信。

茶壶低声抱怨道：

呸，呸，这么烫，
烧得我直发慌。
这事可不偶然，
这事太不寻常！

说完，它就爆裂了！

茶炊也感到不妙，水早就烧干，而它也已经开焊，身上的笼头烧掉了，像醉汉的鼻子一样耷拉了下来，一只胳膊也脱了臼，可它仍然逞强地装出若无其事的样子，望着月亮低声嘶吼：

啊哈，她若真比我闪亮，

白日里就不会躲藏。

水与火，

我都愿与她分享。

她与我相依相伴，

定会过得愉快，

就像雨水绵绵，

茶水也不会中断！

它几乎已经说不出话来，身体歪向一边，可口中仍然喃喃低语：

倘若她为了夜晚更加闪耀，

白日里必须闭目养神，

那我愿日夜不眠，

将太阳的职责承担！

我会赐予大地更多的光明与温暖，

因为我比太阳更年轻，更炽热！

太阳已然年迈，受不起日夜不休的重担，

而对我这身铜皮而言，

一切却是那么简单！

熄火盖高兴起来了，它在桌上滚动着叮当作响：

啊哈，这多么愉快！

这多么荣光！

我要是能把太阳盖住，

啊哈，那可多么美妙！

这时，咔嚓一声，茶炊裂成了碎片，笼头掉进涮杯子的碗里，把碗砸了个粉碎。烟管带着茶炊盖被冲了起来，摇摇晃晃地往一边坠，压断了奶油罐唯一一条胳膊。熄火盖受了惊，滚到桌边嘀咕道：

看到了吧，人们总是没完没了，
抱怨命运，抱怨烦恼，
可自己却忘记，
把熄火盖盖好！

茶杯们依然毫不畏惧，哈哈大笑地唱着：

从前有个茶炊，
个头不大，脾气不小。
一次，人们忘了
把熄火盖盖好。
碳烧得灼热，
水却没剩多少。
茶炊烧炸了，
这就是它的命，
就是它的命！

瓷猪

瓷猪站在古钟旁的壁炉架上，她打扮得非常精美，自认为是整间书房里最漂亮的。

她最亲近的邻居是一尊墨丘利[1]的青铜像，他矗立在嵌着时钟的大理石峭壁上。这儿还有一个纸板粘的小鬼，一个海涅的石膏半身像，以及两只插着枯枝的花瓶。他们在壁炉架上已经呆了很久，相互非常熟悉。只要书房里没有人，他们就会交谈起来。今夜，他们也没有什么理由不遵循往

① 罗马神话中朱庇特与女神迈亚所生的儿子，担任诸神的使者和传译。

日的习惯。

女仆刚熄了灯，走出房门，瓷猪就一脸不满地说道：

“呸，我不喜欢灯光！”

“每一次您都是这么开头的。”纸糊的小鬼提醒她。

“那又怎样？我又不像老钟，只会不停地重复一句话。”瓷猪反驳道。

“哎呀，钟！”海涅的半身像感叹道，“先生们，你们知道吗，钟很快就要为人类记录本世纪的最后一刻，迎接新世纪的到来了！”

“这有什么大不了的！”瓷猪不屑地说，“好像他哪一年不是这样做似的！”

“每年都是一百年的最后一年。”小鬼说。

“正是，正是！”钟说。

“人类的这个习惯真可笑，每年十二月末的时候，他们都要幻想一下，生活的这个世界上还会诞生什么新东西。”海涅的半身像说道。

“您这指的是？” 瓷猪问道，她算不上是机灵的家伙。

“就是指的新年。”

“喔，没错！”瓷猪感叹道。

“这个很好解释。”小鬼说，“人是不幸的，懒惰的，他们自己根本创造不出新的东西，可是活着又是那么乏味，所以他们只得幻想着，不需要自己的努力世间就会出现什么新的东西。”

“人是懒惰的，没错！”瓷猪不容反驳地说道，“他们懒惰，所以不幸，而且他们还很愚蠢。实际上，成为一个幸福的人是那么简单。什么是幸福？幸福就是懂得知足，没有别的什么奥秘。”

“哦？”海涅的半身像嚷道，“太太，您要知道，我塑造的这个人也许不会赞同您。”

“唔，我还真不知道您塑造的是个什么人。但我觉得，万事万物都应该坚持做自己，而且只做自己。我相信，要是夜莺想要做猪，那只会变得更可笑，绝不会变得更美好。”

“嗯。”海涅的半身像说，“不过，假如我只做我自己的话，我就不会拥有如此美丽的外表，要知道我只是一堆石膏而已。”

“您这样很好，谦虚而且敢于承认自己的不足。”瓷猪对海涅的半身像赞赏地说道，“可是什么东西能阻止您变成猪呢，要是您不满意自己的现状的话？”

“说实话，我从没想过。也许，这样会更好。”

“嗨，您可——真蠢！能变成一只普通的猪就已经很舒心了，而若是能与我并驾齐驱，那简直达到了世间最完美的境界。我们可是约克夏猪，纯种的约克夏血统，您懂这个吗？”

“噢，我懂，您经常给我们讲您的族谱。”

“正是，正是！”钟说。

“我们约克夏猪早就为自己规划了生活的轨迹。这虽然睿智，却也十分简单。”

“这一点您倒是从来没对我们说过。”小鬼笑着说。

“我们约克夏猪永远都是如此，就像你们看到我现在的这个样子。”瓷猪郑重其事地说，“这是因为，首先，我们坚信优质饲料的益处和必要性。汁液的代谢远比思想的代谢更为重要。活跃美好的思想是什么呢？仔细分析一下吧。即使在我认定的完人身上，我相信，你们总会在他的思绪中找到些许优质的烤牛肉，两三滴红酒，芦笋，蘑菇，鲜肉，还有使思想闪光的香槟和玩乐。当然，食物之外还要给思想以位置。我们生活在这样的时代里，如果毫无思想地出席社交场合，就像是忘了打领带一样，有失体面，这一点很重要。此外，我们还要具备一定的品位和智慧，才能够选择恰当的好思想。

“你们发现了吗，问题在于许多思想都是有毒的，它们会毒害我们的感知。总之，努力让我们的外在饱含思想，而把内心全部摒弃，这才是最完美的状态。遗憾的是，并不是所有人都能做到这一点。当然，为了在社交场里应对自如，就需要选择一些简单、健康的思想，比如：二二得四；饿了要吃东西；科学是万能的；个性需要自由，但应在理性的限制之下；打死跳蚤的确残忍，却并没有违背道德；诸如此类的思想。其实，这些也算不上什么思想，只是随便说说。可无论如何，这对体面人来说是必不可少的，没有这些程式，谁也不会承认你是一个有教养有学识的人。

“在说出这些话的时候，还必须带着一种坚定的语气，仿佛除了您谁也不懂得您在说什么，仿佛您讲的是无法企及的天堂。不过，最好不要说天堂的事吧，因为我们约克夏猪从来也没见过天堂，而且说实话，我并不相信它的存在。

“话说回来，有一次，我们之中倒是有一个看见水洼中有一个空洞。你们知道，完全是空洞的东西，那大概就是天堂吧。如果真是这样，那天堂又有什么了不起呢？有什么可值得谈论的呢？为了能在社交场上谈笑风生，在选择话题的时候一定要适当，这些话题在任何时候对任何人都不需要负什么责任。

“若是拥有了优质的食物和得体的思想，那么您的肉体和精神会达到完美的平衡，幸福的根源正存在于这样的平衡之中。我说的这些，当然是针对人，因为我们约克夏猪完全不需要思想。我们只需要确信，自己是世界的中流砥柱，这就够了。呃，总之，是支柱，是根基，可以说或是换句话说，是栋梁。这是不言而喻的。在这样的自我定位之下，我们绝不允许自己做那些无关紧要的琐事，像什么期待新事物，新年什么的。”

“太太，您可真有见解。”小鬼笑着说，“说实话，您要不是个瓷猪，倒该去著书立说。”

瓷猪狐疑地哼了一声，说道：

“我不知道书是什么东西，从来也没尝过。是不是像酸白菜一样的东西？”

“不总是。”小鬼简短地回答。

“看！”海涅的半身像喊道，“你们看，今天有个什么黑影从时针落到表盘上了。这意味着什么？”

“嗨，这是新年之前常有的事。”分针轻声回答，“这不是黑影，或者说不是普通的黑影，而是人们在一年里没有完成的事情的反馈。这些事情聚集在一起，跟在我们身后，拖延着我们的脚步。”

“完全不明白！”瓷猪叹息道。

“我是说，它们跟在我们身后，是为了说明那些人类本该完成却没有做完的事情。”

“正是，正是。”钟肯定道。

“我无法忍受哲学、隐喻和类似的胡言乱语。”瓷猪解释道。

“早就已经，”时针说，“世界上早就没有忠实于生活运动的钟了。所有的钟都在滞后，因为他们与时间同行得太艰难，太沉重，时钟里装载了太多的人，身后又拖着太多未完成、未决定的事。”

“正是，正是。”钟冷漠地肯定道。

“生活要向自己的目标迈进，要求人们有所作为，可人却甘愿做懒惰的俘虏，拖慢生活前行的脚步。该做的事已经到了期限，却依然没有完成，因为缺乏团结劳作的神圣的手，缺乏扩充生活的劳作之手。如此一来，人们只好落后于生活。”

“不，他们就是太蠢！”猪说。

“他们是谁，太太？”小鬼问道。

“唔，当然是人啦，还有谁会那么蠢呢？就是人！看吧，钟都慢了，可人们还在十二点整迎接新年！”

“但是，钟也许就慢了几分钟呢？”海涅的半身像说。

“就拿我们来说吧，已经慢了一个多世纪了。”分针平静地说。

“看到了吧，”瓷猪高兴地喊道，“都慢了一个世纪了，人们还信心十足地迎接新年呢，他们这是等的哪一年啊？”

“一八九九年。”小鬼说。

“啊，真没想到，人们已经在世界上生活了这么久！大概，这就是他们愚蠢的原因吧。因为已经衰老了，是吗？他们的生活啊，多么枯燥乏味的生活！多么不幸的生活呀！”

“噢，艾拉赖达！”墨丘利感叹道。尽管他是铜铸的，可他知道自己塑造的是神，所以只有在大家的谈话惹怒了他时，他才会开口说话。“噢，艾拉赖达，生活堕落得多么卑微啊！世间的生活是多么单调！就连猪也来审判生活了，而在她的结论中，唉，我听到了真话。”

“不好意思！”猪骄傲地说，“什么叫‘就连猪’？您这个被拒之门外的神也敢说‘就连猪’？我要让您明白，您是野种，我可是约克夏猪！”

这时，书房的门开了，一个举着蜡烛的人走了进来。在有人和光的情况下，壁炉架上的小家伙们全都不说话了，他们认为这是不合适的，墨丘利和瓷猪的争论也就此戛然而止。

走进书房的那个人胖胖的，脸色绯红，显然，他刚刚吃饱喝足，还唱歌似的打着饱嗝。他站在桌前，捏熄香烟，说道：

“我不喜欢悲观主义者！那是什么？生活难道是糟糕的吗？胡说八道！我们迎接本世纪的最后一年，可以说是带着科学一起，举着科学的火炬，和X射线、液态气、电影院……什么电影啊！特别是当她淘气地坐在浴缸里……嘿，嘿！他们说，生活是令人厌恶的。谁说的？这是谁说的？啊，我知道，是菲利普·费多罗维奇说的。菲利普·费多罗维奇为什么说生活糟透了？因为他胃不好。还有，他没能得到圣诞节的奖赏。明白了！哎，杜尼娅！杜尼娅！给我拿矿泉水来。”

二十六个和一个(诗篇)

我们是二十六个人，二十六台活机器，我们被锁在潮湿的地下室里，从早到晚不停地揉面团，做花卷和面包圈。地下室的窗户对着一个土坑，坑边围砌着霉得发绿的砖头。窗框外被铁丝网钉得死死的，阳光根本无法穿透那满是面粉和灰尘的玻璃照射进来。窗户被老板钉死，是为了防止我们把他的面包送给外面的乞丐和没有工作吃不上饭的伙伴们。老板说我们都是小偷，只给我们吃发霉的杂碎，从来没有肉吃。

我们挤在这间闷热的石箱子里，低矮沉重的天花板上满是油烟和蜘蛛网。

墙壁上爬满了污点和霉斑，让人感到难受又恶心。我们每天五点钟就爬起来，昏昏沉沉，没精打采，到了六点就已经坐在桌前做花卷了，面团是伙计们趁我们睡觉的时候揉好的。从早晨到晚上十点钟，一些人坐在桌边负责将面团揉得有弹性，还要不停地摇晃它，以免它变硬，另一些人则用水在和面。蒸面包锅里的热水整天忧郁、沉思地呜咽着，烤面包的师傅手中的铁铲恶狠狠地快速刮着炉子，把烤得滑溜溜的面团抛到滚烫的砖块上。一旁的火炉从早到晚地燃着木柴，那通红的火光反射在作坊的墙壁上，仿佛在默默地嘲笑着我们。巨大的炉子就像是神话故事中怪物丑陋的脑袋，它从地板下面钻出来，张着血盆大口，口中满是明晃晃的火焰。它对我们喷吐着热气，还用两只黑眼窝似的通风口盯着我们没完没了地干活。这两个深窝像怪物凶残而冷漠的眼睛，它们总是用同样灼热的目光看着我们，好像对奴隶已经看得厌烦了，不再期待能从奴隶们那里看到任何人性，因此只是用智慧的冷眼鄙视他们。

我们日复一日在面粉的灰尘中，在被我们从院子里踩进来的污泥里，在密不通风的闷气中，揉面团、做面包。面包中掺杂着我们的臭汗，我们对这份工作充满了强烈的憎恶，宁肯吃黑面包，也从不尝自己亲手做出来的精面包。我们面对面地坐在长桌旁，九对九，一连几个钟头机械地摆动着胳膊和手指，对工作熟练到完全不需用眼睛看的程度。我们相互之间早就熟悉到每个工友脸上的皱纹都了解得一清二楚的程度。我们都不说话，早就习惯了低头干活，除非偶尔冒出几句脏话——人总是能找到可骂的地方，特别是对同伴。不过，就连责骂在我们这儿都很少见，要是一个人已经半死不活了，要是他早就变成一个木偶或是被沉重的劳动压垮了所有感觉了，那还有什么可责骂的呢？更何况，沉默只有对那些已经把所有话都说完了再无话可说的人们才是可怕的、折磨人的，对于还没有开始谈话的人来说，沉默只会让人感到轻松自在。有时候，我们也会唱歌，歌儿都是这样开始唱起来的：干活儿的时候，有人突然像疲乏的老马重重地叹息了一声，接着就轻轻哼起一首缓慢的歌儿，那种幽怨柔美的曲调总是能舒缓歌者沉重的心情。只要有一个人唱歌，大家就都默默地倾听他的独唱。歌声在地下室沉重的天花板下消失、湮没，就像是在秋天深夜的草原上，灰蒙蒙的天空如铅顶般悬挂在大地上方，湿漉漉的旷野中出现的那一小堆篝火。随后，另一个声音也加入了，这两个歌声轻盈、哀伤地盘旋在地窖局促而闷热的空气中。突然，又有几个声音合入了歌声里，它就像波涛般翻涌起来，越来越强大，越来越响亮，似乎想要把我们石牢那潮湿、沉重的墙壁凿开。

我们二十六个全都唱了起来，早已和谐的歌声响彻整间作坊。歌声在这屋子里太挤了，它在墙壁上横冲直撞，在呻吟，在哭泣，它用轻瘙痒处的刺痛感唤醒了我们心中尘封已久的伤痛和忧愁。歌者们深沉、悲痛地叹息着，有的人突然停住，静静聆听同伴的旋律，然后再加入到合唱的波涛里。也有人悲痛地喊道："唉啊！"然后闭上眼睛继续唱。大概，他把这宽广的声浪当做了一条通往远方的大路，在这条洒满阳光的宽广大道上，他看到自己正向前行进。

炉中的火焰依然在跳跃着，铁铲将砖头磕碰得叮当乱响，锅里的热水哀泣轰鸣，炉火的光影在墙壁上颤抖、窃笑。而我们，则用别人的歌词唱出自己隐忍的悲哀，唱出活着却被剥夺阳光的忧郁，唱出作为奴隶的痛苦。我们二十六个就这样活着，在这间大石房子的地下室里活着，我们活得那样沉重，仿佛这三层楼的房子就建在我们的肩头似的。

不过，除了歌唱，我们还有一个美好的深爱的东西，在我们心中，这就是另一个太阳。我们这栋房子的二楼有一间金绣作坊，那些女工中有一个十六岁的女仆，叫做塔尼娅。每天一大早，我们作坊通道门口的那个小窗户里，就会出现一双快乐的蓝眼睛，她那玫瑰色的小脸蛋盈盈地对着我们亲切爽朗地喊道：

“囚犯们，给点面包圈吧！”

我们立刻朝这个爽朗的声音转过去，大家愉快友善地看着这张少女纯洁的脸庞，而她也正柔媚地笑着。看到贴在窗子上的鼻尖，笑开的红唇和口中那两排整齐洁白的牙齿，我们心里快活极了。大家纷纷冲过去给她开门，你推我搡的。她高兴地、可爱地走进来，提着她的围裙，站在我们跟前，微微地歪着小脑袋瓜，一直笑着。她把栗色的头发梳成一条又粗又长的辫子，绕过肩头，搭在胸前。我们这些脏兮兮、黑乎乎的丑八怪，从下面仰视着她。门口的台阶比地板要高出四级，我们抬头望着她，向她问好，还说些只有对她才会说的话。和她说话时，我们的声音要柔和得多，连笑话也轻松许多。对待她，一切都是特别的。烤面包的伙计从炉子里掏出一个烤得最好的焦黄的面包，扔到了塔尼娅的围裙里。

“小心点，别碰见老板！”我们提醒她。她机灵地笑笑，快活地喊道：

“再见啦，囚犯们。”然后便像小耗子一样溜走了。

她走之后的很长时间里，我们还在讨论着她，虽然说的内容跟昨天、跟以前一模一样。无论是她，是我们，还是我们周围的一切，全都跟昨天、跟以前一模一样。当一个人生活在一成不变的环境里，而这种千篇一律又没有把他的灵魂杀死的话，那是非常煎熬、非常痛苦的，他生活得越久，这种停滞的状态就越让他无法忍受。我们经常谈论女人，而且都是用一些粗俗下流的话，有时连我们自己都觉得恶心。可这是能够理解的，因为我们认识的女人，大概也配不上别的话。可塔尼娅却不同，我们从来不会说她的坏话，从来没有一个人允许自己用手去碰触她，也没有人会对她开一句放肆的玩笑。这可能是因为她和我们在一起的时间太短，就像天空滑落的星星，一闪而过，也可能是因为她娇小而美丽，就是在粗鄙的人当中，美也能引起尊重。还有，虽然这苦役般的工作使我们迟钝得像头牲口，可我们毕竟是人，只要是人，就不能没有崇拜地活着。我们这里没有比她更好的人了，除了她，没有人注意过我们这些生活在地窖里的人，一个都没有，尽管这栋房子里还住着几十个人。当然，还有最主要的原因，那就是，我们把她当做自己人看待，觉得她只有依靠我们的面包圈才能活下去。我们把给她热面包视为自己应尽的责任，这种向偶像进贡的牺牲，仿佛成了神圣的仪式，使得我们一天天更加依赖她了。除了面包，我们还会给塔尼娅许多善意的劝告，叫她穿得暖些，在楼梯上别跑太快，不要扛太重的柴火。她总是笑着听完我们的劝告，笑着答应，然后永远不照做。可我们并不会因此而怪她，我们只是要表示对她的关心而已。

她时常向我们提出各种要求，叫我们帮她开酒窖沉重的大门啊，劈柴火啊什么的。我们都很高兴，甚至满心骄傲地替她做所有她想做的事情。

然而，当我们有人请她帮忙缝补自己唯一的衬衣时，她却一脸蔑视地说：

“呸！我才不，真是的！”

我们狠狠地嘲笑了那个怪人，从此以后再也没人要求她做过什么。我们爱她，这就能说明一切了。人总是要把爱寄托在什么人身上的，就算爱有时会让人苦恼，会被玷污，还有可能会让亲近的人窒息，因为爱一个人的时候，是不会尊重爱人的。我们需要爱塔尼娅，因为我们再没有谁可爱了。

有时候，我们当中有人会突然莫名地议论道：

“我们干什么这么宠爱这个姑娘？她有什么特别的，以致我们被她支使得团团转？”

我们立刻教训了这个人，他居然敢说这样的话。我们需要有所爱，我们给自己找到了“真爱”。我们二十六个爱的，必须像信奉神灵一般无可撼动，任何人要是想反对我们这样做，就是我们的敌人。我们爱的也许并不是真的那么美好，可我们有二十六个人啊，因此我们希望自己所珍视的，在别人那里也能被视为珍宝。

我们的爱并不比恨少几分沉重，也许正因为这样，有些高傲的人便断言说，我们的恨比爱更值得称赞。如果是这样的话，他们为什么不远离我们呢?

除了面包坊，我们老板还有一个面包铺，就开在这栋房子里，和我们这个地窖只有一墙之隔。不过，那儿的面包工是四个人，他们不与我们为伍，觉得自己的工作比我们干净，便由此觉得自己也比我们强。他们从不到我们作坊来，在院里碰到时也是一脸轻蔑地嘲笑我们。我们也不到他们那儿去，因为老板不让我们去，怕我们偷那儿的甜面包。我们讨厌那几个面包工，嫉妒他们，他们的工作比我们轻松，赚得却比我们多，吃得比我们好，作坊宽敞明亮，他们自己也干干净净，健健康康，全都跟我们相反。我们总是蜡黄的，灰头土脸的。我们中三个有梅毒，几个有疥疮，一个有风湿，身子已经完全扭曲了。他们每到过节和不干活的时候，都穿着夹克和咯吱响的皮靴，其中两个人带着手风琴，一起去市公园散步。可我们呢，穿着破烂的布条，踩着破靴或是草鞋，警察不许我们进市公园。我们怎么可能喜欢面包工呢?

有一天，我们听说，他们中有一个人喝醉了酒，被老板开除了。他们又雇了一个当兵的，这人穿着缎面背心，带着有金链的表。我们出于好奇，想看看这个花花公子。为了能看见他，我们轮流往院子里跑。

可他却自己跑到我们作坊来了。他一脚把门踢开，就这么敞着门，站在门槛上对我们说：

“上帝保佑！兄弟们，你们好啊!”

冰冷的空气如浓重的烟雾一般冲进门里，在他脚边翻滚。他总是站在门槛上，从上而下地俯视我们，那口又大又黄的牙齿在他卷得精妙的黄色小胡后面闪闪发亮。他穿的背心真是有些独特，蓝色的，绣着花，那么闪亮，上面的纽扣也是用某种红宝石做的，表链又是……

这个当兵的，长得真是帅气，高高的个子，身材健硕，脸颊红润，一双明亮的大眼睛看起来非常漂亮，整个人看上去亲切又爽朗。他头上戴着浆得笔挺的白帽，从洁净的没有一丝污点的围裙下，可以看到那擦得锃亮的时髦皮靴的尖鞋头。

我们的面包师恭敬地请他关上门，他不慌不忙地把门关上，开始向我们打听起老板的事情来。我们争先恐后地跟他讲，说老板是个骗子，小偷，是恶棍和阎罗王，所有应该说的、可以说的事，我们全都说了，不过不方便写在这里。当兵的听着，抖着小胡子，用柔和明亮的目光望着我们。

“你们这儿姑娘可真多!”他突然说。

几个人恭敬地笑了起来，另外几个人挤弄着甜兮兮的鬼脸，还有人向大兵解释说，这里一共有九个姑娘。

“玩她们吗?”大兵眯起眼睛问道。

我们又笑了，声音不大，是不好意思地笑了。我们当中也有人想向大兵表现自己是和他一样勇敢的棒小伙，可没有人会这样做，也没有人能做到。有人小声地承认道:

“我们哪会呢!”

“嗯，这对你们是很难!”大兵认真地打量着我们，很有把握地说，“你们没有——不是那种——没有耐性——体面的样子，就是这么回事儿!女人们啊，就喜欢人的外表。她们喜欢漂亮的躯壳，喜欢一切都端正。她们还崇拜力量，胳膊得——瞧！”

大兵从口袋里伸出右手，把袖口卷了起来，给我们看他的胳膊。那手臂白皙、强壮，金黄色的汗毛闪着光亮。

“腿，胸脯，全都得是硬邦邦的。还有，要穿得体面，东西要想漂亮也要靠这个。就拿我说吧，婆娘们都爱我。我不用召唤，也不需挥手，她们自己就会三五成群地往我脖子上爬。”

他一下子坐到面袋上，开始讲起那些娘儿们怎么爱他，他又是怎么同那些人周旋，讲了很久才离开。门在他身后吱呀一声关上，我们还长久地沉默着，大家都在琢磨他和他的故事。后来不知怎的，大家突然议论开了，发觉原来我们都很喜欢他。这个小伙子简单、可爱，他来了，坐了一会，还聊了天。从来没有人到我们这里来，更没有人像他那样友善地和我们聊天。我们一直在谈论他，谈论他在金绣女工们那里将斩获的战果。这些女工每次在院子里碰到我们，总是像受了委屈一样抿着嘴绕开，要不就径直冲向我们，好像眼前根本没有我们这些人似的。而我们呢，只能在院子里，或是趁着她们从窗前经过的时候，远远地欣赏。冬天，她们常穿戴着独特的皮帽和大衣，夏天，戴着有花的凉帽，手中还拿着五颜六色的阳伞。要是被姑娘们听到我们在背后是怎么议论她们的，估计她们全都会羞愤得暴跳如雷。

“不过，他可千万不能把塔尼什卡[①]玩弄了！”面包师突然忧虑地说。

大家被这句话吓住了，全都陷入了沉默。我们怎么会把塔尼娅忘了呢，那个大兵似乎用他健壮迷人的身影把她遮住了。随后，爆发了一场喧嚷的争论。有人说塔尼娅是不会放任自己做这种事的，也有人说她根本无法抵挡大兵的追求，还有人表示，要是大兵对她纠缠，那就打断他的肋骨。最后，大家决定要

① 塔尼娅的爱称。

盯着大兵和塔尼娅，还要提醒姑娘提防他，争论就此结束。

一个多月过去了，大兵每天烤着面包，和金绣女工们游玩，还总到我们作坊来。但他从没有提起在姑娘们那儿取得的胜利，只是绕着小胡子，饶有趣味地舔着嘴唇。

塔尼娅每天早晨都到我们这儿来拿面包圈，就像往常一样，她还是那么活泼可爱，那么亲切可人。我们试着同她谈起大兵，她叫他“凸眼牛犊”，还有别的很可笑的绰号，这让我们都放了心。相比那些对大兵穷追猛打的女工，塔尼娅对他的态度让我们感到十分自豪，这无形中也提升了我们的地位。我们依照着塔尼娅，也对大兵轻蔑了起来。大家更爱她了，每天清晨迎接她的态度也更加快活，更加友善。

可有一天，大兵喝醉了来到我们这里，刚坐下就开始大笑。我们问他在笑什么，他解释说：

“有两个女的为我打了起来，黎琪卡和格露什卡，她们打得太激烈了，哈哈！一个抓住另一个的头发，把她按在过道的地板上，骑在她身上。哈哈，脸都撕破了，撕破了！太可笑了！这些婆娘怎么不老老实实地打架呢？干什么要乱抓呢?”

他坐在长凳上，那么健康，那么干净，那么快活。他坐在那里哈哈大笑，我们却没出声，不知为什么，这一次他让人感到厌恶。

“哎呀，我在女人这儿怎么这么走运呢，啊？太可笑了！只要眨眨眼睛，就全到手了。真是见鬼!”

他抬起那双白皙的手臂，上面的汗毛闪闪发亮，两手在膝盖上一拍，愉快而好奇地看着我们，好像他真的不知道自己为什么在女人那里这么幸运一样。他那张红润的圆脸因为得意而幸福地放着光，他津津有味地舔着嘴唇。

突然，我们面包师气哼哼地使劲铲了一下炉台，讽刺地说：

“弄倒一棵小杉树花不了多大力气，有本事弄倒一棵松树试试。”

“你这是对我说的？”大兵问。

“就是对你！”

“什么意思？”

“没什么，算了。”

“不行，你等等！怎么回事？什么松树？”

面包师没有回答，他快速地翻动着铁铲，把煮熟的面包扔到炉子上，将烤好的面包扔到地板上，让小伙计们把它们用线穿起来。他仿佛忘记了大兵，忘记了正在同他聊天。大兵突然急躁起来，他站起身走到炉边，全然不顾胸口正抵着在空中急速飞舞的铁铲把儿。

“不行，你快说，她是谁？你这是对我的侮辱。我是谁？还没有我搞不定的女人，没有！可你居然对我说这么侮辱人的话！”

看来，他是真的气急了。大概除了善于勾引女人，他再也没有别的本事能得到别人尊重的了，除了这个，他身上再没有什么充满活力的东西，也只有这个本事能让他感觉到自己还是一个活生生的人。

总有这样的人，他们将心灵或身体的某种疾病视为生命中最美好最宝贵的东西。他们一生都携带着这种疾病过活，也只依靠它活着。他们受其折磨，却也从病中汲取营养。他们向人们抱怨病痛，又凭此来吸引亲人的目光。他们靠此博取别人的同情，除此以外，就一无所有了。一旦从他们那儿除去这病，治好了他们，他们就会更加不幸，因为生活中唯一的手段被剥夺了，他们将变得空虚贫瘠。人的生活有时就是这样贫乏，以致于他们不得不珍惜自己的弊病，并靠此生活。可以说，人的弊病常常是出自空虚。

大兵受到了侮辱，他缠着面包师吼道：

“不行，你快说，是谁?”

“我说：”面包师突然转向他。

“说啊。”

“知道塔尼娅吗?”

“怎么样?”

“就是这样！试试看!”

“我?”

“就是你!”

“就她？这对我来说，简直——呸!”

“我们倒要看看!“

“你看着吧，哈哈!”

“她对你……”

“一个月为限!”

“你就吹牛吧，当兵的!”

“两个礼拜！我要让你好好看看！她是谁？塔妮卡！呸!”

“好，滚出去，你在这儿碍手碍脚的!”

“两个礼拜，准备好啊！哈，你……”

“我说了，出去!”

我们的面包师突然狂躁地挥了挥铁铲，大兵惊讶地退后了几步。看到我们默不作声，他悄悄地犯狠道：“好!”然后转身走了出去。

他们争吵的时候，我们虽然很感兴趣，但都没有出声。等大兵一走，立刻响起了喧闹的争论声。

有人对面包师喊道：

“帕维尔，你可惹祸了！”

“干你的活儿吧。”面包师气呼呼地说。

我们觉得，大兵的那根神经被深深触动了，一种危险正在向塔尼娅靠近，大家感觉到，一种强烈的令人期待的好奇包围了我们。

“会发生什么呢？塔尼娅能抵挡住大兵吗？”大家全都笃定地喊。

“塔妮卡？她肯定抵挡得住！赤手空拳是不会制服她的！”

我们特别想考验一下女神的坚强度，大家都急切地想要证明我们的女神是无比坚强的，她在这场战斗中一定是胜利者。后来，我们觉得对大兵的刺激还不够，于是便多次狠狠地伤害他的自尊心，以免他忘了这次打赌。自此，我们的日子开始变得特别起来，我们每天神经紧张地过活，这是过去从未有过的。我们整日争论，大家变得越来越能言善辩。我们仿佛跟魔鬼定下了一个赌约，而赌注就是塔尼娅。当我们从面包工那儿听说，大兵已经开始“勾搭”我们的塔尼娅时，我们竟感到了前所未有的高兴，连生活也变得更有吸引力了，甚至没有发现老板利用我们的兴奋，给我们每天多加了十四普特面的工作量。我们好像也不觉得辛苦了，每天嘴里就念叨着塔尼娅的名字，迫不及得地期待着早晨的见面。有时，我们觉得走向我们的，已经不是过去的塔尼娅，而是另外一个人。

不过，那个赌注我们一点也没有告诉她，也没有问过她一句这方面的事情，我们还是一如既往地友善地对待她。可我们的关系里似乎萌生了某种前所未有的新情感，这种强烈的好奇尖锐而冰冷，就像一把钢刀。

“兄弟们，今天就是最后期限了！”有一天早晨，面包师放下手里的活儿说。

就算他不提醒，我们也清楚地知道这一点，可大家还是愣住了。

“你们看好了，她马上就来了。”面包师说道。

“没错，眼睛总能看出些端倪的。”

这时，屋里又爆发了一场激情洋溢的争论。今天，我们终于可以知道宝盒是多么洁净，多么无可玷污了，这个宝盒里寄托了我们最好的一切。今早，我们第一次意识到，我们确实在进行一场无比重大的游戏，对女神贞洁的考验很有可能会毁灭我们心目中的她。这些日子总是听到大兵对她执着、无耻地追求，可不知为什么，我们没有一个人问过她对大兵的态度。她依然每天清晨来我们这儿拿面包圈，就和往常一样。

今天，我们又听到了她的声音：

“囚犯们，我来啦。”

我们赶快让她进来，等她进门后，我们却一反常态地用沉默迎接她。我们看着她的眼睛，不知道该说些什么，问些什么。我们一群人黑压压地站在她面前，一声不吭。看得出，她对这种怪异的迎接感到惊讶。突然，我们看到，她脸色苍白，焦虑不安，身体不停地摆动。她压低了声音问道：

“你们这是怎么了?”

“那你呢?”面包师目不转睛地盯着她，不安地反问道。

“什么，我怎么了?”

“没，没什么。”

“那，快给我几个面包圈!”她以前从没有催促过我们。

“你急什么!”面包师一动不动地站着，紧盯着她的脸。

这时，她突然转身消失在了门口。

面包师拿起铁铲，转向炉子，平静地说道：

“看样子，成了！好你个大兵啊！混蛋！”

我们像一群绵羊似的，推搡着回到桌边，默默地坐下，沮丧地干起活来。很快，有人说道：

“也可能，还……”

“还什么还！”面包师喊道。

我们知道，他是个聪明人，比我们都聪明。他的喊声可以理解为对大兵胜利的肯定，我们变得忧郁不安。

十二点，午饭时间，大兵来了。他像平常一样干净漂亮，也像平常一样看着我们的眼睛，可我们却羞于看他。

“得了，老实的先生们，想不想让我展现一下军人的英勇啊？”他笑着说，“只要你们站到通道里，从缝隙中看看，就会明白了。”

我们走了出去。大家挤来挤去，贴在通道板墙的缝隙上往院子看去。只等了一会儿，很快就看到塔尼娅了。她一脸心事，步子急切，跳过了几个融雪的水洼和泥坑，随后消失在酒窖的门里。这时，大兵吹着口哨不慌不忙地出现了，他双手插兜，小胡子不停地晃动着。

天正下着雨，我们看到雨水落在坑洼中，击得水洼泛起了皱纹。天气潮湿昏暗，真是烦闷的一天。屋顶还残留着积雪，地上出现了黑色的泥斑，就连房顶的雪也蒙上了一层尘土。雨淅淅沥沥地下着，声音很凄凉。我们等得又冷又抑郁。

大兵先从酒窖里走了出来，他慢慢地走过院子，双手插在口袋里，小胡子一晃一晃地，就像平常一样。

随后，塔尼娅出来了。她的眼中闪烁着兴奋、幸福的光芒，嘴唇也是微笑的。她像做梦一样走了过来，摇摇晃晃，脚步杂乱。

我们没办法平静地接受这个，大家一拥而上，冲到院子里，对着她凶狠地、粗野地大喊大叫。

看到我们，她哆嗦了一下，然后就像木桩子似的站在污泥中。我们围着她，幸灾乐祸地辱骂她，用最下流最无耻的话不停地羞辱她。

我们的声音并不大，骂得不慌不忙，因为她已经被我们团团围住，无路可逃了，我们尽可以肆无忌惮地羞辱她。可不知道为什么，我们都没有打她。她站在中间，听着我们的责骂，头一会转到这边，一会转向那边。我们越来越起劲、越来越凶狠地发泄着，将所有肮脏、毒辣的话都抛向她。

她脸上的红晕褪去了，那双蓝眼睛，上一秒还溢满幸福，此刻却睁得大大的，胸脯沉重地呼吸着，嘴唇不停地颤抖。

我们围着她，报复她，因为她抢夺了我们。她是属于我们的，我们把最美好的一切都寄托给了她，尽管那点美好只是乞丐的渣子，可我们是二十六个，而她只有一个，我们给她的痛苦根本无法弥补她犯下的罪过！我们是怎样地羞辱她啊！她一直沉默着，全身颤抖，用那双野性的眼睛看着我们。

我们狂笑，嚎叫，怒吼。又有些人跑了过来，我们当中有人拉了塔尼娅的衣袖。

突然，她的眼睛一闪，慢悠悠地把手伸向头顶，理了理头发，大声却平静地对着我们说道：

“唉，你们啊，这些不幸的囚犯！”

随后，她径直向我们走来，走得那样轻松，好像我们并不存在，也没有挡她的路一样。我们当中竟真的没有人挡住她的去路。

走出我们的包围，她并没有转向我们，只是高傲地、充满蔑视地大声说道：

“啊，你们！下贱！混——蛋！”

她就这么走了，挺拔，美丽，高贵。

我们留在院子里，站在泥泞中，淋着雨。灰蒙蒙的天空，没有阳光。

后来，我们默默地回到自己潮湿的石窖里。像过去一样，太阳从没有照进过我们的窗子，塔尼娅也再没来过。

狗

>

青灰澄明的暮色笼罩着原野，被烈日炙烤了整日的大地上，升腾起一股闷热的气息。阴郁的红色月亮慢慢升起，浓重的乌云，宛如一条大鱼横亘在地平线上，纹丝不动，遮住了月亮的半边面容，剩下的月亮看起来好似一只装满了鲜血的茶碗。

我沿着田间小径来到一座死气沉沉的小城。教堂十字架的光辉渐渐熄灭，一种像影子一样飘忽不定的怪声轻柔地向我飘来。一只狗走在尘土飞扬、漆黑的路上。它耷拉着尾巴，吐着舌头，摇头晃脑，不慌不忙地朝我走来，时不时抖落乱缠在一起的毛。从那缓慢的步伐里，看得出它正怀着满腹沉重的忧虑。它看起来还饿着肚子，可怜兮兮。它似乎下定了决心要做某件事情。我轻轻打了个口哨，召唤它过来。它抖了一下，坐在地上抬起脑袋，眼里射出敌对的凶光，龇起牙齿对着我狂吠起来。可当我走近它的时候，它只是吃力地站起来，眼中闪着冷光，嘶哑地吠了几声，然后就迅速跑回田里去了。它一边走，一边回头看我，摇晃着沾满杂草的尾巴。我望着它的背影，它迎着那轮不祥的红色冷月，沿着田野，孤独地走向黄昏静默的远方。

两三天后，我又看见了它。它躺在峡谷边的灌木丛下，一群大黑蝇在它头顶贪婪地盘绕，它们在它死灭的眼睛上爬来爬去，还爬进它张开的嘴中，嗡嗡地撞击着它的毛皮。它伸长脖子，龇着黄牙，一双昏暗冰冷的眼睛一动不动地望着城市的方向。片片白云随性地飘浮在天空中，在阳光下尽情地嬉戏，地上掠过点点倩影，仿佛是天与地正在默默对语。有时候，阴影遮住了狗的尸体，它那望着远方、望着人们居住城市的锐利眼睛，就显得更加昏暗了。

我对那死去的狗说：

“赞美你！你与人一同生活，却为了独自死去而远离他们。你不愿人们因自己临死时的惨象而受到伤害。你是高傲的，你不允许人们将你这欢乐、善良的狗看做衰老、孱弱、怯懦的寄生虫，看作依靠回忆往昔、依靠侮辱性的怜悯度日的寄生虫。赞美你，因为你不以嘶哑虚伪、倚老卖老的吠声，不以动物将死之际愚蠢无力的哀怨声来玷污生活。赞美你！

“真正的智者会选择在适当的时间死去。狗啊，赞美你，因你知道自己死期将至，就默默离开了生活。赞美你！

“我多么想把这赞美告诉那些半死不活的人，他们用自己腐朽的恶气无耻地荼毒着我们的生活，我多么希望他们能以你为榜样！光荣的狗！

“他们的心早已死去，可他们还在呻吟，还在说话，把那死去心灵的恶臭的毒脓洒在我们头顶。

“赞美你，狗！”

旧年

“旧年”在自己生命的最后一天，也就是他即将返回“永恒”的前夕，总要为自己的继任者举办一场隆重的迎接庆典。他会邀请人类所有的“特质”，并与他们交谈至凌晨。十二点是他注定死亡的时刻，也是“新年”诞生的时刻。

昨天就是这样一个夜晚，各种稀奇古怪又飘忽不定的客人都来“旧年”家里做客。我们都很熟悉这些客人的名字与外表，但并不明晰他们的本质以及他们对我们的意义。

“伪善”和“恭顺”手挽着手，最

早来到了“旧年”家。紧接着，“虚荣”在“愚蠢”恭敬的陪伴下傲然出场。在他们身后，那个高大英俊却满面病容的便是”理智”，尽管他深邃的双眸闪烁着骄傲的超然，但更多的却是无能为力的苦闷。

“爱情”尾随而至，这是一个袒胸露乳的粗俗女人，她的眼中满是情欲，全无半点思想的火光。

“奢侈”翩然而至，她低声提醒“爱情”：

“哦，天啊，爱情！瞧你这身打扮！这样的穿着怎么配得上你在生活中的身份呢?”

“哎呀!”“胡思乱想”说道，“您能要求‘爱情’打扮成什么样呢？太太，您永远是这么天真浪漫。依我看，越是简单，便越是光鲜。我很高兴，能从‘爱情’的身上扯下那层梦幻的外衣。我们生活在土地上，她是那样坚实而肮脏，天空高得遥不可及，天与地之间永远不会有交集。不是吗?”

此时，“爱情”却沉默不语，她几乎早就丢失了语言能力。往昔那些炽热的话语早已消失殆尽，如今她的愿望粗俗无比，她的血液稀薄而又冰冷。

“信仰”出场了，她已经筋疲力尽，摇摆不定。“信仰”带着不共戴天的仇恨，恶狠狠地怒视“理智”，之后，又悄悄隐匿到“旧年”来客的人群中，躲避“理智”的双眼。

在她之后，“希望”像火星般一闪而过，转眼消失在人群之中。

这时，“睿智”现身了。她身着明艳而轻薄的衣衫，上面满缀了假宝石。她的衣衫有多光鲜，她的内心就有多阴郁。

“忧郁”紧随其后，接受大家恭敬的行礼，它是受到“时间”尊敬的客人。

最后一个登场的是“真理”，她一如既往地怯懦愁闷，形容枯槁。她悄悄地走进角落，孤独地坐在那里，没有引起别人的一丝注意。

“旧年”出来了，他环顾自己的客人，像靡菲斯特[①]那样冷笑了一下。

“大家好，我们就要永别了！”他说，“永别了，因为我就要死了，这完全是命运的安排。我并不是永生的，为此我却十分高兴，因为这样苦闷惨淡的生活我一天也无法忍受了。只同你们交往，生活是多么无趣啊！我由衷地怜悯你们，因为你们是永生的。我可怜你们，因为我出生之时，你们比今天更强健、更鲜明、更纯净。是啊，我由衷地可怜你们。你们被人类折磨得虚软无力，变得庸庸碌碌、粗鄙庸俗，如今你们堕落得竟如此相似。这样的你们就是人类的特质吗？没有力量，没有光彩，没有热情！我可怜你们，更可怜人类。”

“旧年”冷笑着转向客人们，他问“信仰”：

“‘信仰’，你的力量呢？你不是可以推动人类建功立业，使他们精神充盈吗？”

“都是她将我掠夺得一无所有！”“信仰”指着”理智”恶狠狠地说。

“因为她，人类至今也不肯相信我的能力。在与她的争斗中，我损耗了自己全部的精华！”“理智”愤怒地反击道。

“不幸的人啊，你们别吵了！”垂死的老人又漠然地笑了，沉默片刻后他说道，“没错，你们就是这样贫瘠而陈旧。长年累月地同你们打交道是多么令人作呕！是谁在那里摇头？哦，是你啊，‘真理’！你还是那副样子，还没有得到人们的尊重吧。唉，那又如何呢？永别了，我的老伙伴们。永别了，我没有什么要对你们说的了。不过，你们中好像少了谁没来？‘独创性’在哪里？”

“她早就不在人世间了。”“真理”战战兢兢地回答。

“可悲的人间！”“旧年”怜悯地说道，“人是多么可怜啊！倘若丢掉了精神、情感和行动的独创性，那人类会是多么的庸碌惨淡！”

---

① 歌德的作品《浮士德》中的魔鬼。

“他们甚至都不会为自己失去了美的丑陋躯体做一丝掩饰。”“真理”小声地抱怨道。

“人类是怎么了?”“旧年”疑惑地问道。

“他们失去了愿景，只与欲望同生。”“真理”解释道。

“难道他们也要死了吗?”“旧年”诧异地问。

“不,”“真理说，“他们还活着，但是活得怎么样呢?大部分人按照既定习惯过活，一些人出于好奇，他们甚至都不关心自己为何而活。”

“旧年”冷冷地笑着。

“是时候了！还有一分钟，我生命的时钟就要敲响，这钟声要将我从生活中解救出去。临走前我还要说两句。我活过，我发现这种活是可悲的。再一次也是最后一次同大家永别了。我可怜你们，可怜你们的永生，可怜你们得不到安宁。作为‘时间’的儿子，我是没有感情的，但我却可怜你们，可怜人类。钟声响起来了，一下，两下。”

怎么回事?

时钟敲过两次就停止了。

所有人都惊异地望着时钟，他们看到了一个奇怪的生物。

这个生物美得像埃拉多斯[①]诸神中的一员，头和脚上都长着翅膀。他站在时钟旁，用手阻挡了秒针前行的脚步，他注视着“旧年”那双在死亡的预感中已然熄灭的双眼。

“我是墨丘利，是‘永恒’派我过来的。”他说，“永恒说了，如此陈腐破败的人类，凭什么迎接‘新年’?告诉他们，在新的人类诞生之前，‘新年’是不会降临人间的。还是让‘旧年’与他们站在一起吧。让他脱去殓衣，换上年

① 古希腊人称希腊为埃拉多斯。

轻人的衣衫活着。”

“这简直是折磨啊!”老人说道。

“你就一直留在这里!”墨丘利语气坚决地说，“在人类没有创新灵魂和情感之前，你要一直与他们同在!‘永恒’就是这样说的，活着吧。”

“永恒”的使者说完，便消失了。当他消失之后，时钟在令人惊异的寂静中低沉地响了十次。

隆重迎接死亡的“旧年“又留了下来，他将与“颓废”一同生活。“颓废”对着他那张布满皱纹的脸悻悻地笑了笑。

“旧年”的客人们都悄无声息、愁容惨淡地散去了。

“希望”沉默不语地离去，而“伪善”一面装出悲痛的神情，一面却与“胡思乱想”调情，他们议论着“理智”和“忍耐”，又生怕“颓废”偷听到他们的谈话对他们大加指责。

终于，所有人都走了。

只剩下“旧年”孤独地站着。此刻，他已经换上了“新年”的外衣。而真理，永远是最后一个。

科留沙

速写

在墓地最简陋的一个角落里，在历经风雨后坍塌了的坟墓中间，在两棵枯萎了的白桦树杂错的阴影里，坐着一位上了年纪的老妇人，她穿了件印花布的旧衣裙，头上围着黑色头巾。

一缕斑白的发丝垂落在她那干巴巴的、满是皱纹的左侧面颊上，她的薄唇紧闭，嘴角微垂，嘴两侧布满了悲伤的皱褶，眼睑也耷拉了下来，就像所有经常哭泣，在无数个抑郁的夜晚无法入眠的人一样。

当我站在远处观察她的时候，她一

直一动不动地坐在那里。等我向她走过去的时候，她依然毫无反应，只是抬起那双哀伤的大眼睛看了看我，然后又冷漠地垂下眼睑，没有任何疑问或是窘迫的神情。这种漠然的态度让我猜不出她愿不愿意我走到她跟前。

我跟她打了个招呼，问她这里面葬的是她什么人。

她顺从而冷漠地回答说：

“儿子。”

“大吗?”

“十二岁。”

“走了多久了?”

“这是第五个年头了。”

她叹了口气，将脸颊上的发丝挽到头巾里。天很热，太阳残忍地炙烤着死寂的世界。坟头的枯草被太阳和灰尘变成了褐色，可怜的树木也悲伤地坚挺在十字架中间，上面覆满了尘土，它们纹丝不动地耸立着，就像已经枯死了一样。

“怎么死的?”我对着她儿子的墓碑点点头，问道。

“马踏死的。”她伸起一只皱巴巴的手，抚摸着坟头，短促地回答。

“怎么会这样呢?”

我感到自己有些失礼，可母亲那冷漠的态度勾起了我的好奇心，更加激怒了我。我当时竟产生了一种奇怪的念头，想要看到她的眼泪。她的这种冷漠太不自然，然而我也发现，她丝毫没有克制自己的情绪。

我的问题使得她又抬起了眼睛看我。她默默地把我从头到脚打量了一番，然后轻轻地叹了口气，若有所思地平静地讲了起来：

“喏，事情是这样的。他的父亲因为挪用公款蹲了一年半的监狱，这段时间，我们花光了所有的积蓄。我们本来就没有几个钱。等他父亲出狱的时候，我已经用辣菜当柴火烧了。一个种菜的送给我一车没用的辣菜根，我把它们晒干同干粪一起烧火，很难闻，做出来的汤也有股子怪味。那时，科留沙还在上学。他很机灵，也懂得节省。每次放学回家，在路上看到了木片、木板什么的，他总会带回家来。是啊，那是一个春天，雪都融化了，可他还穿着冬靴。靴子总被弄湿，他脱下靴子的时候，小脚冻得通红。就在这个时候，他的父亲从监狱里出来了，被人用出租马车送回了家。他在牢里被打瘫痪了，只能躺在那里看着我苦笑。我站在床前想：'我为什么还要养这个害人精？我要怎么养？就该把他扔到街边的水沟里。'

"可是科留沙看见他却哭了，他脸色惨白地看着父亲，眼泪顺着脸颊大颗大颗地流下来。'妈妈，他这是怎么了？''不中用了。'我说。是啊，从那天起，日子就这么过来了，居然就这么过了。我像疯了一样四处奔波，可就算运气好的时候，也赚不过二十个戈比，我真想死啊！科留沙看着这一切，越来越阴郁。有一次，我实在忍受不了了，我说：'这该死的生活，能死掉多好，哪怕死一个也好啊！'我是对他们说的，科留沙和他父亲。他父亲点点头，好像在说，我就要死了，别骂了，再忍一忍。科留沙看了看我，转身从家里跑了出去。

"等我回过神来，已经，已经太晚了，全都晚了。我的老爷啊，科留沙出去还不到一个时辰，警察就坐着马车来了。'您是希谢妮娜太太吗？'我立刻感到出了事。'我说，快去医院吧，您的儿子被商人阿诺兴的马踏伤了。'我立刻上了马车，在车里我就像是坐在热钉板上似的，心里反复想着：'你这个可恶的女人，你真该死！'我们到了，他躺在那儿，全身包着绷带。他对我笑了笑，泪水从眼角流了出来。他小声地对我说：

“‘妈妈，原谅我！钱在巡警那儿。’

“‘科留沙，上帝会保佑你的。你说什么钱?’

“‘就是那些路人扔给我的钱，还有阿诺兴给的。’

“‘为什么要给你钱?’

“‘就是因为这个。’他轻轻地呻吟着，眼睛睁得很大。

“我说：‘科留沙，亲爱的，你怎么没看见马车跑过来呢?’

“可是啊，老爷，他清清楚楚地告诉我：‘我看见了的，马车，可我不想逃开。我想，要是被压坏了，他们就会赔钱，就会给……’

“他就是这么说的，我明白他的意思，他是个天使，太晚了。第二天一早就死了，临死前他还意识清醒，一直在说：‘妈妈，给爸爸买这个，买那个，给自己买……’好像有很多钱一样。的确有钱了，给了四十七卢布。我去找阿诺兴，可他就给了我五个卢布，还骂我说：‘臭小子，大家都看见了，是他自己跑到马车下面去的，你还来向我要钱?’我就再也没去找过他。我的老爷，就是这么回事。”

她沉默了，就像刚才那样冷漠、呆滞。

墓地静默而荒凉。十字架，土堆间枯萎的树木，坐在坟头上悲伤而冷漠的女人，这一切让人想到了人的苦痛，想到了死亡。

然而，无云的天空却是明朗的，它在抛洒着干燥和炎热。

我从口袋里掏出些钱，递给了这个躯体还活着灵魂却被不幸杀死了的女人。

她点了点头，异常缓慢地对我说：

“我的老爷，不用挂心了，我今天已经足够了。我需要的实在不多，我只有一个人。现在，这个世界上只剩我一个人了。”

她深深地叹了口气，紧紧地闭上了她那被悲伤扭曲了的薄唇。

可汗和他的儿子

“很久以前，克里米亚有一位可汗，叫做莫索拉伊玛·艾利·阿斯瓦布，他有一个儿子，叫托拉伊克·阿尔卡尔拉。”

一个双目失明的鞑靼乞丐倚靠在鲜褐色的树干上，用这句话开启了他古老的半岛传说。这个乞丐对克里米亚半岛有着无尽的回忆，他的身边围满了穿着艳丽长袍、戴着金线圆帽的鞑靼人，他们就坐在被时间损毁了的可汗宫殿的残石上。已是傍晚时分，太阳悄悄地沉入海中，红色的光晕穿过废墟周围丛生的深色树影，在长着青苔和常春藤的石板上投下点点光亮。风儿在古老的悬铃木间喧闹，树叶沙沙作响，好似在空中流淌着肉眼看不到的溪流。

瞎乞丐的声音十分轻弱，而且一直在颤抖，可他那石头一般的面容在皱纹中显示的只有平和，再无其他。那些早已熟谙的故事一句句地流淌出来，使听众仿佛看到了一幅饱含时光和情感力量的往昔画卷。

“可汗老了，”瞎子说，“可他后宫里有很多女人。她们都爱这个老人，因为他还是精力充沛，他的热情和宠爱依旧热烈，女人们就是会爱这种能使人感到愉快的男人，哪怕他的头发都白了，哪怕他的脸上爬满了皱纹。美，存于力量，而不是光滑的皮肤和红润的脸庞。

“她们全都爱着可汗，但他只爱那个从第聂伯草原带回来的哥萨克女俘虏。比起其他女人，他更加宠爱她。他那三百多个妻妾分别来自不同的地方，而且个个都美得像春天的花朵，她们过着舒适的生活。可汗命人为她们准备可口的美食，并允许她们随时随地做任何事情，尽情地舞蹈、嬉闹。

“他经常召唤哥萨克女人来自己的塔楼里，从那儿可以看到整片大海。他为哥萨克女人准备了女人所需要的一切：甜品、织物、黄金、各色珠宝、音乐，从遥远的国度运来的稀奇的鸟儿，还有情人热烈的爱抚。他在塔楼里和她整日欢愉，抛开了繁重的事务。他知道，儿子阿尔卡尔拉不会辱没可汗的荣耀，他像一匹猎狼奔波在俄罗斯草原上，每次从那里回来，他都会带回丰厚的战利品，带回新的女人和新的荣耀，只把恐惧和灰烬、尸骸与血腥留在身后。

“有一次，阿尔卡尔拉从俄罗斯人那儿抢夺回来了，人们举行了许多隆重的仪式来欢迎他。岛上所有有身份的人都来参加，他们一起游戏，一起享受酒宴。他们通过射俘虏的眼睛来比手劲。他们一面畅饮，一面赞美阿尔卡尔拉的英勇，称赞他是敌人的灾难，是汗国的栋梁。老可汗很为儿子的荣誉而欣慰，他清楚地知道，自己死后汗国将会愈发强大。

“这让他非常高兴。他想着要对儿子表示一下爱的力量，便当着所有显贵和长者的面，在宴会上举起酒杯说：

“‘你真是我的好儿子啊，阿尔卡尔拉！真主阿拉，赞美先知的名字！’

“于是，所有人一起用有力的声音唱响了先知的赞歌。可汗说道：

“‘伟大的阿拉，他在我有生之年，让我的青春在我勇敢的儿子身上复活了。现在，我的老眼就可以预见，等到它们看不见阳光，等到蛆虫啃食我的心房之时，我还会在儿子身上活着！伟大的阿拉，穆罕默德，伟大的先知！我有一个这样好的儿子，他手臂强健，睿智清明。你想从父亲手里得到什么呢，阿尔卡尔拉？说吧，我会给你你想要的一切。’

“老可汗的声音还没有消失，托拉伊克·阿尔卡尔拉就站起来了。他眨着那双深夜中大海一般漆黑、山鹰眼睛一般炽热的双眸，说道：

“‘请把俄罗斯的女俘虏给我，父王。’

“可汗沉默了。他沉默了片刻后，强压下心头的颤抖，坚定地大声说道：

“‘拿去吧！宴会一结束，就把她带走。’

“勇敢的阿尔卡尔拉脸涨得通红，山鹰一般的眼睛里放射出无限的喜悦。他笔直地站着，对父亲说道：

“‘父王，我知道你赐给我的是什么。我明白这一点。我是你的奴隶，你的儿子。请抽去我的血，一滴一滴地抽去吧，我愿为你死二十次！’

“‘我什么也不需要。’可汗说完把头埋在了胸前，他的白发上戴着那顶象征着无数功勋和多年荣耀的皇冠。

“宴会很快就结束了，父子二人肩靠着肩默默地从宫殿走到了内院。

“天空漆黑一片，乌云像一顶厚重的地毯遮盖着苍穹，既看不到星星，也看不到月亮。

“父子二人在黑暗中走了很久，莫索拉伊玛·艾利·阿斯瓦布终于说话了：

“‘我的生命在一天天消逝，我衰老的心跳动得越来越虚弱，胸中的火焰也渐渐熄灭了。那哥萨克女子热情的爱抚便是我生命中全部的光和热。告诉我，托拉伊克，告诉我，你真的那么需要她吗？从我的妻妾中挑去一百个，来抵她一个吧！’

“托拉伊克·阿尔卡尔拉沉默着，叹了口气。

“‘我还剩多少日子呢？我没几天活头了，这个俄罗斯姑娘是我生命里最后的快乐。她理解我，爱我，要是她不在我身边了，谁还会爱我这个老头子呢？谁会呢？她们当中一个都不会，阿尔卡尔拉！’

“阿尔卡尔拉还是不出声。

“‘如果我知道你在拥抱她，在亲吻她，我还怎么活得下去？女人面前没有父子之分！在女人面前，我们都只是男人，我的儿子。我将会痛苦地度过余生，还不如将我身上所有的旧伤撕裂，让我的血流干，我宁可不要活过这一夜，我的儿！’

“他的儿子沉默着，他们停在内院门口，垂着头在门前站了许久。黑暗笼罩着大地，云朵在空中奔逃，晚风吹动着枝叶簌簌作响，树儿仿佛在歌唱。

“‘可我爱她很久了，父王。’阿尔卡尔拉轻声说。

“‘我知道，可我还知道，她并不爱你。’可汗说。

“‘我一想到她，心就像撕裂一般疼痛。’

“‘此刻，我年迈的心里装的又是什么呢？’

“他们又沉默了，阿尔卡尔拉叹了口气。

“‘看来，那位智者对我说的都是真理，女人对男人始终是有害的：她若美丽，便会激发别的男人想要占有她的欲望，使得丈夫承受嫉妒的折磨；她若丑陋，丈夫便会羡慕别人，同样忍受嫉妒的痛苦；她若生得不美不丑，男人就想要将她装扮得美好，直到明白自己做错了，又会被她，被女人折磨。’

“‘智慧并不是治疗心痛的良药。’可汗说。

“‘我们相互可怜对方吧，父王。’

“可汗抬起头，痛苦地看着儿子。

“‘杀了她。’阿尔卡尔拉说。

“‘比起爱她和爱我，你更爱你自己。’可汗明白了，小声地自语道。

“‘你也一样。’

“他们又沉默了。

“‘是，我也一样。’可汗悲哀地说，痛苦让他像孩子一般无助。

“‘怎么样，我们杀了她吗?’

“‘我不能把她给你，不能。’可汗说。

“‘我再也忍受不了了，把我的心掏出去吧，不然就把她给我。’

“可汗不出声了。

“‘把她从山上抛进海里。’

“‘把她从山上抛进海里。’可汗重复着儿子的话，像是儿子的回声一般。

“于是，他们走进内院，看到她已经躺在华丽的地毯上睡去了。他们站在一旁凝望着她，望了很久。老可汗的泪水流进他银白色的胡须上，像珍珠一般闪闪发光。他的儿子站在那里，眨着眼睛，咬紧牙关抑制住欲望。他叫醒了哥萨克女人。她醒来了，脸颊如朝霞一般柔嫩、红润，矢车菊般的双眸绽放着光彩。她并没有看到一旁的阿尔卡尔拉，只是对着可汗翘起红艳的嘴唇。

“‘吻我，老鹰。’

“‘准备一下，跟我们走。’可汗轻声说。

“她这才看到阿尔卡尔拉，也看到了老鹰眼中的泪水。这个聪明的姑娘立刻明白了一切。

“‘我去，’她说，‘我去，不归这个，也不归那个，是这样决定的？强大的人就应该这样决定。我去。’

“他们三个人默默地走向大海。他们沿着狭窄的小路走着，风在喧嚷，大声地喧嚷。

“她是一个柔弱的姑娘，很快就走累了，但高傲的内心却告诉她不能软弱。

“慢慢地，可汗的儿子发现她落在了身后，便对她说：

“‘怎么，害怕吗？’

“她扑闪着眼睛，给他看自己流着血的双脚。

“‘我来抱你！’阿尔卡尔拉向她伸出手，可她却抱住了可汗的脖颈。可汗把她抱在怀里，仿佛举起一根羽毛。她躺在他的怀中，沿途拨开他脸旁的树杈，担心它们会戳伤他的眼睛。他们走了很久，终于听到远处海水的喧嚣。这时，原本跟在他们身后的阿尔卡尔拉对父亲说：

“‘让我走到前面去，否则我会用剑划破你的颈。’

“‘去吧，真主阿拉会满足你的欲望，或是宽恕它。而我，你的父亲，会原谅你。我懂得爱的含义。’

“这时，大海在他们面前出现了，浓浓的，漆黑的，无边无际。海浪在悬崖脚下低沉地歌唱，那里黑暗、阴冷，让人害怕。

“‘永别了！’可汗亲吻着姑娘。

“‘永别了！’阿尔卡尔拉对她鞠了一躬。

“她望了望海水歌唱的地方，向后退了几步，把手放在胸前。

“‘扔吧。’她对他们说。

“阿尔卡尔拉向她伸出手，叹息着。可汗却把她抱在怀里，紧紧地拥在胸前。他抬起她的脸庞，亲吻她，然后把她从悬崖上扔了下去。

“悬崖下波涛汹涌，水花拍溅得那样剧烈，以致于他们都没听到女人落水的声响，一声叫喊都没有听到。可汗倒在石头上，默默地望着下面，望着黑暗，望着海与云交汇的远方，暗哑的浪花正从那里喧闹着奔涌而来。风拂过，吹起可汗的白胡子。阿尔卡尔拉站在可汗身后，双手捂着脸，像石头一样一动不动地沉默着。时间慢慢逝去，风追着云儿在空中翻涌。它们是黑暗的、沉重的，就像是立在高崖顶上的老可汗的心。

“‘我们走吧，父亲。’阿尔卡尔拉说。

“‘等一下！’可汗呢喃道，好像在倾听着什么。又过了很久。海浪在下面拍溅，风儿飞上悬崖，树木沙沙作响。

“‘走吧，父亲。’

“‘再等一会。’

“托拉伊克·阿尔卡尔拉不止一次地说：

“‘走吧，父亲。’

“然而，可汗就是不愿离开，他无法离开自己残余生命中最后的快乐。

“‘可是，凡事总要有个结束！’他艰难而倔强地站了起来，皱着眉头低声说道：

“‘走吧。’

“于是，他们动身离开。很快，可汗又站住了。

“‘阿尔卡尔拉，我为什么要走？我又该去哪儿呢？’他问儿子，‘既然我的全部生命都寄托在她的身上，那我现在又有什么理由活着？我已经老了，没有人会爱我。要是没有人爱你的话，活在这个世界上还有什么意思！'

"'可你还有荣耀和财富，父亲。'

"'只要再给我一个她的吻，那么所有的一切你都可以当作报酬拿走。其他的一切都是死的，只有女人的爱是活生生的。人没有这样的爱，就等于没有了生命，他就是一个乞丐，只剩悲哀的残年。再见吧，我的儿子，望真主赐福于你，并跟随你生命的日日夜夜。'说完，可汗转向了大海。

"'父亲，'阿尔卡尔拉说，'父亲！'他无法说出别的话了，对一个坦然面对死亡的人，是没什么话可以说的，无论你说什么，都无法令他的心里重新燃起对生的渴望。

"'让我去。'

"'阿拉！'

"'他懂得……'

"可汗快步走到悬崖边，纵身跳了下去。阿尔卡尔拉没有阻止他，也来不及阻止。他什么声音也没有听到，无论是叫喊声，还是可汗坠落的响动。只有海浪的喧嚣依旧，风儿唱响狂歌。

"托拉伊克·阿尔卡尔拉长时间地望着大海，放声说道：

"'噢，真主啊，也请赐予我一颗如此坚强的心吧！'

"说完，他走进了漆黑的深夜中。

"莫索拉伊玛·艾利·阿斯瓦布就这样死去了，托拉伊克·阿尔卡尔拉成为了克里米亚的新可汗。"

老人

>

一群人将生活团团围住，就像一群脏兮兮的乞丐在寺庙前围住阔绰的商妇。他们呻吟，他们抱怨，他们愤恨地哭诉，乞求她的怜悯和恩惠。他们病态地相互辱骂，他们诅咒生活，他们因贪婪而颤抖着跪倒在她的脚下，为了卑微的欲求而变得无耻疯癫。

他们扭来扭去，蹦蹦跳跳，就像是滑溜溜的癞蛤蟆，又像是虚弱得失去毒液的冰冷的蛇。他们疯狂地叫嚷着，被私欲的尘埃迷了眼睛，看不到生活明朗的面容。然而，生活依然放射出愉悦的光辉，带着智慧的笑容向他们俯身。生活默默不语，耐心地倾听这呻吟与抱怨交织而成的可憎乐章。

“你单调！你贫乏！”一个富有的闲人恶狠狠地说，“我走遍了世间的各个角落，什么事都经历过。我看过往日的遗骸，也知晓今日的骚乱与希望。可未来我能做什么呢？我曾以为，你的馈赠无穷无尽，你的恩惠用之不竭。可现在，世上已经没有任何我想看到、想拥有的东西了。再给我一些渴望，为我指明方向吧！让我重获进取的愿想，让许许多多的目标重新点燃我的心吧！假若你真的向我年轻时想象的那般丰盈，就给我新的启迪，赋予我的好奇心一片未知的天地吧。可是，我已经将你看得穷尽了。你贫乏！你空虚！”

一个奴隶乞求生活道：

“倘若你公平公正，就不要让强者用他沉重的双脚来践踏我的意志！我已经被奴役得精疲力竭，我没有面包，我的孩子们饿得奄奄一息，没有人怜悯我。倘若你还公道，就赋予强者对弱者的怜悯之情吧，可怜可怜被压迫的人们！”

“你为何而生？”智者问道，“你那纷扰绚烂的游戏究竟有何意义？所有这些人饱受磨难又是为了什么？倘若你是理性的，就请回答我吧。”

“你所展现的不是理性，是癫狂！”诗人附和道，“你像孩子毁坏他玩腻了的玩具一样，随意摧毁人们苦心创造的一切。噢，你是时间可怜的奴隶！你粗暴地讥讽人类最美好的感情，嘲笑你赖以生存的爱，你这个爱玩弄人的魔鬼，可怜的生灵！”

“你欺骗了我！”一个黄脸、秃顶、塌鼻子、没有牙齿的人，带着鼻音委屈地说道，“年少时，我曾全心全意地爱过你，我将自己全部的青春都献给了你最美好的化身——女人！可是，你却在享乐的杯底涂上了邪恶的病毒，摧毁了我强壮的身体。你像强盗一般，将我洗劫一空。把健康还给我，你这个毁我容貌的怪物!"

"在你的怀抱里给我留下一席之地吧!"失败者痛哭道,"我多想成为你沃野上的耕耘者,可我却没有这样的力量;我多想成为理性的指引者,可我却不知真理何在,不知该如何说教,才不会将人引入歧途;我也想用多彩的颜料描绘你的面容,却没有作画的天赋;我想把你的伟绩写入史册,可我连这样的才能也不具备。噢,你为什么把我的手指生得这样短,让我连个音乐家也做不成!我能做什么呢?如果你是智慧的,就请教教我吧。"

"为什么我是个瞎子?"盲人那发青的脸抽搐地扭曲着,问道,"你为什么让我做一个瞎子?"

就连聋哑人也哼啊着,手指比画个不停。只有孩子和醉汉是快乐的。

"把他们都赶走!全部赶走!"一个醉汉踉踉跄跄地叫喊着,"这群废物,吵吵嚷嚷的,他们不能让自己喝够,又能指望谁给他倒满酒呢?"

他大笑着走开了。

女人们,有的为女性所经受的苦难而愤愤不平,有的为母亲的不幸而悲愤不已,有的因爱情的重创而意志消沉,有的饥肠辘辘。她们怀着强烈的绝望和极度的愤恨咒骂着,哭泣着。

也有许多人选择结束自己的生命。一些人自杀是为了将自己的尸体抛在负心人的脚下,另一些人则是为了熄灭心中对生活的恐惧。他们之所以做出这样的选择,都是因为意识到了自己的无用,只有极少的人是出于骄傲,可这样的人往往死得无声无息。

他们像一群发了疯的苍蝇,气急败坏地胡乱飞舞,用自己尖刻的哭诉相互揭开对方的伤痛。在这衰弱的呻吟的大合唱里,在无尽的欲望汇成的哭号中,传出了孩子们无忧无虑的笑声。这笑声像是远方潺潺的泉水,将醉人的甜蜜的欢笑送上生活的祭坛。

一位老人独自一人穿过了喧嚷的人群，慢步走向渐落的夕阳。大地黑色的衣装披上了紫红色的余晖。他默默地、平静地走着，周遭的喧嚣丝毫没有引起他的注意。他被眼前瑰丽壮美、变幻无穷的晚霞深深吸引住了，他凝望着前方，眼中含着柔软的笑意。

“老头，”人们对他喊道，“你也来诉诉苦吧。”

他摇摇头说：

“我的心中没有抱怨。”他说，“我是生活的朋友，并将以她朋友的身份走完一生。我从她馈赠的汪洋中舀起了满满一瓢，心中充满了对她——我亲爱的女友——真挚的爱。我的生活是美丽而充实的，它像雪山顶上闪耀的阳光，又像夏夜里温暖的星空。我不止一次地爱过，也不止一次地受到过伤害，可我为我所受过的磨难感到自豪，因为它们是真诚而纯粹的，我不愿用呻吟来夸大它的威力，也不会用怨恨去消除心中的痛楚。在痛苦的日子里，女人是我心灵的慰藉，在充满爱的日子里，她们是我美好情感的源泉。

“我曾领略过草原的广博，不过，局促的牢笼也无法束缚我心灵的自由。孤独对人是有益处的，它使强者的灵魂更加刚强。我也曾躁动不安，也曾疾恶如仇，也曾激昂地与恶人争斗。胜利时，我欢呼雀跃，失败了，我也不曾绝望。真理必胜的信念在我心里不断增强，不幸的遭遇无法动摇我信仰的堡垒。我明白，缺乏信仰是源于无知，于是我努力求索，在不断的认知中找到永不熄灭的信仰之火。

“我热爱土地的繁华与多彩，可人，更胜大地。人是我一生中所遇到的最最美妙的奥秘，我不知疲倦地欣赏他们，是的，从不疲倦！

“看到人阴暗的一面，我痛苦而愤怒；看到人的闪光点，我欣喜若狂。我与人的邪恶作斗争，看到他们失去理智，我愤慨不已。可就算是在盛怒之下，我也从不曾失去过对人的尊敬。我从不追求人们对我的关注，因为真正重要的，不是别人对我的赠予，而是我能奉献出什么。人们议论我，不重要，重要的是我将如何看待人。我一个人生活，生活在我自己的世界里。人们需要我付出的，我毫无保留地赠予。我自己的需求则深深地藏在心底，决不让我颓废和倦乏时的悲伤去白白损耗亲人的心力。

“我不要别人分担我的泪水和抱怨，而我又总是将喜悦和幸福的财富与大家分享。我心底的伤痛从不会持久，因为我从不刺激它，也不压抑自己的理性。我知道，一个人的诞生总是伴随着母亲的鲜血与痛楚，而心灵便是生活中万事万物的母亲。

“我还知道，一切丑陋的事物，都会像癞皮狗般消失，就像所有与人无益的东西都将灭亡一样。丑恶事物的危害显露得越明显，人们便会越明晰消除丑恶的必要。

“我已经从生活中获取了需要的一切，而且还将继续得到她的馈赠。尽管我的人生已经极近迟暮，但白昼尚未消逝。就算我走到了生命的尽头，我也要像这最后一抹夕阳，白日里将自己所有的光和热，将全部欢愉，倾洒在大地的胸膛。夜幕将至，我仍然带着明朗感恩的笑容，走进遗忘的黑夜，走进那深邃永恒的静默之中。别了！”

他祥和地走向生命的余晖。

而那些孩子们，则在一旁嬉笑、玩闹，追随着他的脚步。

论灰色

红与黑在世间争斗。

贪得无厌地攫取统治人类的权力，这便是黑色的力量。

黑色残忍、贪婪、凶狠，它在大地上空张开沉重的翅膀，用自己冰冷的恐怖阴影笼罩人间。它想要万物只臣服于它，它用钢铁、黄金和谎言将人变为奴隶，它甚至请求上帝承认自己掌控人类的黑色势力。

它冷酷地说道：

“一切皆为我！我就是力量，我就是生命的灵魂和智慧，我就是全人类的主宰！谁若反对我，就是反对生命，就是人类的罪人！”

热切地期盼着自由、理性和美妙的生活，这便是红色的力量。

红色的思想永久不息地燃烧着，它用美的明艳烈火、真理的威严光芒和爱情的柔美光辉点亮生活的黑暗。自由的思想烈火在大地的每一处角落熊熊燃烧，这火焰洋溢着对幸福的伟大希冀，欢愉而热烈地拥抱着我们暗无天日的茫茫大地。

它说道：

“一切皆为大家！人人平等，每个人的心中都装着一个完美无瑕的世界，在那里不会扭曲人心，谁也不会变成呆滞空洞的愚蠢工具。谁也不该被奴役，谁也没有权力奴役他人，为权力而权力便是犯罪！”

在真理的光明骑士与权力的黑暗恶魔的争斗中，我们看到了整个人生，看到了生命的美丽与苦难，看到了生活的诗意与悲情。

在红与黑之间，弱小的单调灰色在慌乱而怯懦地乱窜。

灰色只钟情于温暖、富足、舒适的生活，为此它的灵魂颤抖不休，仿佛街头饥肠辘辘的女人那干瘪的身体。只要可以保全温饱和安逸，它随时准备成为任何势力的奴仆。生活是一面镜子，在镜中它永远只看得见自己。它的生命力非常强，因为它具备寄生虫所拥有的一切特质。它不在意谁将食物赐予自己，无论是牲畜还是人类，是蠢货还是天才，于它而言并无分别。它的灵魂，犹如蟾蜍光滑的宝座，庸俗不堪，它的心只是胆颤怯懦的收容所。它贪图享受，又惧怕烦扰，一切都使它注定成为虚伪的墙头稻草。

在权力的争夺中，一旦黑色获胜，灰色便会战战兢兢地挑唆红色：

“看吧，反动势力越来越强啦！”

若是自由与真理的骑士拔得头筹，灰色又会向黑色进言：

“小心啊，无政府状态在壮大了！”

它心中的偶像只有一个，那便是“为我服务的秩序”，纵使会付出整个国家精神毁灭的代价。

当它感觉到黑色倦于争斗之时，便会干涉红与黑的争论，哄骗左右。它谨慎恭敬地对黑色说：

“人嘛，就像牲畜一样，自然少不了放牧者，不过我觉得，现在到了放宽牧场的时候了！他们要是缺点儿什么，不妨给他们一些。他们得到的固然比自己希冀的少，却也比现有的要多，这样一来，他们得到了抚慰，自然会抵御红的危害，因为红的全部力量依靠的不过是人们的不满。请让我来帮您安排这一切吧。”

黑色应允了，灰色由此安排了自己温暖的生活，富足的生活，舒适的生活。

与灰色联合后，黑色仿佛变得不那么残暴了，只是愈加愚蠢、粗鄙而已。

红色燃烧得更加耀眼了。

这时，灰色又来教育红了：

“诚然，已经到了让生活接近理想的时候了，但也不能立刻使全部都如愿啊！今天一小步，明天一小步，人类终会拥有一切的。盘算才是智者的热忱。如果谨慎地运作，黑色一定可以让步。让我来帮你和它谈谈吧。”

无论是被接受还是被拒绝，它都为自己安排了温暖的生活，富足的生活，舒适的生活。

红色变得暗淡无光了，黑色愈发扩展权力的羽翼。生活变得更加黑暗，喘息变得更加艰难。灰色享受着安逸的幸福，它可以出卖和背叛，它有能力达成目标，但却从来没有踏实地做过一件事，也从来没有与美扯上过任何关系。

这个虚伪的无赖总是盘亘在两个极端之间，它用自私的贪念阻挡着它们抵达尽头，不论是荒谬的尽头，还是理想的那一端。灰色在中间不断渗透，无耻地将生活的两种颜色搅成一种暗淡的、肮脏的、阴郁的色彩。

灰色拖拽着濒死者的脚步，阻碍着生者的成长，它永远都是光明、勇敢的仇敌。

十戈比硬币

一个浪漫主义者的生活片段

我想讲一讲我生命中最悲惨的经历，讲一讲命运对我的第一次嘲弄。这件事让我初次体会了痛苦，让我的心无法从被残忍戏弄的战栗中挣脱。现实就是这样，常常无情地将命运的捉弄扔在幻想家的脸上。

那是一年春天，树刚刚抽芽，它们裹着娇嫩的绿装，华美而纯真，浓郁的香甜似乎和着肉眼看不到的云雀的歌声，一同从天际飘来。

我周围的一切都是新生的，充满朝

气，就连我躺着的那片林边的土地也焕然一新，仿佛要给人们带来许多他们不曾见过的新事物。

正午时分。

一小队为铁路支线进行技术勘测的工人，正在田间休息。那时，我是一个二十岁的“实习生”，工学院的大学生。我离开队伍，走了约二百俄丈，在树林边躺了下来，手拄着老树桩，遥望着天空。

周围的一切都散发着新生的力量，每一个热爱孤独和自然的人都熟悉这种春日的欢愉与幻想。我渐渐沉入了微醺昏沉的虚无中，那里交织着许许多多模糊的思想和朦胧的感知。现实的繁杂被甜蜜地催眠，思想的界限也愈加开阔。

有时，风儿轻摇着树林，枝叶发出柔媚的簌簌声，哄我入眠。声音飘入浩渺的苍穹，淹没了云雀动人的啼啭，隐匿在蔚蓝的荒漠里。天空柔和的色调，令我心旷神怡。

我感到神清气爽，就像往常的这个时刻一样，全然没有留意到时间的流逝。天知道，当林中的歌声飘然而至的时候，我已经在梦境里沉醉了多久。我将这个歌声和周遭的所有声响一同吸入心肺，既没有仔细去听辨歌词，也懒得张开眼看一看是谁在歌唱。

但我知道，这是一个女子在唱歌，她一面唱，一面离我越来越近。响亮有力的女低音流淌出辽阔颤动的旋律，枝叶轻柔的低语为她的歌声伴唱。

“一定，是位美人……”想到这儿，我睁开了眼睛。

我没有猜错，睁开眼的刹那，她正从林中走来。她被我吓了一跳，顿在树林边，一只手抓起树枝，另一只手迅速贴在胸前。

她身材高挑匀称，披着白色的绒毛披肩，身穿一条繁复的紫色长裙，裙子将她的胸部束得紧紧的，蓬松的裙摆从臀部一直垂到脚踝。她一动不动地站在那里，瞪着深色的大眼睛，惊恐地盯着我看，两道细眉间皱起一条明显的纹路。

她的眼中闪烁着惊恐的神情，面颊泛起了一层玫瑰色的红晕。

羞红的脸颊，准备防卫的警觉，此刻的她美得神圣而庄严！恐惧并没有击垮她的骄傲，她望着我的时候，目光中仍夹杂着几分蔑视。

我却为她的美艳所倾倒，目不转睛地凝视着她的面容。我一动不动地望着她，若不是她生着黑色的头发，我定以为她是坠落凡间的仙女。

她在我面前静止了不到一秒钟，可在这短短一秒的时间里，我的脑海中却浮现了无数的思绪。生活里，一切美好事物的降临，往往是以秒计算的。

一个人的眼睛若没有蒙上卑贱欲望的迷雾，只是单纯地欣赏美人，无疑会得到无与伦比的享受。

我正是这样凝望着这个女子，而且也无法用别样的眼光去看她，因为我还不能确信，她是一个真正的女人、一个血肉之躯，还是在遇见她之前我那虚无缥缈的梦境的化身。

然而，她浅浅地一笑，只露出牙齿的一角。接着，她继续向前走，经过我身边时，裙角差点触碰到我的头，一阵清风荡漾在我的脸上。

我看着她，感受到无法自抑的幸福。真的，她美得惊人！让我印象最深的是她的前额，洁白光滑的高额上画出两道纤眉，眉宇间刻着一条锐利、骄傲的细纹，她犹如公主一般高贵，仿佛是一位面带愠色的女神，威严到凡人都不敢跪倒在她的面前。

她轻盈而从容地走过，我甚至觉得，她脚下的绿草都没有折腰，等她离去之时，我感到了忧伤，她就这样走了，我再也见不到那美艳高傲的脸庞！

她每走一步，便在我心头压上一块悲伤的巨石，我的心追随着她的步伐愈发痛楚。想要喊一句什么，好让她转过头来，哪怕只有一次，只是再一次，看我一眼。

突然，她真的转过了头。那一刻，在内心某种莫名的冲动的驱使下，我全身因幸福而颤动着站了起来，向她伸出一只手。

她亲切而爽朗地笑了，向我走来。我无比虔诚、战战兢兢地等待着她，眼前一片漆黑，整个世界都怪异地旋转了起来。一种前所未有的狂喜围绕着我，我颤抖着，也许，我甚至幸福地哭了。

她就这样走到我的面前，我闻到了淡淡的香水味。一个冰冷的东西落进了我的手心……我颤抖着握紧了它。

我久久凝望着美人的背影，久久地，直到她的身影消失在远处的灌木丛中。注视着她的背影，让我感到异常甜蜜，仿佛她并没有离我远去。对她美艳豁达、仁慈高贵的回忆，就像是生活中最美好事物的化身，连同她那瑰丽的面容一起刻入了我的心里，永远不会消失……

这时，我感到手里留下了什么东西，便张开手掌……

我宁可在张开手之前瞎了眼睛！

我的手心里躺着一枚十戈比硬币，这枚十戈比银币那么小，却那样沉重，无法言说的沉重！

我情愿让这美人打我一顿！

为什么，为什么她如此善良？

我的心感到了致命的痛苦。

我明白了，我脏兮兮的外衣和一身工人服让她把我当成了流浪汉，而我伸手的姿势被她误以为是在乞讨！

为什么她如此悲天悯人？

在这一生中，我不止一次回想起这枚庸俗市侩、卑微却闪亮的十戈比银币。

我有勇气在爱情中找寻崇高纯粹的精神享受，等待着爱情带给我的灵魂的复苏和崭新的生活，可是，每当我将真心献给那个在我面前袒露心扉的女人时，我总会痛苦地回想起那枚轻贱庸俗却耀眼的十戈比银币。

我无数次地寻觅，无数次地等待，可我并没有找到什么，却总是想起这枚卑微低俗的硬币。

如今，我的生命已经消耗殆尽，变得空虚而落寞，因为我再也无所追寻，无所追寻了！现在，当我回首往昔，回望那片曾经被霞光照耀过的岁月，回顾那片遗留我希望和渴求的远方，我扪心自问：

“这个女人是否就是命运，是否就是生活？因为生活就是这样，接近我们的时候总是许诺很多，一旦将我们抓在手心，却向对待乞丐一样，丢下几个铜板，扔下几口残羹，再也消失不见，只留下我们，一如初生的刹那，一无所有。”

同志

一

在这个城市，一切都那么奇怪，令人费解。许多教堂将自己颜色各异、金光灿烂的圆顶捧向天空，可工厂的墙壁和烟囱却比钟楼更高，庙宇被商贸大楼的墙垣重重地挤压着，消失在石头墙死气沉沉的迷网里，就像被丢弃在废墟和污泥中的奇艳花朵。当教堂的钟声召唤着人们来祷告的时候，那金属的呐喊，爬过屋顶的铁皮，无力地消失在楼宇间局促的缝隙里。

楼房是高大的，往往瑰丽炫目，

人却是畸形的，永远微不足道，从早到晚，他们都忙乱得如同灰色的老鼠。他们奔波在城里狭窄扭曲的街道上，满目贪婪地寻觅着：有的在搜寻面包，有的在找寻消遣，还有的人只是站在十字街口，充满敌意、眼光锐利地监控着，要使弱者毫无怨言地服从强者。富人就是强者，因为他们坚信，只有金钱才能带给人权力和自由。人人渴望权力，因为人人都是奴隶，富人的骄奢淫逸催生着穷人的嫉妒与仇恨，谁也不曾去感悟那比黄金的响声美妙千倍的音乐，因此每个人都是另一个人的仇敌，他们的主宰者是残暴。

城市上空也时常有骄阳照耀，可生活依旧暗无天日，人们都像是影子。午夜时分，他们点亮欢乐的烛火，可同时，也有饥饿的女人跑上街头，为钱出卖自己的爱抚。美食的香气从四面八方冲进鼻息，可世间各地，又满是饥饿的凶光，沉默而贪婪。城市上空，静静漂浮着“不幸”压抑的呻吟，可它却没有气力放声呼喊。

所有人都活得空虚而焦虑，他们都是彼此的仇敌和罪人，只有极少数人觉得自己正义有理，可他们却如同牲畜般粗野莽撞。

人人都想生活，可是谁也不会生活。没有人能够自由地走上自己理想的道路，踏向未来的每一步都虚软无力地将人推回当下。而“当下”如同贪婪的禽兽，用那双专横强健的手臂将人强拦在通向未来的半途，牢牢地把人握在自己的手掌。

人在苦闷与困惑中，无力地站在被生活扭曲了的面容前。生活用千千万万只忧愁无力的眼睛注视人的心，它在乞求着什么。未来光明的意象就在那一刻幻灭了，人软弱的呻吟声，沉溺在饱受生活折磨的可怜人悲惨的呐喊与哭诉声里。

总是苦闷，永远困惑，有时还感到恐惧。这座阴郁昏暗的城市，像反射着鲜活阳光的监牢，一动不动地包裹着人们，整齐得异乎寻常的石堆，吞噬着庙宇。

生活的音乐，被疼痛与仇恨的吼叫镇压住了，被掩藏在憎恶下的窃窃私语，被恐吓的残酷狂吠，被淫荡的暴虐嘶吼镇压住了。

二

在痛苦与不幸阴郁的奔忙中，在贪婪与穷困不安的挣扎里，在自私自利卑微的泥污中，在居住着城市财富创造者——贫民——的地下室里，无形地奔走着孤独的幻想家，他们相信人的力量，与众生不同，他们是愤怒的宣传者，播撒着遥远真理躁动的火星。他们暗自将那简单而伟大的学说良种带进地窖，然后时而严肃，时而冷峻，时而柔和，时而满怀爱意地将这简明而炽热的真理传播，他们将真理播撒进奴隶们阴暗的心中，播撒进那些被贪婪和残暴的力量扭曲成发财工具的“瞎子”和“哑巴”心里。

这些被奴役惯了的阴郁的人们，满心疑虑地聆听着新论述的音乐，这乐章是他们成熟的心早就模糊渴求的了，他们稍稍抬起头颅，挣破身上狡诈谎言的锁拷，那是强权和贪婪的暴徒加诸在他们身上的。

在被憎恨压抑着的深沉的生活里，在被无数屈辱毒害了的心里，在充斥着强权者光鲜欺骗的意识中，在这浸满苦楚艰难悲哀的日子里，被抛进了一个简单而又光明的字眼：

“同志!”

这个字眼对他们而言并不陌生，他们早就听过，自己也曾说过，在这之前，这只是一个微不足道、呆板冰冷的词语，就像所有用惯了的词语一样，可以随便忘记，没有任何损失。

然而现在，它是那么清晰、那么坚定，完全是另外一个声音。它的内在讴歌着另一种灵魂，一种像金刚石一般坚硬的、耀眼的、多面的灵魂。他们接受了这个字眼，开始慎重地使用起来，他们将这个词在心里珍爱地、温柔地摇荡，就像是一位母亲摇荡着摇篮中新生的婴儿，一面爱抚，一面欣赏。

他们越是将这个字眼的灵魂看得深入，就越觉得它意义非凡、光明灿烂。

“同志!”他们说。

他们感到，这个字眼是来联合全世界的，是来把全人类托举到自由的高处的，是要用新的纽带，用尊重他人、尊重自由，追求全人类自由的新纽带来将所有人联合在一起的。

当这个词语在奴隶心中落地生根的时候，他们就不再是奴隶了，有朝一日，他们将对这座城市、对所有强权宣告、呐喊出人类最伟大的字眼：

“不!”

到了那个时候，生活就会停下脚步，因为他们，也只有他们，能够赋予生活前行的力量。河水不再流动，火焰渐渐熄灭，这座城市消失在一片昏暗之中，残暴的强者变成了婴孩。

恐惧笼罩着强暴者的心，他们在倾覆的废墟中苟延残喘，压抑着对叛逆者的愤恨，在他们面前莫名地恐慌着。

饥饿的魔鬼站在他们眼前，他们的孩子在黑暗中悲惨地哭泣。

楼房和庙宇隐匿在黑暗里，融入了石与铁冰冷的混沌中，不祥的寂静将阴冷的潮湿倾注在整条大街上，生活停止了，因为新生的力量使它觉醒，因为奴隶们找到了表达意志的无比贴切的词语，他们从压迫中解放了出来，亲眼见证了自己的权力——创造者的权力。

这些天，残暴者们无比苦闷，他们自以为是生活的主宰，却忍受着艰难度日。黑夜的雾气是那么浓重，沉闷的城市只是悭吝、怯懦地点着光火，此时，建造百年的城市，这个吸食人血的怪物现出了它的畸形面目——一堆可怜的石块和木头。房屋盲目的窗子冰冷而阴郁地望着街道，生活真正的主人正斗志昂扬地大步前行。他们也是饥肠辘辘，甚至比别人饿得更厉害。可这对他们来说再熟悉不过，身体上的折磨还没有达到生活的主人需要经历的磨难顶点，他们灵魂中的火还没有熄灭。他们对自身力量的认识在燃烧，胜利的预兆在他们眼中闪烁。

他们走在城市的街头，这座城市是他们阴暗狭小的牢笼，这里曾充满了对他们的轻视和侮辱。而现如今，他们已经看到了自己劳动的伟大意义，意识到了自己拥有可以成为生活主人的神圣权利，认识到他们应该成为生活的立法者和创造者。于是，带着新的力量，带着璀璨的光明，一个富含创造力、联合一切的字眼出现在他们面前：

“同志！”

这个字眼，在无数谎言的语句中，像是关乎未来、关乎新生活的快乐的讯息，这个新生活对于所有人都平等地在前方开启。远还是近呢？他们发觉，这源于自己的意志，可以离自由越来越近，也会将自由推得越来越远。

三

娼妓，昨天还是半饥半饱的牲畜，苦闷地等在肮脏的街头，用身不由己的爱抚换来几个铜板；今天，她也听到了这个字眼，不过，她只是羞愧地笑笑，不敢从自己的口中将它重复。一个人向她走来，在此之前，她从未见过这样的人，他一只手搭在她的肩头，用亲人的声音对她说道：

“同志！”

她竟害羞地浅笑了起来，只为能抑制住喜悦的泪水，这是她第一次发自内心的欢喜。她的眼睛里，那昨天还用牲畜似的浑浊目光饥饿地寻觅食物的眼睛里，此刻却闪烁着前所未有的纯洁喜悦的泪水。将所有被摒弃的人召唤到劳动者的伟大家庭里，如此神圣的喜悦在城市的街头巷尾闪耀。而房屋里那暗淡的眼睛也更加凶狠、更加冷峻地监视着他们。

乞丐，昨天想要摆脱他的纠缠，还只需要丢过去一个可怜的铜板，这是饱餐的人同情的价码；而今天，他也听见了这个字眼，这个字眼于他而言是第一次真正的恩赐，在他那被贫穷碾碎了的可怜的心中第一次引发了感激的颤动。

车夫，这个可笑的年轻人，车上的客人只要推搡他的脖颈，他便会把这打击传递给那同样饥饿疲惫的老马。就是这个经常挨打的小伙子，被车轮碾过桥上的石子而发出的巨响震晕了的车夫，他也咧着嘴，笑着问路上的行人：

“要坐车吗，同志?”

刚一说完，他就被自己吓住了。他扯了扯缰绳，想要赶快逃开，然而却依然望着行人，无法从自己通红的大脸上抹去那喜悦的笑容。

过路人和善地看着他，点点头说道：

“谢谢你，同志！我走过去就好，离得不远。”

“哈，你，真是圣母!”马车夫兴奋地嚷道，在车座上扭动了半天，大大地眨着愉快的眼睛，随着一阵马车的吱嘎声和他激昂的呼喊声，不知驶到哪里去了。

人们紧密地行走在马路上，那个伟大的字眼就像星火一般，在他们之中更加频繁地闪烁，发出联合全世界的呼喊：

“同志!”

一个留胡子的警察走进了人群中，面色凝重而阴沉。有太多人挤在这个街口，围着一个正在演说的老人，警察也听了他的演说，不慌不忙地说：

“是不允许集会的……散了吧，先生们……”

然后，他沉默了一秒钟，低着眼更轻地说道：

“同志们……”

这时，他们的脸上闪烁着青年创造者自豪的神情，他们将这个字眼传播到人们心中，他们将血与肉，将召唤团结一致的金属般响亮的口号融入了这个字眼里。显然，他们无私地注入到这个鲜活的字眼里的那股力量是坚不可摧、无穷无尽的。

在某个地方已经集结了一批全副武装的人，他们盲目阴暗地排着无声的队伍，强暴者的恶毒正准备镇压正义的浪潮。

然而，在巨大城市狭小的街道上，在无名的创造者堆砌的冰冷无声的墙壁间，人与人团结一致的伟大信仰已然诞生，已然壮大。

“同志！”

这里、那里都在迸发星火，它们要在全世界引燃熊熊火焰，用所有同胞灿烂的情感拥抱整个大地。烧起来吧，将扭曲我们的仇恨、憎恶和残暴都烧成灰烬。拥抱所有心灵，创建自由的、密不可分的工人大家庭，将大家的心整合成世间统一的一颗真实、高贵的心。

在奴隶建造的死城里，在被残暴统治的城市街道上，人类的信仰已经生发，正在巩固，他们坚信人能够战胜自己，战胜世间的邪恶。

在惊慌、惨淡生活的混沌里，闪烁着一颗璀璨欢乐的星，这个像心灵一般简单而又深刻的字眼，引领着我们的未来：

“同志！”

推心置腹的谈话

仁慈的女士们、先生们，在时间长河的岸边，美德庄严凝重地肃立着；对岸，恶行焦躁地踱来踱去。

美德，仿佛一座最坚实的大理石雕像，冷峻而威严；恶行，却是那样卑微，浸满了各种丑恶的毒素，就连苍蝇叮他一下，也会被立刻毒死。

美德站在那里，沉醉在自我欣赏的泥沼中，恶行在岸上来回踱步，思量着维护名声的各种伎俩。

总的说来，一切都很顺利。

时间长河在他们面前流淌，在那混沌的波涛中，有人在挣扎、在颤抖，恶行和美德的目光通通集中在他们身上。浪尖上，恶行的信奉者肆无忌惮；波涛里，美德的践行者却呛得喘不过气。他们之间还常常闪过另外一群人，他们没有来得及树立自己的观点和信念，只是瞪大双眼，张着嘴巴，被浪涛的喧嚣震聋了耳朵，满心希望能快点找到什么依靠。

恶行在行动，美德却在观望，她宣称自己同情恶行魔掌下的牺牲者，可暗地里却残忍地鄙视他们：

“唉，他们多粗俗！呸，他们多软弱！他们竟无法反抗恶行！不能反抗！呸！”

说完，她暗暗作出了蔑视的丑态。

恶行却边走边唱了起来：

生命是瞬息，
感觉
是生命全部的本质和意义。
生活中，
罪行
应该受到最少的指摘！
让爱的说教见鬼去吧！
难道我们能理解它吗？
生命是短暂的，
所以，要活得简单而欢乐！
生活刚刚开始，可你瞧，
终点已经在靠近……
快把花儿摘下吧！

饭吃光了，就把碗摔碎！
当然，这比道德简单得多。
什么也不要说，
为了别人也不再呼喝！
毫无疑问，
训诫，
可以听，朋友们。
但是，
感觉
才是生活的实质和目的！

他唱，大家都听他唱。美德怒不可遏，立刻拿出两千首不同篇幅和种类的诗篇，声势浩大地歌颂自己将至的胜利，将恶行置于彻底失败的威胁之中。有讽喻诗、打油诗、嘲讽诗、伦理诗、抒情诗、激励诗、长诗、短诗……然而，恶行对此不以为意，他不仅在空余时间兴致勃勃地读了这些诗，甚至还亲自写下了诗评，他视心情的好坏，随意辱骂或表扬一番，且指出，要增添些纯粹的美学才好，那样，说什么才会更有力量。

美德看到，诗歌无法取胜，便改写散文。在浩繁的书稿中，证明自己战胜无耻恶行的必然性，就如同“二二得四”一般不容置疑。

可恶行依然毫不在意，他读了这些书，自然，读到其中写得还不太枯燥的几本时，感到非常赞赏。

“没什么，”恶行说，“写得有分量，很有说服力，有些东西我愿意接受！”于是，他就接受了，见鬼！全书有八千页，都是反对他的，可你猜怎么，他竟从书里提炼出新的计划，更加充实了他那本毒害人类灵魂的诡计清单。

总之，仁慈的女士们、先生们，在我满怀敬意地向各位讲述下面这个故事之前，情况就是这样的！接下来，我将带着诚挚的敬意为大家讲述这样一件事情。

有一次，恶行一面哼唱着心爱的曲子，一面按照他命运的轨迹忙碌着。

他穿着巴黎最流行的时装，捧着一束山茶花，看起来仪表堂堂，可内心，当然，还是那么邪恶。她呢，美德，披着一件破旧的罗马长衫，冷峻而庄严。

她向来闷闷不乐，而这一天比以往的任何时候都更为苦楚。她的信徒们处处碰壁，那些善于逃跑并成功躲避了战败的人，都顺利地从战场上逃脱，他们四处游荡，失去了活的灵魂，再也无法做任何其他的事情了。就这样，美德悲哀地回想着自己与恶行进行过的徒劳的争斗，聆听着敌人高唱的凯歌，伤心地望着他那光鲜而粗俗、下流却美丽的身影。

可突然间，美德感到了一种新思维的诞生，这个想法很奇特，与她的尊严并不相称，同她的行为也不协调，甚至违背她的本质。她说："我为什么不能同他推心置腹地谈一谈呢？说起来，我从来没有和他坦诚地交谈过。也许会有人说：这可能吗？我先谈谈看！对，先谈谈！会有人说，这是对我的羞耻。可上帝啊，难道我是第一次听到人们指责我不坚定，指责我内心软弱吗？"

"尊敬的先生，"她向对岸喊道，"请听我说！"

那位先生刚为自己的健康喝下了一杯香槟，正准备再喝一杯。

"女士！"他殷勤地鞠了一躬，"有什么为您效劳的？"

"我想……就是……准确点说，我想……"

"想要喝一杯吗，女士？"

"噢，先生，请您不要用那样的猜测来侮辱我！"美德高傲地昂起头说道。

"女士，请原谅！您那闻名的宽宏让我敢于希望获得原谅。不过，说真的，我曾满怀敬意地敬您一杯，现在，可以怀着同样的崇敬请您饮整整一瓶。”

“我不喝酒，先生！您难道不知道我不喝酒吗？”美德严厉地说。

“我知道，哎呀，我知道，女士！对此我真心地表示遗憾，因为您剥夺了自己一项无上的享受。您让我感到惊讶，因为与人打交道，就不得不喝得烂醉，同他们交往真是恶心、痛苦啊！”

“抱歉！我想和您严肃地谈一谈，把您视为一种势力，来谈一谈。”

“太太，随时为您效劳，随时恭候。”

“请不要打断我的话！您，作为一种势力，在生活中几乎与我拥有相同的意义，并且一直同我争斗。可是为什么呢？我只想公正地全方位地与您讨论这个问题，也许，讨论之后，可以得出什么协定。”

“女士！我郑重地以我的胜利起誓（尽管我已经厌倦了这样的胜利），您想出了一个相当合乎道德的主意。嗨！要是能放个短假该多好！我们已经在自己的河岸上坚守了太久，从未享受过分秒的休憩。总是争斗、争斗！我斗胆问一句，这究竟是为了什么啊？”

“抱歉，请您严肃些，认真听我必须要对您说的话！”美德严厉地指出。

可恶行突然暴躁起来，奇怪异常，他十分高傲而沉重地说：

“不，请原谅！我想要说的是，见鬼去吧！”

“尊敬的先生！您说脏话！”美德指责他道。

“没错，我就是说脏话！我，就让我咒骂吧！骂人怎么了，我想骂就骂！我想要说出我的意见，我有权利说出我的想法。我愤怒，我受了屈辱，我想要得到关注！大概，人们都以为我不会感到屈辱吧。啊！我……”

“抱歉，亲爱的恶行，您想用这些叫喊和感叹来说明什么呢？请您相信，关于我您也说不出别的新词。就像您一样，我饱经苦难；像您一样，我承受诽谤；像您一样，我倍感屈辱。”

“唉，女士！这就是人们不爱您的原因，您总是热衷于长篇大论！”

“抱歉，请您冷静些、明智些！”

“我……冷静？让一切荒谬都见鬼去吧！我早就被生活给扭曲了，就是这样。我累了，太累了！坦白说，我很早就开始怀疑我们的敌对是否合乎理性，我早就想提议休战，以便讨论一下：为什么我们要相互诋毁？谁会为此而得到满足？但是，总有些什么阻碍我这样做。这些想法和苦闷几乎使我变成了我的追随者——人。我太不幸了，女士！我的生活中有多少遭遇和痛苦啊！”

“还是先听我说！”美德打断了敌人喷涌而出的抱怨，“您干吗叫苦连天呢？您想得到怜悯吗？我们是要彻底坦诚的，您应该清楚，除了口头上的同情，我是不会怜悯您的。您需要口头上的同情吗？我有理由认为，我自出生之日起，就被赐予了所有美德应有的特质，可是很显然，随着时间的流逝，随着与您从不停歇的争斗，这些品质被渐渐磨碎，消失不见了。现在，与其说我还真实存在，不如说我已经变成幻象了。去哪儿寻找这悲剧的原因呢？只能在人们对我的关系中找寻了！这些关系……”

“等一下，女士！请不要同我谈论这些关系吧！我个人沉痛的经验可以理解它们！我将我最好的品质都奉献给了我的信奉者，可他们却背叛了我，转投向您，就像人们背叛您，反投奔我一样！难道现在的我还是过去那个恶行吗？难道这个粗俗、卑贱、肮脏、渺小的东西是我吗？女士，我的尼禄[1]在哪儿？加利古拉[2]在哪儿？鲍尔查父子在哪儿？德·萨德侯爵[3]在哪儿？他们在哪里，

① 尼禄：古罗马的暴君之一。

② 罗马帝国的国王，以荒淫暴虐著称。

③ 德·萨德侯爵：一生因乱伦罪、性虐待、强奸等罪名前后八次身陷囹圄，蹲过13次牢房。

这些恶的天才们？他们已经不在了，女士！再也不会有那样的人了！我无法再创造他们，我失去了原本的能量，也没有铸造典范的模具，无论是美德还是恶行，人类再也没有伟大的典范了。女士，我被人洗劫一空！同您一样，我也被掠夺了！他们该死的反省，破坏了自身美的价值和完整，同时也摧毁了我们最好的品质和行为。他们从您那儿投向我，又从我这儿转向您，鬼才知道他们当中谁善谁恶！该死的分析家！”恶行气得喘不过气来，不出声了。

这时，美德又开始说道：

“虽然，我有狭隘性和局限性，但我仍然理解您，先生，我同意您的说法。就像您的质问——您优秀的人物去了哪里，我也要这样问：伟大的公民布鲁斯[①]在哪儿？公正的阿里斯蒂德[②]在哪儿？每一句话里都倾注了热诚和愉悦的圣奥古斯丁[③]在哪儿？那些拥有美德的伟人在哪里？纯粹的人在哪里？围绕在我周围的全是没有血肉的冰冷的影子，不是人！他们忏悔又哭泣，哭泣又忏悔，虽然他们做得很好，可难道这就是他们对我的职责所在吗？什么样的行为才配得上德者的称号？只要他不偷窃、不杀人、不说谎、不造谣，当经过竭力干这些事情的人身旁时，不加入他们的行列，而是默默走开，这样的人就算是有德行了吗？可是，这个愚蠢又冷漠的人，为什么躲开呢？是因为他对干这些勾当的人感到厌恶，还是暗暗羡慕他们能干，害怕加入他们的行列只是因为自

---

① 罗伯特·布鲁斯(1274—1329)：出生于苏格兰贵族世家，是苏格兰历史中重要的国王，他是苏格兰真正意义上的民族英雄，曾经领导苏格兰人打败英格兰人，取得民族独立。

② 阿里斯蒂德(约公元前530年—前467年)：雅典政治家和将军，提洛同盟的创始人之一。

③ 圣奥古斯丁(354—430)：古罗马帝国时期基督教思想家，欧洲中世纪基督教神学、教父哲学的代表人物，被罗马天主教封为圣人和圣师。著有《忏悔录》、《论三位一体》等。

己没有能力做那些无耻的恶行？这是一个问题，先生！

“难道还不明白吗？不是我们掌控人类，而是他们统治我们！对他们而言，我们不过是一种消遣，不过是他们动荡生活的调味剂，实际上，他们并不需要我们！您听到他们对我的嘲讽和挖苦了，而我也被他们对您的诅咒震聋了耳朵。可是，尊敬的先生，他们的做法是不是都承袭于祖辈的传统，而不是出自真正在心中占有地位的爱与恨的情感呢？在他们身上，除了各种程度和形式的自我安慰外，还有没有其他的情感呢？还有，我和您，作为两种相互对立、截然不同的本质，是否需要那些情感呢？是否应该一起去迎接那些可以完成的事业？”

“我们是否能合二为一？”恶行兴奋地喊道，“万岁！多么伟大的思想啊！多么伟大！女士，这是个好主意！不，应该说这不是一个主意，而是一种启示，而是在恶行的语言和美德的嘴里都找不到定义的一个深邃广博的东西。”

“抱歉，尊敬的先生！”

“女士，别说了！我全都明白，我知道自己该做什么，我了解自己的职责了！女士，我要向您求婚，您若也有此心的话。女士，可以吗？”

美德惊慌地躲到一旁，恐惧地将手举向天空。

“先生！”她勉强鼓起点勇气对恶行说道。

“决定了，女士？哎呦！这婚事在我们面前展现了多么美妙的前景啊！我们结合后，将会在荣耀的光环下安睡，我们会讥笑着冷观那些彻底从好与坏、善与恶的观念中解脱出来的人们，看着那些迷失在丛林中的人们，自由地去完成任何他们想做的事情。想一想，会出现多少啼笑皆非的怪事！会有多少已经尘封的心骤然敞开！会有多少至今仍藏在良心闸门后面的卑鄙欲望喷涌而出！善与恶将友善地同乘一辆马车驶向朝思暮想的目的地——智慧与灵魂的平静之地。全世界将变成一个巨大的猪圈，终于，平静了下来！我们也将在相互的拥吻中获得安宁，并将永远地宁静和幸福！另一方面，我们也是怜悯人类那被白与黑的争斗折磨得苦痛不堪的心。我们可怜它啊，女士！那颗心自我挣扎了太久，这种争斗实在没有意义。我们怜悯他们，就让我们结合成一个不可分割的统一体吧，让我们用热烈的亲吻去消除白与黑，创造出一片浩瀚无边、完全溶合的灰色吧！太太，可以吗？”

美德沉默了。她先是觉得被恶行的求婚侮辱了，可渐渐这种耻辱感淹没在了功利主义考量的海洋中，到了恶行说话的结尾，她除了想要保证自己不会在这么重大的问题上犯错误之外，已经没有别的感觉了。

“先生，在接受您的求婚之前，我认为我们应该再全面地想清楚。”

“您需要一个星期的时间吗？唔，请原谅，我有充分的理由怀疑你能得出什么有用的结果。是合乎美德的思量？唉！”恶行怀疑地笑了笑。

“不，先生，反正……当然，您肯定明白，除非是合法的婚姻，否则我无法同意。”

“哎呦，见鬼了！您这是太迂腐了。哪怕就一次，忘记礼节，投入到恶的怀抱中来吧！您堕落，我也堕落，我们都将不复存在，只留下那些乱七八糟的观念。就让我们离开生活，让人们自己去掌控自己，让他们任意而为吧。您去处理那些无关紧要的小事，我来管控物资的供给，至于观念嘛……嗯……嗯……”

这时，恶行的脑中突然闪过了一个下流的念头，他一把将美德搂进自己龌龊——不，准确地说是鄙俗——的怀抱中。

“先生！”美德惊恐地喊了起来，她被这突如其来的举动吓坏了。

“女士，您不会，还想做一个有德行的善人吧？”恶行柔情细语地劝说道。

当发现自己错亲了鼻子，他吐了口唾沫。

“混蛋，滚开！”美德厉声呵斥道，挣脱了恶行的怀抱。

“你这是？”被这场景弄得有些窘迫的恶行镇静地问。

美德的眼中闪烁着光芒，她高傲地默不作声。

“也就是说……”恶行冷笑道。

“回到您的岗位上去，先生！”美德威严地说。

“真见鬼，那您为什么要进行这次愚蠢的谈话呢，女士？”恶行凶狠地说道。

“您别忘了！”美德指着他，威胁道。

“那么好吧，现在要怎么办？还像以前那样纠缠下去？好，那就纠缠吧，就这样吧。可这太愚蠢了，而且毫无意义。要是我们不帮他们化为一类，他们是不会让我们安宁的，他们会折磨我们，强迫我们。我们需要结合，需要融为一体。这是我的想法，但是，再见吧！我走了！”

他回到了自己的岗位，可她却仍然留在原地。他走时，轻松地哼起了那首歌：

生命是瞬息，
感觉
是生命全部的本质和意义。
生活中，
罪行
应该受到最少的指责！

四周一片寂静，天空中闪烁着奇异的星光，时不时有一团乌云从星星身旁飘过，向什么地方飞驰而去。当乌云经过时，星星娇羞地躲到它们身后，月亮却大张着口，遥看着地面，那面容无法用言语来形容。天空急切地等待着这阴郁的景象快些结束，竟焦急地落下大滴大滴的汗水。这些冰冷、沉重的汗珠坠落在大地上，滴落在我的前额。我依然伫立在幻想的丛林中，出于对可怜的恶行和不幸的美德深深的同情而心生颤抖。因此，女士们、先生们，我决定将它们悲惨的境况告诉你们，希望能够在你们心中唤起对它们同样的怜悯，从而提醒你们，于生活而言，需要有完整的、重大的、使它重焕生机的行动。

一个诗人的故事

有这样一位诗人，他困顿而终，从未写成过一行诗句，也正因为如此，他那纯净的灵魂丝毫没有被玷污。他从没有在私下或是公开场合蔑视过别人，没有吹嘘过自己，没有贪享过荣耀，更没有丢失掉诗人灵魂深处那令人崇敬的高贵节操。

请你们相信我，真的有这样一位诗人存在过。现在我想讲一讲他的故事，我想说说是什么终止了他的生命，又是什么阻碍他流传于世。

他住在一座大城市近郊的小阁楼里，在一条歪歪扭扭又污浊不堪的街道上。从阁楼的小窗探身望去，可以看到整座城市的风貌，卑劣而粗俗。赶上晴朗的日子，明媚的城市俨然是一只笨拙的胖乌龟，嘈杂、肮脏，却因背上承接了那么多阳光而欣喜不已。

他一点都不喜爱这座城市，尽管发自内心地怜悯它。他有自己的国度，那里建造着与地球上所有地方都迥然不同的城市，生活着异样的居民。这是他幻想中的旷野，那里容易迷失前行的道路，更容易丢失心灵与理智的力量。

就像大部分诗人一样，我们的诗人在青年时代也憧憬过自己的未来。他认为脚下这片土地上的生活，并不是人们所期许的幸福生活的模样，自己完全有责任将真正通往幸福的道路指明，他要用自己灵感的光芒照亮生活的黑暗，用自己精神的汁液荡涤人们心头卑微欲望的污垢。

无数个静默的深夜里，他独坐在窗前，聆听着为权利打响的战斗的低吼，它们从城市里传来，飞进他的双耳，又飘向顺柔的苍穹。大地被癫狂的昨日折磨得神经慌乱，它上方的天空若有所思地拉下丝绒帘幕，编织着璀璨的星图。他仔细地听着，然后忧郁地摇摇头，从这干瘪的低吼中，全然听不出满怀希望的美好未来，也听不出可以抚慰心灵的柔美韵律。

于是，他奋笔疾书，将自己充盈于心的全部爱与恨、褒与惩都挥洒在纸笺。可每一次，当灵感之火熄灭之时，他读着刚完成的诗作，一种深切的痛楚便侵入心间，折磨着他不久前还满怀激情地渴求创造生活的赤诚之心。那纸笺上的诗句，全然不是他心中跳跃的精灵。这些词句展现的不是坚毅的思想，而是众人熟谙的冰冷而生硬的老生常谈，不是创新的思想，而是隐晦不清的陈词滥调和讽刺。

于是，他痛哭、愤怒、抱怨，之后再次提笔创作，暗暗嘲笑着那第一个将创作的痛苦称为甜蜜的折磨的人。

我的诗人一直这样生活，直到发生了我要为大家讲述的这个故事。

故事发生在一个清朗的月夜，我的诗人正在绞尽脑汁地创作新的诗歌，他静坐在窗边，眺望整座昏睡的城市，仰望苍穹那愉悦的、沉思中的绚烂星辰。就在这个夜晚，在他疲乏的眼前闪现了一种如影般透明、如梦般虚幻的东西，一个只有他的心能够听见的声音悄悄说道："听我说！"

他并没有感到慌乱，因为这种神秘的声音过去也曾出现过，他镇静地全神贯注地听着：

"我们三个是缪斯女神，和我们一同前来的还有你所渴求的成百上千万的诗句。我是第一位缪斯，我的诗句如大理石般清冷而瑰丽，用我的诗句创作的篇章，只有智慧超群的人才能够欣赏。你应该懂得，唯有那些卓绝而纯净的心灵，才可以透悉哀婉动人的美妙。美好的事物之所以忧伤，完全是源自卓绝的孤寂，源自深知无法为生命涂上温润、艳丽、悦人的色彩的无可奈何。

"我的诗句犹如冬日的阳光，冷冽清寒，人们很少从我这里取走它们，可一旦拥有，便是伟大的作品。过去的创作已经消亡，在时间的冲刷下，建起的纪念碑也已经坍塌，可你了解生活，透悉人类，你清楚地知道伟大的沃尔夫冈[①]和他之前所演奏的一切。我是诚实的，所以不得不提醒你，于我而言，既不存在悲伤，也不存在欢喜，既没有善，也没有恶，我只为美效劳。美是亘古不变的最高真理，成百上千年来都不能被损害分毫。你是否愿意用心灵换取我绝美的诗句，让我做你的女友？"

"要它们做什么呢？"我的诗人忧伤地说，"如果它们对生活的影响是如此的微不足道，我要它们又有何用呢？我是那样深沉地爱着人们，爱着我的理想，我希望所有人都得到幸福，希望生活变得美妙而生机勃勃，就像那明媚的

① 即沃尔夫冈·阿玛多伊斯·莫扎特，欧洲最伟大的古典主义音乐作曲家之一。

阳光下拍打堤岸的海浪，我希望生活奏响轻快而悦耳的乐章。我想要教会人们只希冀一种幸福，那便是因自我灵魂与行为的纯洁和伟大而尊敬自己。你能帮我实现这些吗?”

“生活，就是一条长河，它的源头是浑浊不堪的，因为它从泥土中流出，又沿着泥泞流淌。你想要净化生活的源头吗？那就把它移到天空吧。我是为美而服务的，可我知道，恶往往比善更有力量。我想，倘若善同恶一样普遍而强大，那后者或许就会成为你的理想。凡是普遍的东西都会落入粗俗和无聊的窠臼。常胜者往往会因骄傲、战斗的疲乏和对胜利的厌倦而损坏并消亡。你看太阳，它永远那样年轻，用艳丽的阳光照亮大地，它的光芒抚摸着每一寸土壤，于它而言，根本没有善与恶的分别。这才是真正的客观，只有人间才能拥有的最高层次的正义。”

可这时，我的诗人义愤填膺地说道：

“可这里并没有灵魂。过多的思索，会导致人们又要去学会如何感知！正如时间没有完美，生活中也不存在纯粹的情感。一切都被理智的强大力量所击碎，人的思维如尖针般锐利，如毒蛇般狡诈，它们在生活的酒杯中斟入了过多的毒液。你看，那生活中伟大的智慧数不胜数，可请指给我看，伟大的心灵在哪里？就这样，对生活的渴求正在消逝。另一些人像海洋中的珊瑚礁，耸立在生活之中，在他们周身翻涌，让那些想要爬上生活彼岸的泅水者，冲撞生活坚硬的礁石。所有人都渴望幸福，可他们依然在四处寻找着。应该擦亮他们的双眼，为他们指明通往真正幸福的道路。”

“好吧，我离开了!”第一位缪斯女神说着，抛下一阵金属般阴冷而脆亮的笑声。

“我是第二个为你服务的，你应该会需要我。我的诗句简单、轻快，既能够抚慰人心，又和她的一样美妙。我怜悯，我赞美。有时，我的诗句如金针般尖锐，能够一下刺穿心房，使心悲伤痛楚。我可以引来动人的泪水，亦能够唤起幸福的笑颜，展现生活中最美好的瞬间。这些诗句犹如南国寂静的深夜，海浪唱响的温暖歌曲，充满了柔和的阴影，爱抚的目光，甜蜜的荡漾和同样激荡的心灵。静谧的夜晚，引人遐想的月光，枝叶的低吟和鸟儿的啁啾，这一切都是生活所必不可少的。你可以将全部的悲伤、痛苦以及希冀都通过诗句尽情倾吐。”

“如果这样，人们会忘记自己要建立功勋的使命，你会提醒他们对伟大事业的渴求吗?”我的诗人说道，“你的抒情诗句能否荡涤人们心中相互猜忌的污渍，能否洗去他们在争取生存权利的斗争中变得冷酷的心上那自私的锈斑?”

“你没看到吗?”缪斯说，“我正在使他们变得柔软，让他们去幻想更加美好的生活。”

“幻想，并不是生活。需要建立功勋，功勋！需要如警钟一般震撼的诗句，可以警醒一切，震动一切，推动人们奋勇前进。需要让人们清醒地认识错误，并为过去感到羞耻。要让人们对现有的生活感到厌恶，如坐针毡，而急切地痛楚地渴求未来。”

“你并不知道自己想要什么。那就用爱吧，爱可以做到一切。”缪斯说。

“噢！爱并不能改变什么！爱和柔和都不够，还需要恨和强硬。要做到在不忘记自我的同时记得别人，在不贬低自己的情况下抬高他人。”

“我可以帮助你，我！”第三位缪斯说道，“我的诗句如荆棘的长鞭和尖刺，再没有什么能像打击一般推动人们奋进了。喔，你要相信，比起抚慰，他们更容易理解凌辱。他们就是那样努力地凌辱自己、侮辱别人！不过，这些人们啊，他们拥有习惯一切的能力，那些爱他们的人不能忘记这一点。为了推动人们，需要在所有方面都先超越他们。要变得像寒雪一般冰冷，像坚石一般无情，这样才能从他们身旁走过，而不为他们的呻吟所动。同时，也不能让他们觉察到你对他们的爱，因为他们一旦确定你的爱，便会以此为软肋，再也不惧怕你。”

“这太可怕了!”我的诗人说着，他拥有一颗温柔的心。

“确实如此，你也知道，这个世界从幼年第一次听到善的说教开始，直到今日也未曾改变。它左右摇摆，不停地摇摆踌躇，但它今日是否比往昔更糟呢？让我们再尝试一次用责备的烈火和良心的毒针推动它吧！让我们再来尝试一次，尽管很难成为一个比约拿旦·斯威夫特[①]更为强大的启迪者。

缪斯言尽于此，便沉默不语，我的诗人就此陷入了沉思。他已经明白了，要想教化人们，必须先成就怎样的自己，他为角色赋予自己的使命和责任感到忧心。他想到，世间并没有有罪的人和无罪的人，有的只是想要活下去的人们。当他想到，倘若成为一个富有生机且充满正义感的人，需要具备那么多的条件；当他想到，倘若一个人可以在弥留之际骄傲地说出，“不论我做了什么，我都是一个正直的人”这样的话，是需要付出生命的宝贵代价时，他陷入了疑虑的无底深渊。当他正想着这一切的时候，耳边响起了一阵低语，这是诗句在低吟：

“我们恳请你，作为一个诚实而纯洁的人，请不要勉强我们！请不要用我们来编凑偶像的颂歌，不要用我们将理想描绘得虚无缥缈！不要像那些怯懦无耻之辈或灵魂卑劣之徒，将我们堆砌得含混不清。应该体悟我们每一个诗句的

① 约拿旦·斯威夫特(1667—1745)：出生于爱尔兰都柏林的一个贫苦家庭，他以大量政论和讽刺诗等抨击地主豪绅和英国殖民主义政策，受到读者热烈欢迎。而他的讽刺小说则影响更为深广，所以高尔基称他为世界“伟大文学创造者之一”。

灵魂，这样我们才能成为黑暗中的星光和火炬。”

“请不要滥用我们，请不要滥用我们!”

我的诗人听了这些话，心忧愁得就要碎裂了。

一切都归于沉寂，可他仍长久地倾听着。他已然明了，无论他成为怎样的人，也无法如希望中正直，他无力承担错待他人的责任，任何行为都不会在生活中消失得无影无踪。人们已经被错误折磨得疲惫不堪，任何荒谬的学说或劝谏都会产生不幸。生活中的不幸已经有那么多，整个生活俨然置身在一片不幸的深渊里。

于是，他断笔焚稿。我再重复一遍，他断笔焚稿。他为自身的无能为力感到绝望，他满怀着对人们的担忧和爱，忧愁而抑郁地死去了。他的死，正是源自异于常人的正直。

现在，我讲完了全部故事，我不得不承认，这类事情从来没有发生过。

倘若这个故事或者类似的事情确有发生，那么我们的生活中也不会出现那么多轻率的理论、无端的责难和含混的言论。当前，社会上也不会屡现这样一种现象：人人都觉得，自己既然会说话，那就能够教导和劝诫他人，能为别人指点迷津，对别人横加指责。就是这种想法，把我们的生活搅得混乱不堪。没有他的干扰，生活本就已经乱七八糟了。他倘若想要洗净生活衣衫上的污渍，就请先洗净自己心头的虚荣吧，就请洗净自己头脑中对动荡不安的时代的依赖吧。等到理想变为永恒而无比坚定的时候，再请努力认清自己和自己的道路，等到那时再来发表自己的言论吧。这些言论一定是简洁、朴实、真诚，如烈火般炽热的。

生活中有那么多的导师，可学生却寥寥无几；有那么多的理论学说，可是真理呢?

有谁知晓，真理在哪里，真理寓于何处。

消除迫不及待欲为人师的不甚纯洁的愿望，默默无闻地死去，远远好过扩大生活的虚伪，增加人们的错误。

这就是全部故事。

一个自命不凡的作家

一个作家拥有太多的读者，不是一件好事，不是好事！只有沼泽植物才不畏惧过量的水分，可对于橡树而言只需要水分适中。

在这里，我想讲述的是一位在追寻目标的道路上不幸陷入声望泥潭的作家，讲一讲他在众星捧月地夸赞声中表现得多么可笑、多么困窘，讲一讲他被荣耀的迷雾蒙蔽得晕头转向的故事。

他本是一位忠厚朴实的年轻人，但也并不完全是个傻瓜，他与同行们最大的区别就在于他向来真诚，无时无刻不处于内心的矛盾之中。

他生活在一个以文学享誉世界的国家，当他刚刚崭露头角之时，曾对声望持怀疑态度。那时他想：

“真是奇怪，为他们吹响号角，他们全然听不到，可小哨子一鸣，他们却手舞足蹈!”

这个小伙子并不谦虚，绝对不是谦虚！但他很有自知之明，这便是问题之所在。他清楚地知道，在这个国家里没有人民，只有“公众”，正是这些“公众”创造了文学和其他领域的声望，人民只关注自己的生计，他们轻视作家，只相信巫师，他们劳作一生，却总是缺衣少食，因而随时都愿意用“公众”所喜欢的全部文学和其他艺术换取一袋面粉。

尽管我的主人公深知这一点，可他毕竟是个人！作家也都是人，他们多多少少都有些局限性。“公众”对他的作品大加赞赏令他初尝甜头，越来越多的读者向他寄来赞美的书信。

一位读者开头用“天才的”来称呼他，还有一位白纸黑字地写道：“崇敬的”。每一位女读者的来信都简短有力——“亲爱的人儿，谢谢你”，就好像是作家送给她了一件丝绸衣衫。一个小书店的老板在来信中写道：

“M·K作家先生：

> 出于对您作品如此广受好评的好奇，本人仔细拜读了您的作品一番，不由地写下如下几行诗：
>
> 犹如沼泽中的百合，
> 在我悲伤的心头
> 绽放梦想的鲜花，
> 期许生活的顺遂。

绽放，却短暂；
绽放，就凋零，
在我心底的污泥中，
腐烂，恶臭……
可你那炽热的话语，
却偷偷潜入了我的心扉，
如同飞溅的火种，
点亮我幽闭的灵魂！
于是，
我昂首前行，
我无畏无惧。
此刻，我骄傲地燃烧，
点燃全身的鬃毛。

致以最诚挚的敬意

谢苗·亚斯特列柏夫”

作家还收到了“公众”对他关注的许多表示。可是，魔鬼——作家忠实的伴侣，却笑着对他说：

“别不好意思，傻瓜，这都是你应得的，你于公众而言，就像是年迈体衰的老头子新得的年轻情妇。你也不要假装委屈，因为‘鲫鱼喜欢让人用酸奶油来煎’①，而作家也甘愿在荣誉的烟雾中熏烤。”

就此，我的主人公便悄无声息地出现在了钟爱他的“公众”面前，“公众”为他鼓掌喝彩。慢慢地，他就像是上了瘾的酒鬼，习惯了众人的掌声与夸

① 典故出自契诃夫的短篇小说《鱼的爱情》。

赞，若是没有喝彩他便觉得生活没有了滋味，小伙子越来越骄傲了。

有一次，在人头涌动的街头，一群“公众”将他团团围住，逼到墙脚。大家拍手赞许：“太棒了！太棒了！”他站在众人面前，感动地笑着，心里像泡在蜜罐里一样甜。他第一次如此近距离地看见“公众”，突然间，他感到很不自在，甚至有些害怕，他觉得这些人仿佛马上就要冲上来搔他的痒，他的脑中瞬间闪过了各式各样荒谬的念头。这些人好像都在打量他，暗暗与他比较着耳朵，想要弄清楚谁的耳朵更长。他觉得自己的耳朵越来越长，长得无以复加。“公众”一边端详一边叫好：“棒极了！棒极了！”我们的小伙子产生了一种不祥的预感，怀疑自己就快要不属于自己了。他心想：

“这些人已经把我当成自己的私有物，就要开始像玩皮球一样地耍弄我了。”

可是魔鬼站在他的身后，奸诈地笑道：

“看啊，看啊！”

作家看到，人群已经由数十人增加到上百人了，他们都在喝彩叫好。人群中还有加略人犹大、依纳爵·罗耀拉[①]和其他那些出卖基督的道貌岸然者的后代，他们稳稳地站在人群中，也在向他鼓掌。“公众”的目光像是数百根尖针刺穿了我的主人公的胸膛，他困窘地望着人群，那些面孔融汇成了一张巨大而阴沉的奴隶的脸，这张脸上没有眼睛，只有两个模糊的黑点，鼻子像大象的鼻子一样长。

“你看！”魔鬼说，“‘公众’领袖们的鼻子那么长，却没有点燃火心，所以只能做瞎子。你看，他们长着怎样的舌头啊，快看！”

---

① 依纳爵·罗耀拉(1491—1556)：西班牙人，罗马天主教耶稣会的创始人。他坚决反对任何削弱宗教信仰的文化学术，不允许文化学术有任何革新。

一双情欲的巨唇在我主人公的眼前翕动，那黑暗的巨洞深处翻转着平滑短粗的东西，它发着恶臭，喊道：

“好！好！好极了！”

作家吓得闭起眼睛，觉得有一种东西正在吸食着他。可等他睁眼一看，面前只是立着一堵人墙，他们都是些最普通的人，脸上带着笑容，眼中闪烁着孩童看见新玩具一般的欢喜，这一切都再平常不过了。这些笑容和亲切的目光让作家感到温暖，心中的恐惧也随之消散，他很想对“公众”说几句心里话。他一只手压住惊魂甫定的胸口，深深地长舒了一口气，说道：

“先生们！”

“好极了！嘘，安静！”

“先生们，”他说，“你们的关注带给我莫大的满足，想来，我是理解你们的。当我年幼的时候，每次听见军乐，就会跟在乐队后面跑，就像你们一样。吸引我的并不是军乐本身，而是那鼓着腮帮吹响号角的战士。谢谢你们，先生们！”

“好！”公众高喊。

“我们爱您！”有人大声说。

魔鬼站在作家身后，不住地窃笑。奸诈的家伙！

这时，作家说道：

“先生们，我相信你们的真诚，但我并不明白，我有什么地方值得你们如此厚爱。有时，我甚至觉得，你们是因为我不穿礼服，在小说中又经常使用些粗俗的字眼才喜欢我的。我常常想，若是我学会用左脚写抒情诗，你们会更爱我，更关注我。”

“好！好！”公众高喊。

“我觉得你们并不是真正的读者，只是单纯的崇拜者。真正的读者懂得，真正重要的不是人，而是人的精神，他们不会把作家当做两个脑袋的牲畜那样打量。他们读他的作品，却不会将他视为信仰，而仅仅是思考他书中的思想。‘这里说得对，那里我不能认同。’思考过后，他们会做些更好的事，这些好事日后将会被称为历史。然而，你们呢，先生们，你们创造的不是历史，而是闹剧。世界上真正的读者并不多，你们这样的倒比比皆是。凭良心说，我对你们没有好感，更谈不上尊重。同行们总是对我说，要尊重公众，可谁也无法言明，为什么而尊重。你们怎么想呢？凭什么尊重你们呢？”

作家沉默了，探询地望着“公众”，“公众”也沉默不语，场面变得有些沉闷。

这时，一阵冷风呼啸而过。

“你们看，”作家沉默了良久，接着说道，“连你们也想不出，自己有什么地方是值得尊重的。”

一个红头发的人开口低声说道：

“我们是人。”

“那么，你们当中又有多少是真正的人呢？也许，一千人之中能找出五个，坚信人是生活的创造者和主宰者，言论、思考和行动的自由是人神圣的权利。也许，只有千分之五的人有能力为了这一权利而抗争，甚至无畏地献出生命。你们中的大部分只是生活的奴隶，或是它蛮横的主人。你们这些顺从的小市民，仅仅是暂代真正的人，你们只在生理上称之为人。看着你们那双昏暗怯懦的眼睛，我惊恐地意识到，你们之中勇敢、正直的人太少了！在我的祖国，勇敢的人太少了！然而需要英雄的时代已再度来临！”

二十几个人转身走了，他依然在说：

“真正的人总是在不断追寻，不断探索，可你们却活得庸庸碌碌、停滞不前、任人摆布。你们见识狭窄，却又懒于思考，惧怕改变。在你们周围，充斥着迂腐的传统以及各种全无用处的生活准则，就像是妓院客厅里的托架上堆放的摆设。这一切束缚着你们的手脚，却成为你们心中的信条，你们不敢推翻，不敢挣脱这副镣铐。当风儿将田野上清新的空气送进你们那腐败恶臭的洞穴时，你们却害怕刺破心里的脓疮，将窗门紧紧锁上。你们不喜欢动荡，动荡会让你们颤抖！然而，你们还需要一些谈资来取悦客人，所以，你们就像乞丐一般站在教堂门前的台阶上，伸手向文学乞讨一些娱乐消遣的东西。文学只不过是你们昏暗生活中一剂辛辣的调味品，你们喜欢充满热血和激愤的创作，但仅仅是喜欢而已。除了赞美和咒骂，文学在你们心中什么也召唤不起，唤不起爱，也唤不起恨。你们不是人，你们只是看客，是“公众”，倘若你们下一秒从生活中消失，生活连颤都不会颤抖一下，即使你们钻进地下，世界也不会发生任何改变。

“你们是逆来顺受的奴隶，挨打了，不吭声，被侮辱了，笑脸相迎。只有妻子做的不可口的午饭才能引出你们的怒火，你们的苦痛只是来自于对生活福利的贪婪、彼此的嫉妒和消化不良。当靴子磨疼了脚，你们会呻吟：‘噢，叔本华多么正确啊！’可听到有人发出‘自由！’的呐喊时，你们却只会暗自思忖：‘赫卡柏[①]有什么用？’让你们统统见鬼去吧！你们根本不知道，自己多么可怜，多么可憎，在你们之中生活是多么可怕，多么痛苦！有人对你们说，生活是可怕的，是暗无天日、鲜血淋漓的。可你们从不相信，因为你们的生活仅仅是粗俗空虚的。当有人向你们指明这样的粗俗和空虚是多么致命、多么可悲

① 赫卡柏：特洛伊国王普里阿摩斯的第二任妻子，特洛伊主将赫克托尔和女预言家卡珊德拉的母亲。

的时候，你们全无反应，只是关心一点：话说得是否漂亮。深陷泥污的唯美主义者们，就让这些污泥快些将你们呛死吧！”

“公众”渐渐散开了。他们不喜欢听长篇大论。魔鬼在偷笑，他懂得这一切真正的意义。可是醉心于践行使命的演说者却全未觉察。

“生活是一部叙述人的史诗，讲述着人们不断探询内心却寻无所得，想要探知一切却无能为力，渴望成为强者却无法战胜自身的弱点的历程。你们可曾听到过真理，了解过正义，产生过让世人变得高尚、自由、美好的愿望？你们只思温饱，在爱的名义下奸淫女人。你们只愿生活得平静、舒适、闲逸，这便是你们追寻的幸福！你们对幸福的愿景不过是这些廉价的欲求罢了。幸福是要依靠强劲有力的双手去捕捉的，可你们这些怯懦、软弱的人，靠自己的力量连只苍蝇也捉不到，就连同苍蝇作战，你们也要借助于灭蝇的毒纸。我可怜苍蝇，尽管它们嗡嗡地扰人清梦，但我更愿写下消灭你们的‘灭蝇篇’，让你们在品读它的过程中惊慌失措地中毒身亡。看得出，我说得不对，你们现在已经感到不安了。当你们因薪资不足难以养家糊口的时候，当妻子厌倦了与你们一同生活而背弃你们的时候，当生活越来越不舒心的时候，你们怨天尤人，你们空谈大论，在没有得到补发的薪水或是找到新的情人之前，你们只会觉得生活是丑恶艰辛的。就这样，你们整日埋怨、咒骂，用自己对生活的怨恨毒害着幼儿纯真的心灵。你们让孩子的思想停留在生活中卑微、低俗的琐事上，渐渐地，孩子们的思想也迟钝得像是常年砍树的斧劈，他们被你们那些肤浅庸俗的故事折磨得疲惫不堪，不知不觉地踏上你们的老路，变成了未老先衰、麻木粗鄙的行尸走肉。他们边走边去寻找温暖、平静、舒适的生活，一旦过上了安逸的日子，又会像父辈那样默默无闻地虚度一生，就像是旧房子裂缝中新塞补的水泥。这栋沉重肮脏的房子浸透了被它压死的人们的鲜血，由于年久腐朽，已经摇摇欲坠，处处预示着即将倾覆的命运，它在惊恐中等待着将它推翻的冲力。如今，这种冲力已经成熟，愈发壮大，它们只是强压着自己的力量，可依然有迫不及待的火焰四处迸发。这种力量终会到来，将旧建筑瞬间倾覆，到时，坍塌下来的砖瓦就会砸在你们头上，把你们压死。尽管你们只是因为碌碌无为才遭此刑罚，但是生活中是没有无辜者的！”

“公众”已所剩无几，一些人遗憾地看着作家，他们虽然喜欢他的小说，可听他的演说却令人失望，因为在这演说中全然没有丝毫的美感。还有一些人嘲讽地看着作家，他们只觉乏味，并没有气恼。这时，一个年轻人皱着眉气愤地喊道：

“这全都是空话！您倒是说说，您的纲领是什么！”

一位可敬的先生叹着气说：

“唉，我年轻的时候也是个浪漫主义者！”

一位穿黑裙子的太太问道：

“他难道连女人都骂吗？”

魔鬼在窃笑。

“还有，我必须要告诉你们，你们太喜欢扮演不幸的角色了！我想，你们是故意这样做的，因为你们没有值得彼此尊重和爱戴的东西，所以只能装作不幸，来博得别人的同情与怜悯。你们对等地给予对方廉价的幻觉，这目的，就像是给一只被车轮碾碎爪子的小狗以安慰一样。我多希望你们能对生活充满健康、坚定的爱意啊！可你们不爱生活，你们只是惧怕它，做贼似的从生活身上偷偷地窃取一小块、一小块。顺从的人们！可怜的乞丐！让上帝多降些灾祸在你们身上吧，让你们惶惶不安，让上帝赐予你们更多的烦忧，使你们重获生气吧！”

站在演说者面前的三个人中，有一个生了气的人喊道：

“见鬼，我们并不都是这样！这太不公平了。”

“先生们，请不要向我要求公平吧，生活中没有公平，至少现在没有。在你们当中如何能产生公平呢？你们全都是一样的糟糕。你们就是社会，你们哪有好坏之分？青少年时期，你们在学校里获取了完全相同的知识，我想，你们学到的都是好东西。我绝不相信，大学会教你们仇视人类、漠视生活，教你们投机取巧，只追求肤浅庸俗的生活。我总觉得，学校里不会教你们这些。可是，你们从学校步入了生活，这些龌龊的脏事并没有因为你们的加入而减少。我不能说是你们给生活带来了新的污秽，我也不打算去证实这一点。我只知道，你们在二十五岁的时候否定了私有财产，却在三十五岁购置了自己的住宅。我知道，你们善于为自己工作，可我不禁要问：你们为生活做过些什么？你们个个冷漠无情，就连那些成天将‘我们周围有多少龌龊的事’这句话挂在嘴边的人也不例外。你们尝试过消灭这些卑鄙的现象吗？你们打算摒弃它们吗？不，没有，就连你们中的优秀者也只是在躲避污秽。想要做一个清白的人，这自然不是坏事，但真正清白的人是不会惧怕污浊的。平心而论，我们的生活之所以如此肮脏，所有人都负有罪责。世间没有无罪的人，现在还没有！可你们是从哪儿学来那么多屈服强者的奴性？是从哪儿沾染的为个人安危如此恐惧的懦弱？我可以断定，世间随处可见的丑恶与卑鄙之所以在我们周围繁衍得如此迅速猖獗，就是因为我们对个人荣辱的担忧和卑躬屈膝的奴性。我们每个人都要为屈辱的生活负责。我若是相信诅咒的力量，我必将诅咒你们所有人，可我并不相信，我相信的是另一种人即将到来，他们是勇敢正直的强者，很快就会到来！”

“好了，会的。”魔鬼笑着说。

我的主人公四处环顾，周围一个人影也没有了。

“奇怪，”他说，“人都去哪儿了？我还没讲完呢！”

“他们全被你的演说烧成灰了！看见天花板上的烟渍了吗？这就是他们留下的！我们走吧！”

我不知道，我的主人公后来发生了什么，也不想妄加揣测这个故事的结局，可我料想不会有什么好下场。因为我知道，一个作家拥有许多崇拜者不是什么好事。凡是与“公众”打交道的人，都必须让自己周围的空气里充满真理的消毒液。这就是我要说的。

在生活面前

在生活面前站着两个人，他们都对生活感到不满，于是生活问他们："你们想从我这里得到什么？"

其中一人满脸倦容地回答："你自身的矛盾太过残酷，让我愤懑不已，我的智慧无力去感知你生活的真谛，在你面前，我的心里满是疑惑的混沌。我的意识告诉我，人类是万物中最优秀的。"

"那么，你想从我这里得到什么呢？"生活冷漠地问道。

"幸福！为了让我得到幸福，你要将我内心的两个矛盾调和，那就是我的'想要'和你的'应该'。

“那么，你就期待着应该得到的。”生活冷酷地说。

“我不想成为你的祭品！”他高声说，“我想要成为生活的主宰，可我却应该俯首遵从生活的法则，这是为什么？”

“你能不能说得利落些！”另一个人插话道，他站得离生活更近些。

第一个人完全没有理会同伴，继续说：

“我想要按照自己的意愿自由地生活，我不愿因为义务而为别人存在，不论是做他们的兄弟抑或是奴仆。我想要自由地决定自己成为怎样的人，哪怕是奴隶或是伙伴。我不愿成为社会的基石，他们只会为了自己的福祉将我安置在牢笼中。我是一个人，是生活的灵魂和智慧，我需要自由！”

“够了，”生活说道，“你说得够多了，我已经完全明白你的意思。你想要成为自由的人！那有什么的，就去做吧！只要同我斗争，战胜了我，你就将成为我的君王，我就是你的奴仆。你知道，我向来冷酷，可对待胜利者却十分恭敬。只需要战胜我！为了你的自由，来同我抗争吧！你行吗？你有足够的力量战胜我吗？你相信自己的能量吗？”

这个人顿时神情沮丧，他忧郁地说道：

“你硬逼着我同你斗争，仿佛要将我的智慧磨成一柄利刃，可事实上，这柄利刃却深深地刺进了我的心，将它剖成碎片。”

“喂，你跟生活说话时要严肃些，不要一直抱怨。”旁边的那个人说。

可他依旧不理不睬，继续说道：

“我想要逃离你严酷的重压。让我休息一下吧！啊，请让我品尝一下幸福的滋味！”

生活冷冷地笑了一下，那上扬的嘴角边似乎闪烁着寒冰的光亮：

“那你说说，你是在向我提要求还是乞求？”

“乞求。”他的回答好像回声一般。

“你在乞求我，那副模样就像是熟谙乞讨之道的乞丐。不过，我的可怜虫，我必须要告诉你，生活是不会施舍怜悯的。你知道吗，自由的人根本不会乞求，他会自己向我索要奖品，而你，你只是自己欲望的奴隶，仅此而已。唯有那些抛弃欲望，用一生致力于实现一个愿望的人，才是真正自由的人。你懂了吗？走吧！”

他懂得了，便像狗一样趴在了生活冷酷的脚下，只盼能悄悄接住从生活的餐桌上丢弃下来的残羹剩饭。

这时，冷酷的生活将冰冷的目光投向了另一个人，那人面容粗犷，却善良平和：

“你要乞求什么？”

“我不是乞求，我是在要求你！”

“要求什么？”

“公道！公道在哪里，把它给我！其他的一切我以后再来索要，现在我只想要公道。我一直在等待，耐心地等待着公道，埋头劳动，没有休息，没有光明！我等待着，相信它总会来到。可公道在哪里呢？”

生活冷漠地回答：“自己去夺取。”

智者

从前有一位智者。

他深谙悲惨生活的秘密，这秘密将他的内心塞满了阴暗恐惧的战栗，在秘密的阴影下，世间所有的笑容都化作了忧伤，欢乐也悄悄地逝去。智者冷峻的慧眼观望着时代的深处，他看到了一片黑暗。于他而言，未来也明晰可见，那里也没有光明。他游走在祖国的城市乡间，悲哀地摇晃着孤独而智慧的脑袋，在喧嚣的生活中高声说教，仿佛鸣响了哀悼的丧钟。

“人啊，你们生活在黑暗之中，你们来自无知的深渊，在生活茫然的迷雾中苦苦挣扎，可前方等待你们的，依然是冰冷迷惘的黑暗。”

人们听了智者阴郁的话语，体悟了其中苦涩的真谛，他们默默地望着智者的眼睛，无声叹息。

然而，把智者送上他孤寂的旅程后，人们又忙起了自己的事情，赴酒宴、吃面包、品美酒，笑盈盈地欣赏着孩子们的游戏，将自己的需求和昨日的苦难全部抛到了脑后。

他们为了权力和财富相互倾轧，却又感伤于爱的箴言，用那沾满鲜血的双手抚摸心头的爱人，用背叛的双唇亲吻自己的朋友。他们偷窃彼此的财物，又拼命捍卫自己偷来的财产，蒙昧良知相互欺骗，还众口一词地说，只有真理才是生活的主宰。偏偏就有人相信真理的抚慰力量，从而为着信仰承受苦难。人们喜爱音乐，随着旋律流下幸福的泪水，由衷赞赏美的一切，可这样的人又偏偏对身边的丑恶放任自流，自己也干着卑鄙可憎的勾当。他们彼此奴役，却口口声声宣称渴求自由，轻视那些屈服于自己权势的奴仆，像狡猾的牲畜一样，怯懦地暗自憎恨自己的统治者。他们渴望美好，总是躁动不安地探寻它，但却无力创造美好。他们沉溺在自己安逸的生活中，为了满足自己聚敛世间财富的贪婪欲望，无休止地在敌视、谎言和可耻的诡计中将智慧消磨殆尽。

这些可笑的怪人就这样生活着，他们肮脏得与猪无异，却将自己视为坠入凡尘的天使。他们的生活有如一座污浊不熄的火山，一刻不停地向那明朗的苍穹喷吐着呻吟和哀嚎的臭气、苦痛哀怨的粘尘和兽欲刺鼻的污秽。

孤独的智者静静地穿过世间的纷扰，用无所不知的声音说道：

“什么是生活？你们不了解。什么是真理？你们说不出。为何而活？你们也不明晰。这就是你们不幸的根源！”

于是，看到恋人深情相拥的时候，他便会悲伤地说：

“死亡正等待着你们和你们的后代。”

看到人们为自己建造奢华的住所时，他便会责备道：

“这都是灭亡的祭品。”

看到孩子们在草地上和像孩子一样美丽的花丛中嬉闹的时候，他叹息着在心里说：

“我们的双眼看到了死神的战果。”

假如，有哪位生活的智者不赞同这种死亡的阴暗智慧，而给年轻人们讲授科学殿堂的奥秘时，他便冷笑着说：

“局限性——你智慧的名字！因为大地终将毁灭，世间所有的殿堂、科学、真理和谎言也难逃厄运，你连自己死亡的时刻都无法预知。”

然而有一天，在喧嚷的市郊，在一条肮脏潦倒、阴暗狭窄的街道上，在散发着腐气的浓雾里，智者看到了一群拥挤的工人，其中一人正在发表演说。智者讶异于听众的专注神情，因为人们从来不曾这样如饥似渴地聆听他的说教。一根嫉妒的尖针刺进了他的心房。

“同志们！”演说者对工人们说，“我们躺在劳动的泥污里，就像是河底的石块，然而统治者生活的波涛却在我们身上飞速地翻滚。我们就是他们的阶梯，他们踩着我们的身体向上爬，爬到理论的巅峰，从那儿汲取智慧的力量，再来征服我们，奴役我们的心灵。他们无所不知，可我们却什么也不懂；他们活得富足享乐，可我们却贫困潦倒；他们知晓所有的智慧，可我们却只听过神话；他们手中握着所有光明的事物，而我们却两手空空，就连，就连面包也少得可怜，我们只能饿着肚子。他们只是奴役我们，自己却吃得太饱。很快，我们的饥饿就会战胜那些脑满肠肥的人，因为他们的灵魂早已虚软无力，而我们的精神却是那样的饱满激昂。我们要生活，我们要求知，我们要成为人。我们要用我们强大的耐力创造出的人间智慧来填满自己渴求的心灵，我们要获取现在所有，我们要创造前所未有的一切！”

“你这个人啊！”智者轻蔑地笑笑，说道，“你的话是错的。人的认知有限，他们不可能知道得更多。而且人终有一死，那么不论你是饥肠辘辘，还是要被你智慧那脆弱的针尖刺痛的富人，又有什么区别呢？你躺进棺材之时，无论你是穿着无知的外衣，还是披着统治者可怜学说的冰冷殓服，又有什么区别呢？想想吧，世间的一切和整个大地都会陷入遗忘黑暗的深渊里，陷入死亡无尽的漩涡中。”

工人们默默地注视着智者的眼睛，静静地听他睿智的演讲，他说得越多，他们脸上的神情就越严肃、越冷漠。后来，其中一个工人对工友说：

“马特维！我的手疼，你揍这个老猴子一顿。”

故事到此就结束了。

没错，我当然同意，这个工人有些粗鲁，不过，这难道能怪他吗？从来也没有人教过他良好的举止。

不合时宜的思想

1

如果回顾一下君主制看似多样的“内政”活动，我们就会发现，这些活动的意义在于官僚们千方百计地遏制思想者的质与量的发展。

旧政权毫无才干可言，但自我保护的本能却时刻地提醒它，最危险的敌人是人的头脑。因此，旧政权用尽手段刁难、扭曲国民智力的成长。同样受官吏奴役的教会和心理摇摆不定的社会都极大地助长了这一罪恶行径。近年来，社会对于加诸在自己身上的暴力完全采取了消极的态度。

可怕的战争暴露了精神长期压抑的后果：在有组织有文化的敌人面前，俄国显得手无寸铁、弱小无力。那些夸夸其谈的人们叫嚣着罗斯[1]要奋起“用真正的文明精神将欧洲从虚假文明的枷锁中解救出来”，他们大概是真诚的，这份真诚更加剧了他们的不幸，很快这些人尴尬地闭上了雄辩的嘴巴。“真正的文明精神”原来是各种无知、可恶的自私、腐朽的懒惰和冷漠无情的恶臭。

在这个造物主慷慨赐予自然财富和天才的国家里，显露出来的却是它精神的贫乏和文化所有领域的无政府主义。工业、技术全都处于萌芽状态并且没有与科学建立起牢固的联系；科学躲在后院的阴暗角落里，置于官吏敌视的监控下；艺术在审查部门的限制、扭曲下脱离了社会，只一味找寻新形式，丢失了富有生命力的、激励人心、使人变得高尚的内容。

无论是人的内心还是外在，处处都是破坏、动荡、混沌和某种马迈[2]持久战的痕迹。君主制留给革命的糟粕非常可怕。

不论多想善意地说些安慰人心的话，严峻的现实不允许自欺欺人，现在需要的正是坦率地说出：君主制当局在铲除罗斯精神领袖方面的努力几乎取得了全面性的胜利。

革命明明推翻了君主制！也许，这正说明了革命只是把表面病症赶到了体内，但决不能因此就以为，革命在精神上治愈或丰富了俄国。俗话说得好：“病来如山倒，病去如抽丝。”一个国家理性的发展是极端缓慢的过程。因而我们更加需要这个过程，革命的领袖们应该立刻担起责任，为坚定不移地发展国家理智力量创造条件、创建机构和组织。

智力从质量上看是第一生产力，任何阶级都应热切地关注国民智力的快速

---

① 原为俄国民族名。11至17世纪俄国史书中通指俄罗斯国家。

② 金帐汗国统治者，14世纪经常率军攻打俄国。

发展。

我们要协力全面发展文化事业。革命铲除了自由创作道路上的障碍，现在到了我们按照自我意志向全世界展现天赋和才干的时候了。拯救我们的方法就是劳动，我们会在劳动中找到乐趣。

“创造世界的不是语言，而是行动。”这句话说得真好，这是毋庸置疑的真理。

2

政治生活的新制度要求我们建立新的精神制度。

当然，我们不可能在两个月内脱胎换骨，但我们越努力清除身上沉积的灰尘和泥污，我们的精神就越健康，我们创建新形态社会的工作就越有成效。

我们生活在政治激情的漩涡中，生活在政权争斗的混沌里，这种斗争在唤醒人们美好情感的同时，也激发了人们阴暗的本能。这可以理解，但这就必然会扭曲人的心灵，造成心理人为的片面发展。政治是培育狠毒的敌意、邪恶的怀疑、无耻的谎言、污蔑、病态的虚荣和对人性的不尊重（人类所有的丑陋特性都可以罗列进来）的温床，正是在政治斗争的沃土上人类的丑陋才生长得越发茁壮。

为了不被同一情感扼住咽喉，我们就不能忘记还有另一种情感。

人与人之间的敌意不是正常现象，因为我们最美好的感情、我们最伟大的思想都旨在消除世间的社会仇视。我将这种最美好的情感和思想称为“社会理想主义”。就是这种力量使我们能够战胜生活中的丑陋卑污，使我们能够坚忍不拔、不知疲倦地追求正义、自由和生活的美好。在这条追求的路上，我们造就了英雄，造就了自由的殉难者，造就了世间最美好的人。我们身上所有美好的品质都是在这种追求中培养起来的。艺术的力量更成功、更有力地唤醒了我们心中善良的本性。就如科学是世界的头脑，艺术则是世界的心灵。政治和宗教把人们分割成独立的团体，艺术则将我们共同的人性敞开，将我们联合在一起。再没有什么能像艺术和科学那样，能够如此柔和而迅速地使人的灵魂变得正直。

3

我们追求言论自由，是为了能够说出并写出事实。

然而，说出事实是最困难的一门艺术，因为它是最“纯粹”的，与任何个人、团体、阶级和民族利益都没有联系。事实几乎不为庸人所用，而且也不能被他所接受。这就是“纯粹”事实该死的特征，对我们而言，事实却是最好的、最必不可少的。

我们的任务是将德国人的野蛮兽行公诸于众。我希望，德国士兵野蛮对待俄国、法国、英国士兵以及比利时、塞尔维亚、罗马尼亚和波兰平民的事实是确凿无疑的。我有权希望这些事实是无可争辩的，就像俄国人在斯莫尔贡、在加里奇亚各城市犯下的兽行一样。我不能否认，德国人采用的恶劣的杀人手段在历史上是前所未有的。我不能否认，德国人对待俄国战俘是极端无耻的，但是我知道，旧俄政府对待德国战俘同样无耻。

这些都是事实，是战争制造的事实。在战场上必须尽可能多地杀人，这就是战争的可耻逻辑。打架时暴行是无可避免的，你看见过孩子们在街上多么残忍地殴斗吧。

“纯粹”的事实告诉我们，兽行是人类固有的特性，即使在和平年代（如果世界上还有和平年代的话）这一特性也未曾与人类分离。让我们回忆一下，善良的俄国人是怎么把钉子钉进基辅、基什涅夫和其他城市犹太人的颅骨里的；1906年，伊万诺夫-沃兹涅谢斯克的工人们是怎么把自己的同志活活扔进锅炉里的；狱卒们是怎么折磨囚犯的；黑帮分子是怎么撕裂女革命者的身体，把一根根木棍塞进她们体内的。再让我们回忆一下1906、1907、1908年间发生的种种暴行吧。

我并不是把德国人的兽行与包括俄国人在内的全人类的兽行相提并论，我只是想借助言论自由来谈谈今天的事实，谈谈战争制造的真相，谈谈对于任何时代都至关重要、真正比“太阳还要美丽”的“纯粹”的事实，尽管事实对于我们来说常常是可悲而难堪的。

当我们谴责一个人的时候，无论他是德国人还是俄国人，我们都不应该忘记“纯粹”的真相，因为它是我们最珍贵的财富，是我们意识中最闪亮的火花。真相的存在，正是人类对自己提出崇高道德要求的证明。

德、俄两国士兵在战场上厮杀，我认为，这不仅带来了身体上的苦痛，更唤醒了人类对无谓战争的厌弃。我不会说，俄国革命的火光将燃尽德国士兵心中灼热的希望。也许，数量概念对于战争而言并不重要，它丝毫不会影响战争给道德和文化带来的创伤。显然，这该死的战争始于发起者的贪念，也将止步于士兵正确意识的力量，这就是民主。

如果这一切会发生，那将是前所未有、伟大而近乎神奇的力量，人类完全有理由为此而骄傲，因为我们用意志战胜了世间最丑陋最可恶的怪物——战争怪物。

布鲁希洛夫将军指责“俄国士兵过度轻信”，他不相信德国人会真心向我们伸出和解之手，他曾下达命令：

“对于所有试图与我方往来的敌军只能有一种回应——刺刀和子弹。”

显然，这一指令得到了贯彻：昨天一个从前线回来的士兵对我说，当他们与德国人隔着战壕谈论当前局势时，俄国炮兵对德国士兵开炮射击，德国炮兵亦然。

俄国士兵竟真的用子弹迎接想要投降的德国人，而当他们转身往回跑时，又被自己人开枪打死。我竭力想保持平静，我知道将军们也是遵从于自己的某种职业“真理”，而且就在不久前这种“真理”还是唯一拥有言论自由的。

现在，我们也有自由说出另一个真理，它无关罪恶，它诞生于人们对统一的追求之中，它不会在仇恨的怒火中为可耻的杀人事业效力。

读者们，请想一想，如果恶兽癫狂的“真理”战胜了人类理智的真理，我们将会怎样？

4

数千万健康的、最有劳动能力的人被强行带离了生活的伟大事业——发展社会生产力，被派去互相残杀。

他们躲在泥坑里，顶风冒雪，在肮脏和局促中生活；他们被疾病折磨得虚弱不堪，被寄生虫叮食；他们如野兽一般生活，相互窥视伺机杀死对方。

在陆地上，在海洋里，到处都在杀人，每天都有上千个我们星球中最文明的人被杀戮，正是他们创造了世间最宝贵的财富——欧洲文明。

几千个村落、几十座城市毁于一旦，几代人上百年的劳动成果顷刻覆灭，森林被烧光、砍光，道路被毁、桥梁被炸，人们艰难创下的人间珍宝全部化成了灰烬。沃土在地雷和炮弹的爆炸声中毁坏，一条条战壕将土地切割得面目全非，只剩下贫瘠的土层。整个大地因无辜受害者的腐烂尸体变得丑陋不堪。强奸妇女、残杀儿童——没有什么卑鄙行径是战争所不允许的，没有什么残酷罪行是不被战争庇佑的。

我们在血腥的噩梦中生活了两年，我们变得残忍、变得疯狂了。艺术催生人们对血腥、对杀戮、对破坏的渴望，科学在军国主义的掠夺下顺从地为大规模杀戮效力。

这场战争是欧洲的自杀！

请想一想，在这场战争中，多少闪烁着思想光辉的健康头颅被丢弃在肮脏的土地上，多少颗敏锐的心停止了跳动！

这场毫无意义的互相残杀，这场毁灭人类伟大果实的战争绝不仅仅局限于物质的损失，绝不是这样！

数万名伤残的士兵将久久地、至死也不会忘记自己的敌人。他们在讲述战争时会将自己的仇恨传给他们的孩子。三年里，这些孩子每时每刻都在接受恐怖印象的教育。我们的大地上已经播下了仇恨的种子，很快它们就会破土而出！

然而，很早之前人们就在滔滔不绝地讲手足情谊、讲人类共同的利益。到底是谁制造了阴险的骗局？谁是这场血腥浩劫的罪魁祸首？

我们不会只从自己的角度去寻找罪人。我们要说出这个痛苦的事实：在这场罪行中我们都是罪人，每个人都是。

姑且想象一下：世界上还有一些理性的人，他们相信自己的创造力并真挚地追求美好的生活。请想象一下，假如我们俄国人为了发展工业，去开掘里加-赫尔松运河，以沟通波罗的海和里海，完成彼得大帝当年憧憬过的伟业，那么我们不会派几百万人去战场上杀戮，而会把他们送到祖国和人民需要的工程中去。我相信，那三年里在战场上死去的人们，他们一定能在这段时间里排干我国数千平方公里的沼泽，一定能灌溉所有干涸的草原和荒漠，一定能将乌拉尔以东的河流与卡马河连接在一起，一定能建起公路贯通高加索山脉，他们会为祖国的福祉建立无数丰功伟绩。

然而，我们却在屠杀几百万人的生命，把巨大的劳动力资源浪费在了杀戮和破坏上。人们制造了大量极端昂贵的炸药，这些炸药在消灭几十万人生命的同时，自己也消失在了空气中。发射过的炮弹总还是留下了一堆破铜烂铁，将来我们还能用这些破烂制造钉子，而所有这些梅里尼特、里基特、二硝基甲苯却将国家财富顷刻间化为灰烬。我在这里说的不是几十亿卢布，而是被贪婪愚蠢的怪物无谓残害的几百万人的生命。

每当想到这里，彻骨的绝望压抑着我的心，真想对人们怒吼一声：

“罪恶的人们，可怜可怜自己吧！”

5

我们自由而澄澈的年轻翅膀溅满了无辜的鲜血。

我不知道，前天是谁在涅瓦大街上向人群开枪，但不论是谁，他们都是凶狠而愚蠢的人，是受到腐朽的旧体制毒害的人。

现在，当我们拥有诚实辩论、诚实否定对方的美好权利时，再进行杀戮是无比罪恶而卑鄙的。不这样想的人正是没有意识到自己是自由的人。凶杀和暴力是专制的支点，这种卑鄙的支点软弱无力，因为强奸别人的意志、杀害异己并不等于也永远不等于杀死了思想，证明了思想和观点的错误性。

自由的伟大幸福不应被反对个性的罪行蒙上阴霾，否则我们就是在亲手扼杀自由。

应该明白了，是时候明白了，自由和权利最可怕的敌人就是我们自己，是我们的愚蠢，是我们的残酷，还有所有君主制的无耻压迫和下流酷刑在我们内心培养起来的阴暗混乱、无政府主义的情绪。

我们能明白这些吗?

如果不能明白这些，如果不能放弃对人使用粗鲁的暴力，我们就不会有自由，自由就只能是我们无法用现有内容加以充实的空话。所以我说，我们最本质的敌人是愚蠢和残酷。

我们是否能与它们作斗争？我们是否想要与它们作斗争?

这不是修辞性的问题，而是针对我们理解政治生活新条件、重新评价人生在世的意义和作用的深度及真诚度所提出的问题。

是时候培养我们对凶杀的厌恶感、对凶杀的耻辱感了。

是的，我没有忘记，也许我们还将不止一次地不得不用武器捍卫我们的自由和权利，也许!

但是4月21日，手枪在那些伸出的残酷的手中竟显得可笑，在那姿势中有某种儿戏的东西，遗憾的是，儿戏最终演变成了罪行。

是的，这是反对人类自由的罪行。

难道，那过去卑鄙的记忆，那街头成百上千名同胞被射杀的记忆将刽子手杀人时的冷漠无情也传给了我们?

我找不到足够刻薄的话语来批判那些试图用子弹、刺刀和拳头证明什么的人。

当年我们反抗的不就是这些吗？当年不就是这些手段控制我们的意志，使我们成为可耻的奴隶吗?

可是现在，在我们摆脱了奴隶的外在枷锁后，我们的内心依然保留着奴隶的本性。

我再说一次，我们最无情的敌人就是我们的过去。

公民们！难道我们无法在自己身上找到力量去摆脱过去的感染、抛弃过去的污垢、忘记过去的无耻血腥吗？请更成熟、更深刻、更谨慎地对待自己，这是我们必须做到的！

斗争还没有结束。我们应该珍惜力量，凝聚能量，不要因屈服眼前的情绪而分散精力。

6

在革命的最初时期，一些无耻之徒将印着“宫廷秘史”小说的肮脏小册子抛得满街都是。这些小册子里写着“专制的阿丽莎”、“浪荡的格里什卡”、维鲁波娃和阴暗过去里的其他人物。

我不会转述这些册子里的内容，它实在太肮脏、愚蠢、淫荡。然而青少年却在吸吮这些肮脏的毒素，无论是涅瓦大街还是在市郊，这些小册子都有很好的销路。我们应该与毒瘤做斗争，尽管我不知道该怎么斗争，但是应该斗争。更何况在书市上，除了这些病态、胡编乱造的“文学作品”外，符合时代要求的出版物太少了。

就在当下，当人们身上所有的阴暗本性都被鼓动了起来，愤怒、屈辱和所有引发仇恨的情绪都没有消除的时候，这些肮脏的“文学”就特别有害，特别具有传染性。我们应该记得，我们经受的不仅是经济崩溃，更是建立在经济崩溃基础之上的不可避免的社会瓦解。

不可否认，我们有权将自己的软弱庸碌归咎于那股试图使我们远离社会建设这一蓬勃事业的势力。不可否认，无论过去还是现在，在教育罗斯的都是那些比平民百姓更平庸的教育者。不可否认，我们追求独创的种种努力都遭遇到了当局荒谬的抵制，因为他们病态的自尊，因为他们只关心如何保住自己在国内的地位，这一切都是不容争辩的。但是，不应该害怕真相，说出来，我们没什么值得称赞的。近年来，整个俄国社会——它的理智、意志、良心，都受到了疯狂的侮辱。社会在什么地方、什么时候、什么方面表现过对生活中邪恶阴暗力量的反抗？被所有人流氓般否定的公民自觉性起过什么作用？谁被赋予了这种否定的权利？除了巧言和讽刺，我们被侮辱的自尊又能如何体现？

不，应该承认这样的事实：我们本身的道德败坏程度并不亚于我们的敌对势力。

我们生活在可怕的事件中，显然，我们还无法意识到这些事件的深刻意义，无法感觉到这些日子的悲剧性。这种情况下，最不应该去关注那些刑事犯罪性质的冒险行动，不论这些行为表面上多么引人注意。很有可能，我们要准备好不止一次地接受这种行为，但是不应忘记，犯罪行为本身并没有培养它的社会势力重要。

历史可以培养精神健康的人，消灭精神病态的人；混闹会腐蚀精神健康的人，进一步扭曲精神病态的人的世界观。我们之中精神病态的人太多了，当前事件只会增加这些人的数量。刀枪一类的东西只是演戏的道具，正常的生活不是靠这些东西创造的。是时候明白了，历史与混闹——不论闹得多么轰轰烈烈，毫无共同之处。

最可怕的人是那些完全不知道自己想干什么的人，因此必须把我们的全部意志投入到培养明确目标的事业中。我们面临着一项必须成就的历史功勋，而任何一项功勋的造就都需要集中意志。

当我们周围的整个世界处于可怕的悲剧中，我们怎能沉醉在肮脏低俗的小说里！现在，所有世界历史的强大势力都活跃起来了，所有兽性人都已经挣脱了文化的锁链，扯破了身上单薄的圣衣，无耻地赤裸着身体。这灾难般的现象撼动了社会关系的根基。我们漫不经心地对待自己，这种漫不经心已经铸成大错，现在我们必须将优秀的智慧和全部意志都召唤到现实中来，只有这样，我们才能纠正自己酿成的可悲的后果。

人类累世累代创建的生存条件，并不是用来供二十世纪的人类摧毁的。

我们必须从这些疯狂事件中吸取教训，要记住，所谓厄运，所谓命数，不过是我们轻率、不信任自己的恶果。我们应该知道，地球上一切创造出来的事物都是由地球唯一的主人和劳动者——大写的人——所创造的。

7

士兵代表苏维埃还没有决定是否向前线派遣演员、画家和音乐家，伊兹迈洛夫团的一个营委会就将43名演员派往战壕，其中包括非常有才华的国宝级文艺人士。

这些人不懂军务，也未曾接受过战事训练。他们不会射击，今天是他们第一次进入射击场，可是星期三他们就要开赴前线了。就这样，这些完全不懂得如何保护自己的人才即将奔赴杀戮场。

我不知道伊兹迈洛夫团的那个营委会都有谁，但我确定，这些人“不知道自己在干什么”。

将才华横溢的艺术家派去前线打仗，就像给拉车的马钉上金马掌一样，完全是浪费，是愚蠢之举。而将这些没有接受过军事训练的人送上战场，无异于给无辜的人们判了死刑。我们就是因为这种对待人的态度才咒骂沙皇政府的，也正因此我们才愤然将其推翻。

那些蛊惑家和奴才们也许会对我叫嚷：

“那平等呢?”

自然，我记得平等。我也曾不遗余力地证明平等对于政治和经济的必要性。我知道，只有在平等的前提下人们才有可能变得更正直、更善良、更有人性。我们革命就是为了让人生活得更好，为了使人本身变得更好。

可是我不得不说，对我而言，作家列夫·托尔斯泰或是音乐家谢尔盖·拉赫玛尼诺夫以及每一位有才华的人，同伊兹迈洛夫团的营委会成员是不平等的。

如果托尔斯泰产生了想把子弹射进别人脑袋或将刺刀插进别人肚子里的愿望，那么魔鬼一定会哈哈大笑，白痴们也会与魔鬼一起欣喜若狂。但是那些将天才视为上天的恩赐、文化的基石和国家的骄傲的人们，他们将会再度捶胸泣血。

不，我发自内心地反对将有才华的人变为可憎的士兵。

我要问一问工兵代表苏维埃，他们认为伊兹迈洛夫团的营委会所做的决定是否正确？他们是否同意俄国将自己最优秀的部分——艺术家、有才华的人——扔进战争那贪得无厌的血盆大口中?

而且，当我们最优秀的头脑消耗殆尽，我们将依靠什么生活?

8

前不久一个小说家喟叹道，俄国革命中没有浪漫主义，俄国革命没有造就出特鲁安·德·梅利库尔[①]，没有造就一批英雄人物。

也许，之所以没有出现特鲁安，是因为我们没进攻巴士底狱，假使我们这

---

① 特鲁安·德·梅利库尔(1762—1817):原名安妮-约瑟夫,法国大革命时期法国著名的女社会活动家。

么做了，我想，在彼得格勒那五万多“卖笑女”中就能找出一些女英雄。不过，总的说来，我们的英雄向来很少，如果不算上我们成功杜撰出来的苏萨宁[1]、商人伊戈尔金[2]、彼得大帝的救兵、库茨玛·克留奇科夫[3]和其他那些所谓勇士的话。

当然，人们在争论之时，常常会忘记那些精神英雄，他们为伟大的功业奋斗一生，终于把俄国从乱无法纪的残暴王国中解救出来。

但是我认为，浪漫主义并没有枯竭，浪漫主义者也依然存在，如果我们能用浪漫主义者的称呼对那些炽热地爱着自己的思想和理想的人表示尊敬或侮辱的话。

日前就有这样一位浪漫主义者。一位彼尔姆省的农民给我寄来一封信，其中有些段落深深打动了我：

“事实的确不是每个人都能承受的，它有时沉重得令人不敢直视。当你看到社会主义的圣洁旗帜正被满脑私利、双手肮脏的人抢夺时，难道不会感到恐惧吗？对个人财产十分贪婪的农民刚一获得土地，转身就把热利亚波夫和博列什科夫斯卡娅的旗帜扯碎当裹脚布。

“一位党的工作者、大学生坦言，他已经不能再为党工作了，因为担任公职后他可以领到350卢布，而党连250卢布都不给他。为了他‘原来的’理想主义，他或许可以少领一百卢布。

---

① 苏萨宁(16世纪末—1613)：抗击波兰侵略者的民族英雄，俄罗斯有大量讴歌他的文学艺术作品。

② 伊戈尔金：第二次北方战争被关押在瑞典监狱期间，因阻止瑞典兵辱骂彼得一世而杀死狱卒，查理十二世感念其忠心将其释放。

③ 库茨玛·克留奇科夫(1890—1919)：哥萨克人，一战期间著名的民族英雄，俄罗斯有大量讴歌他英勇战功的诗歌和文章。

“士兵们愿意举起‘世界和平’的大旗，不是因为接受了国际民主的思想，而是为了可怜的私利：保存性命，期待个人的幸福。

“我还清楚地记得当年那种心情，那年17岁的我顶着烈日在地里干活，如果这时我看到文书、神甫或是教师从身边走过，一定会问自己：‘为什么我在这里干活，而那些人却在享福？’当时我觉得只有体力劳动才称得上劳动，我所付出的全部努力都是为了能从这种劳动中解脱出来。现在，我看到许多投身社会主义政党的人都是如此。每当我看到这些‘社会主义者’，我都恨不得大哭一场，因为我想成为真正的社会主义者，而不仅仅是口头上的。

“我们需要敢于当面说出真相的领袖。如果社会主义刊物不只抨击资产阶级，还揭露社会主义本身的话，那它将来一定会因此获益。对待敌人和朋友都应该严厉无情。《圣经》中说：‘批评智者，他会爱你。’”

这无疑是来自浪漫主义者的声音，是一个感受到真理的力量并热爱真理那净化心灵之火的人发出的声音。

我要向这个人致以诚挚的敬意。像他这样的人往往生活艰辛，但他们的生命必能留下美好的印记。

9

我们的确正在经历一个令人不安的危险时代。萨马拉、明斯克和尤里耶夫发生的暴行，士兵们在火车站上的疯狂行径，还有许许多多放荡、愚蠢的下流勾当，都悲哀而令人信服地证明了这一点。

当然，我们不该忘记，也许“祖国正处于危难之中”的呐喊不仅出自真诚的忧虑，还可能源自政党策略的训诫。

但是，如果以为是政治自由制造了无政府主义，那就错了。不，在我看来，自由只是把人内在的精神症结变为表面上的病症。我们从君主制那里继承了无政府状态这一传染病。

同时，我们也不该忘记，发生在尤里耶夫、明斯克、萨马拉的暴行尽管丑陋无比，却并没有伤及人命。然而从沙皇时代的暴行到莫斯科街头对“德国人”的迫害，其间不无意外地充满了兽性和血腥。请回想一下发生在基希涅夫、敖德萨、基辅、贝罗斯托克、巴库、第比利斯和几十座小城里的无数次可憎的屠杀吧。

我并不是安慰谁，更不是自我安慰，我只是不得不提醒读者注意这一点，尽管它只能在极小程度上减轻人们犯下的卑鄙而肮脏的罪行。

我们也不会忘记，那些把“祖国正处于危难之中”喊得比谁都要响亮的人，他们本在三年前的1914年7月就有理由喊出这句令人忧虑的口号。

然而，出于政党和阶级私利的策略他们并没有这样做，在这三年里，俄国人民见证了由上层发起的卑鄙的无政府状态。

进一步追溯历史，我们会发现当年掌舵俄国的斯托雷平就是一个不折不扣的无政府主义者，而那时用掌声支持他的正是最有智慧的共和主义者，如今也正是他们高呼要与无政府主义斗争到底。

当然，“什么都不做的人才不会犯错。”可是在我们国家，做什么事都要犯错的人实在多得惊人。

没错，我们的确要同无政府主义做斗争，但也要随时战胜自己对人民的恐惧。

如果祖国能多一些文化，就会少一些危机感。

遗憾的是，关于文化的必要性和我们需要哪一种文化这些问题，我们似乎还没有得出统一的结论，至少在战争初期，当莫斯科的哲学家们睿智而真诚地比较康德和克虏伯时，我们还没有明确的见解。

可以说，“独特”文化的说教之所以产生于我国最严酷的反动时代，是因为我们自古就被训教成惯于用“最少抵抗”的方式思考和行动。

说起来，我们对欧洲文明的发展，对实验科学、自由艺术和技术性大工业关心最少，我们的人民自然无法理解文明三大要素的意义。

当前的首要任务就是在唤起了人民内在的政治情感之后，唤起他们的伦理和美学情感。我们的艺术家应该立刻将自己全部的心力和天赋投入到思维混乱的街头民众之中。我相信，美若能成功闯入失去理智的俄国人的内心，必将消除他们心头的忧虑，平息诸如贪婪之类的不太值得夸耀的狂热情感。总之，美可以把人变得更具人性。

可是，对不起！现在民众接收到的除了很贵的坏报纸外，再无其他。

科学，无论是人文科学还是自然科学，在人们本能净化的事业中具有重大意义，然而现在的科学工作者对生活的参与越来越少。

我还没有看到一本通俗读物可以清楚而可信地讲述工业在文明道路上的巨大作用，可俄国人民早就需要这样一本小书。

我国必须迅速而坚定地发展文化，关于这一点可说的太多太多。

我认为，“祖国正处于危难之中”这句口号并没有下面这声呐喊可怕：

“公民们，文化正处于危难之中！”

10

日前我收到一封信，信的内容如下：

“昨天我拜读了您的《噩梦》，从您的作品中我意识到了自己无望的处境，我这个安全部门的工作人员也不禁感到悲伤。我并不想向您讲述我如何坠入泥淖，这毫无意义。我只想说，是饥饿和当时一位亲近的人的劝告推我迈出了这可怕的一步，当时他正在受审，以为我能减轻他的厄运。

“我要说，在那里供职时我一直看不起自己，现在也是一样。可是您能理解这种痛苦吗？就连您这样敏锐的人也不会理解，每个暗探都要把心里的许多东西烧掉。我们并不是从那时感到痛苦的，在此之前，当我们无路可走的时候就已备受折磨。现在，全社会都把脏水泼在我们身上，可那时却不肯向我们伸出援手。并不是所有人都坚强到甘愿付出不求任何回报！倘若我不信奉社会主义、不信奉党也就罢了，可是您知道，那时我卑鄙的脑子里却想着：我能给运动带来的危害是极小的。我太相信我可以将这份工作做好，使其益处大于危害。我不是为自己开脱，我只是希望您能了解奸细这类可怜人的心理。要知道，我们这样的人非常多！个个都是党的栋梁。这不是个别的丑陋现象，而是某种更深刻的普遍原因把我们赶进死胡同里。我请求您，请克制您的厌恶感，离叛徒的内心再近一些。请告诉我们，是什么使得我们在全心全意信仰党、信仰共产主义、信仰一切圣洁之事的同时，还能‘忠诚’地在安全局效力？是什么使得我们在看不起自己的同时，依然能够找到活下去的理由？”

生活在神圣的罗斯是多么艰难！

太艰难了。

在这个国家犯罪可耻，忏悔更糟。上文中关于信仰社会主义的言论的逻辑实在让人惊异。难道说男人爱上一个女人，爱她的整个身体和灵魂，而手指、耳朵这些与她整个人相比是那么微小，所以就可以随意咬掉？肯定不能。可这个人的思维方式却正是如此荒唐可怕，他在信仰社会主义、热爱党的同时，把党活生生的器官一个个割裂开来，却真心觉得这对事业利大于弊。我要再问一次，他真是这么认为的吗？恐怕是真的，并且这个想法不是在他做了叛徒之后才出现，而是与背叛同时产生的。俄国人有这样的特点——每一刻都发自真心。我认为，这一特性正是我们惯于生活在道德混乱之中的根源。请想一想，再没有哪个国家的人会投入如此多的精力、如此执着地争论研究个人的“自我完善”问题，我们却乐此不疲，尽管它明显不会有结果。

我总觉得，就是这类事业制造出了浓重而令人窒息的充满伪善、谎言和假仁假义的氛围。在极其推崇“自我谴责”的“托尔斯泰主义者”的圈子里，这种氛围愈发令人感到沉重而压抑。

对肮脏和恶行与生俱来的厌恶感，对纯洁心灵和美好行为本能地渴望，这种道德在我们生活中全不存在。道德的位置早就被那些关乎行为准则的冰冷而理性的评论所占据，我们姑且不谈这些评论令人厌恶的繁琐哲学，这些论述制造出一种冷漠的氛围，一种无谓而无耻的相互指责、暗地中伤的氛围，一种用敌人的怀疑、锐利目光窥探人心的氛围。并且，这个可恶的敌人并不会激发你的全部能量，逼你调动自己的全部智慧和意志与它进行斗争。

这个敌人是一位空谈家，他唯一的目的是向你们证明，他比你们更聪明、更正直、更诚挚，总之，什么都比你们好。一旦让他证明了这一点，他就会非常高兴，但高兴过后他又变得空虚疲累、乏味无聊。遗憾的是，人们往往不会允许他无聊，他们起身与他争论，同时将自己的激情浪费在这些毫无意义的琐事上。一个空谈家培养出了一批空谈家，就此，我们本不丰富的情感兑换成了空话动听的零钱。

请看看吧，你们中每个人自身和周围的同情是多么微小，友情是多么淡薄，我们的言辞是那么热烈，可对人的态度却冷漠至极。只有当一个人破坏了我们制定的行为准则，使我们有机会对他进行“不公正的审判”时，我们才会满怀激情地对待他。冬夜里，农家的孩子感到无聊又睡不着觉时，就会捉蟑螂，把它们的腿一条条地扯掉。这个可爱的游戏多像我们对待别人的普遍思想，与我们评断别人的性质如出一辙。

这封信的作者，那位内奸同志所说的正是将许多人和他自己赶入“死胡同”的神秘的“共同原因”。

我想，这个“共同原因”确实存在，并且非常复杂。这种原因的一个组成部分大概是这样一个事实：我们就算在心情好的时候，依然冷漠地对待彼此。我们不会爱，不相互尊重，也没有养成关心别人的习惯。很早以前就有人正确地评价过我们了：

“我们对善与恶都可耻地漠不关心。”

内奸同志无比真诚地写了这封信，但我认为，他的不幸正是源自对善与恶的漠视。

11

当有劳动能力的人们为建设新生活努力干着粗活时，当每一个人都担起保卫古老文化的责任时，那些“思想健全”的人却在传播和加剧着紧张情绪，大声叫喊着：“无政府主义，无政府主义！”

“无政府主义！”就像1905年以后一样，愤怒的洪流、怯懦的仇恨和肮脏的指责又一次向俄国民主、向全体俄国人民喷涌而来。

我不愿也羞于谈及自己，不过一年半以前我曾发表过一篇名为《两种灵魂》的文章，我在文中写道：俄国人生来倾向于无政府主义，俄国人生性消极，但当权力落入手中时又异常残忍；俄国人那可敬的善良其实是卡拉马佐夫[①]式的感伤主义，他们对人道主义和文化的劝导有着惊人的迟钝。这些想法并不新颖，也不是我的，只是由我尖锐地表达出来而已，然而我却因为这些想法广受诟病，他们甚至指责我犯下了各种反人民的罪行。

就在前不久，也就是前几天的事情，有人在《话语报》（这首先是一份文理通顺的报纸）上表示，用我对待人民的态度来证明我的“失败主义”确实再好不过了。

顺便说一句，我从来没有犯过“失败主义”，也从来没有支持过“失败主义”。谴责暴力、决斗、战争这些对任何人来说都无比可耻的行径，谴责无法解决争端却加剧敌对情绪的行为，这并不意味着“失败主义”和“不抵抗主义”。“失败主义”于我这样一个宣扬积极生活态度的人尤不相符。也许，在某些情况下我不会起来捍卫自己，但我有足够的能力捍卫我所爱的人。

现在，我在这里回忆别人对我在《两种灵魂》一文中阐述的思想的看法，并不是在自我辩护。我知道，在这场被我们体面地称作“论战”的笔头恶斗中，斗殴者都顾不上真理，他们相互寻找对方言辞上的失误、错漏和软肋，他们相互攻击并不是为了证明自己信仰的真理性，而是为了向公众展现自己的灵活机巧。

不，我之所以回忆《两种灵魂》，是为了问一问我的论敌：你们究竟什么时候更为真诚？是以前批判我看待俄国人民的荒谬观点之时，还是现在你们用我的那些话责骂俄国人的时候呢？

我从来不是蛊惑者，也不会成为那样的人。当我批评我们的人民倾向于无政府主义、不爱劳动和各种野蛮无礼时，我总是记得，他们不可能是另外一副

① 卡拉马佐夫：俄罗斯著名作家陀思妥耶夫斯基的长篇小说《卡拉马佐夫兄弟》中的人物。

样子。过去的生活环境不可能培养出他们对个性的尊重、对公民权利的意识和正义感，那是一种没有人权、压迫人性、充斥着无耻谎言和残忍兽性的环境。值得惊叹的是，就算在这种条件下，我们的人民还是保存了一定人性的情感和健全的理智。

你们在埋怨：人民在破坏工业！

可是有谁曾劝导过他们，工业是文化的基础，是社会和国家幸福福祉的根基呢？

在他们眼中，工业是狡猾的机器，它只会从使用者身上剥皮抽筋。他们说得不对吗？

三五个月前，你们每天在各大报纸上向人民揭露俄国工业收入的无耻而神奇的增长，人民的观点其实就是你们的观点。

当然，你们应该“揭露”，这是每一个真理的传播者和正义捍卫者的责任。但是论战会导致片面，所以当你们谈论工业的剥削性时，就会忘记它对文化和创造的作用，忘记它对于国家的意义。

对于一些人而言，工业是发家致富的源泉，可对于另一部分人来说，它只是精神与肉体受压迫的根源，这是我们绝大多数人，甚至是绝大多数文化人完全认可的观点。这一观点早就形成了，请回忆一下，当年俄罗斯是怎么接纳普列汉诺夫[①]的《我们的分歧》一书的，“我们重生的施洗者彼得·司徒卢威[②]用《批评笔记》掀起了怎样的狂风暴雨。”

无政府主义的口号是没有意义的，这就像是看见房屋失火，只站在一旁徒

① 普列汉诺夫(1856—1918)：俄国革命家、马克思主义理论家，俄国社会民主主义运动的开创者之一。

② 彼得·司徒卢威(1870—1944)：俄罗斯社会政治活动家、政论家。1898年参与起草《俄国社会民主工党宣言》，后走上修正马克思主义道路。

劳而可耻地喊着“着火了”，却不采取任何行动一样。只有文字游戏的爱好者以及那些认为自己是正义性、思维准确性和具备其他优秀品质的人才会钟爱于论战。

然而，如果我们将自我评判的权力交给历史，立刻着手从事最广义的文化工作，如果我们将天赋、智慧和心血都献给俄国人民，鼓舞他们理智地创造新的生活方式，那这一切都会有意义得多。

12

很可能，我的思想还很“天真”，我早就说过，我是一个差劲的政论者。尽管如此，我依然执着地“继续自己的路线”，也许这份坚定值得好好去利用。我不在乎我的声音成为“荒原上的呐喊”，嗬，那里并非荒无人烟。

诚实的好书是文明最有力的武器，可这样的书几乎完全从书市上消失了。为什么消失？这个问题下次再谈。没有明确清晰、客观有益的书，却不断冒出教人互相仇视、互相怨恨的报纸，这些报纸极尽诋毁、泼脏水之能事，它们大喊大叫、咬牙切齿，似乎在解决“谁是毁灭俄国的罪魁祸首”这一问题。

当然，每个论辩者都无比真诚地坚信，他的政敌罪孽深重，只有他才是正确的，真理的神鸟已经被他抓住，正在他手中挣扎。

各种报纸扭打在一起，像毒蛇一般在大街上滚来滚去，用那恶毒的咝咝声毒害、恐吓着庸人。报纸教给他们“言论自由”，准确地说，是歪曲真相的自由，是污蔑诽谤的自由。

“自由的言论”渐渐变为不体面的言论。当然，“在打斗中每个人都有选择殴打武器和进攻对象的权利。”当然，“政治是最无耻的勾当。”“最好的政治家是最无情无义的人。”但是，在承认苏鲁人卑鄙的道德真理时，你难免不会感到彻骨的悲哀，难免不会因担忧刚刚接受自由圣餐的年轻罗斯人而感到深深的痛苦。

这些可恶的报纸上流淌着、喷溅着剧毒的汁液！

在漫长的岁月里，俄国人苦苦向上帝祈求："请允许我张开嘴！"可如今张开的嘴里恣意涌出的只有仇恨、谎言、虚伪、嫉妒和贪婪。其中哪怕翻滚着激情和爱也好，但是，没有！既没有爱，也没有激情。你只能感到一点：有资格的阶级成功地竭力孤立民主派，将以前所有的错误、罪孽全都推到他们头上，逼得民主派不可避免地扩大自己的错误和罪孽。

这一切谋划得非常巧妙，实行得也不赖。模式已经非常明晰了，当写到"布尔什维克"，就是指民主派，如果今天有人攻击布尔什维克的最高纲领，明天就会批判孟什维克，因为它们都是社会主义者，而后天就会对《团结报》发难，指责它不够"忠诚"地对待"有智者"的神圣利益。民主派不是不可侵犯的圣人，毫无疑问，人们是有权对他们进行批评和指责的。但是，尽管批评和污蔑是同一个开头字母，二者却有本质上的区别。奇怪的是，那么多文化人却无法体悟其中的差异！喔，当然，民主派的某些领袖"不看教堂日历胡乱敲钟"，但是我们不该忘记，特权阶级的领袖却以对危害国家的"意大利式"罢工和恐吓平民来回应这些错误。看看我收到的这封"致临时政府"的信吧，这就是恐吓造成的后果。

"革命毁灭了俄国，因为它给了所有人自由，全国都处于无政府状态。获得平等权利的犹太人高兴了，他们一直在毁灭俄国人。为了救国，需要专制。"

这不是我收到的此类腔调的第一封信，可以预见到，由于恐惧而失去理智的人将越来越多，我们的报刊对此表示热切关注。

但是，正是基于当前这可悲的混乱局面，我们更应该记住，俄国人的个人责任感发展得多么薄弱，我们已经习惯于因自己的过错而责怪邻居。

自由的言论！以前我们以为，自由的言论将帮助俄国人养成对他人人格和人权的尊重。然而，在饱受政治印象主义瘟疫、服从“当前最迫切问题”的印象时，我们的“自由言论”只用于“谁是俄国毁灭的罪魁祸首”这一问题的疯狂争论。其实这没什么值得争辩的，因为大家都有罪。

所有人或多或少都在虚伪地相互指责，谁也不曾用理智和善良意志的力量去对抗情感的狂风暴雨。

13

一位可敬的公民在信中写道：

“这一切是多么可怕，在街头人民集会上，士兵们狂热地捍卫列宁主义者的口号，煽动屠杀的那些人在低声议论‘工兵代表苏维埃’中的犹太掌权者。有一次，我问一名士兵，在他看来，‘社会革命’和‘民族敌对’是如何共存的。他回答说：

“‘我们当兵的没受过教育，分析这么复杂的问题不是我们的事。’”

另一位女公民来信说：

“当我对电车售票员说，社会主义者是为了各民族的平等而奋斗时，他反驳道：

‘我们看不起这些社会主义者，社会主义是老爷们的东西，我们工人是布尔什维克。’”

在“摩登”马戏团附近，一群士兵和工人同一名神经质的年轻大学生交谈。

“如果我们只是像你们那样相互仇视地争吵，那我们就不用学习了。”大学生嘶哑地喊道。

“学习什么？”一个士兵厉声问道，“你能教我们什么？我们了解你们，以前大学生总是造反，可现在是我们的时代，该是打倒你们这些资产阶级的时候了！”

一些人笑了，但一位理发师模样、穿着讲究的人激昂地说道：

“说得对，同志们！我们被知识分子指挥够了，现在，在这个权利自由的时代，我们没有知识分子也一样能行。”

在这激昂的无知下掩埋着巨大而可怕的危险！

在彼得堡的夜间群众集会上，我不止一次听到人们将布尔什维克和社会主义对立起来，听到对知识分子的攻击，还有许多荒唐有害的看法。这是革命的中心，各种思想在这里被强化到极致，然后传到整个蒙昧落后的俄国。

革命理智力量的团结过程是否在发展，文化建设所必需的能力是否在集聚？

一些迹象似乎在做出否定的回答。

其中一个迹象是，知识分子越来越明显地脱离群众，他们开始尝试建立纯知识分子的独立组织。

的确，有许多原因将知识分子推离群众，但有一个原因是显而易见的，那就是愚昧的人们对知识分子的怀疑甚至敌视，而这种态度被形形色色的巧言惑众者渐渐灌输给群众。

这种分裂也许对劳动知识分子的工作十分有利，他们会团结成一个有能力完成许多文化事业的强大组织。

但是，知识分子渐渐脱离群众，他们在专注于个人事业、情感和使命的同时，更加深并扩大了本能与知识之间的分裂，这一分裂是我们的不幸，它是我们不善劳动的根源，是我们无法创造新生活的罪魁祸首。

失去领导者的群众处在疯狂的蛊惑氛围中，他们开始更为荒唐地寻找工人和社会主义之间的区别，寻找“资产阶级”和知识分子之间的共同之处。

在知识分子中也传出了激情洋溢的号召，无疑，他们是出于好意，但这些号召将知识的力量推向了群众利益和当前需求的另一边。

在哈尔科夫和工兵代表苏维埃两级机关报《南方消息报》上，一位名叫伊万·斯坦科夫的人写道：

“社会主义的一大重要任务是提高文化水平，重视个性，发展个性，提高全民的知识分子比例。我们提出：立刻向全民敞开光明、美和知识的大门，我国将不再有非知识分子型的人，让这种把人分为知识分子和非知识分子的做法尽快成为旧制度、旧派别和旧体系的野蛮遗迹。

“以我之见，宣传并尽快实现‘全民知识分子化’是社会主义不可分割、亟待解决的重要任务。诚实而团结的知识分子意识到这是他们对人民的使命，他们有责任把它视为追求的基点，与政党的社会主义基本纲领一起贯彻到新的建设之中。只有清除了资本主义毒瘤的知识分子才能成为人民真理的太阳，才能成为理智和美的太阳。”

这话说得好，但哈尔科夫知识分子代表苏维埃执行委员会的号召书写得更好。

“向哈尔科夫省的劳动知识分子发出号召。

“讽刺的是，俄国知识分子用自己殉难者的尸骨铺就了解放人民的艰难道路，在整个历史上践行着启蒙和组织工作的伟大使命。现在，当一切都组织起来的时候，知识分子自己却没有组织起来。在组织他人的时候，知识分子作为一个阶级却忘了或没有来得及组织自己。在他们的直接参与下，工人、士兵和农民组织起来了，在知识分子的右边，资产阶级也在加紧组织，只有他们自己，拥有丰富知识、经验和社会技能的劳动知识分子尚未团结起来，仍然像一盘散沙。

“在进行社会工作和武装斗争的最好阶段，拥有积极传统和光明社会主义理想的阶级被迫跟在时事的尾巴后面蹒跚前行，却无力引导形势。

“原因暂不言明，但事实却无可置疑，劳动知识分子作为一个统一的阶级，当前没有加入也不能加入任何一个现存的社会组织。

“因此必须进行独立建设。

“建设条件已经具备。伟大的经济特征、雇佣劳动的特征、向各种形式的资本有偿付出知识性劳动的特征，这就是绝大多数劳动知识分子阶级存在的基础，这就是将他们联合成不可分割的整体的铁链。从这个意义上看，劳动知识分子是伟大的当代无产阶级的一支队伍，是伟大的工人大家庭中的一员。

“明确了劳动知识分子是工人阶级的一员，也就明确了他们的社会本质。

“自我认知了的劳动知识分子阶级只能是社会主义的。

“伟大的俄国革命还没有结束，它还在继续。结束战争、建设国家、解决土地问题、重建正处于严重危机的国民经济，这一系列严峻而巨大的社会任务就摆在我们面前，威严地要求得到解决。

“同志们，哈尔科夫市和哈尔科夫省的劳动知识分子们，无产阶级知识分子在莫斯科建立了强大的劳动知识分子代表苏维埃，以他们为榜样吧，按照其他工人、农民和士兵代表的民主苏维埃模式，团结到自己的哈尔科夫劳动知识分子代表苏维埃中来吧。

“只有团结才是力量，只有联合才能强大。”

劳动知识分子建立独立组织的意愿不仅产生于莫斯科和哈尔科夫。也许，这一意愿是必要的、合理的，但广大人民群众不应丧失理智。

可是，最后还会面临一个令人忧心的问题：他们是在将各种力量联合起来还是在瓦解它们呢？

我的初恋[1]

那一年，我经历了一场悲喜交加、跌宕起伏的初恋，这是命运之神给我的教训。

有一次，朋友们打算去奥卡划船，叫我去邀请刚从法国回来的博列斯拉夫和奥莉佳[2]夫妇。我并不认识他们，不

---

①本文写于1921年,是高尔基为纪念自己的第一任妻子奥利佳·卡明斯卡娅写下的。

② 奥利佳·卡明斯卡娅:1859年生于下诺夫哥罗德,父亲是医生,母亲是助产士。三岁起与跟随姨母生活在波兰,贵族女校毕业后回到莫斯科,与农学院学生费·卡明斯基结婚,后因丈夫出现精神问题,二人分手。离婚后带女儿移居梯弗里斯,嫁给博列斯拉夫。1889年6月,与高尔基相识。

过晚上还是去了。

他们住在一栋老房子的地下室里，房前的路面上积满了污水，整个夏天也几乎未曾干过，乌鸦和野狗将这水当做镜子，猪把它视为浴盆。

我心事重重地走着，浑然不知自己已经走进了这对陌生夫妇的家里。我的突然来访，有如高山滚石一般引起了住户们莫名的慌乱。一个胖男人站在我面前，挡住了通往内室的房门。他中等个子，蓄着俄罗斯常见的大胡子，蓝色的眼睛，目光善良。他理了理衣服，不甚友好地问道：

“您有什么事?”

同时还教育我说：

“进门之前，应该先敲门!”

他的身后，在那昏聩的房间里，有什么东西在晃来晃去，就像一只白色的大鸟在扑腾羽翼。一个愉快又响亮的声音传了出来：

“特别是，走进女人的房间。”

我气哼哼地询问他们是不是我要找的人，那个看上去像小老板的男人给了我肯定的答案。于是，我向他说明了来意。

“您说，是科拉勒克叫您来的?”男人若有所思地摸摸胡子，郑重地问道。同时他哆嗦了一下，迅速转身，声音异常地喊道：

“噢，奥莉佳!”

这时，一位体态匀称的姑娘出现了，她倚着门框，微笑着用那双蓝眼睛仔细打量着我。

“您是哪位？警察局的吗?”

“不，只是穿了警察的裤子而已。”我礼貌地回答，可她却笑了起来。

我并没有感到一丝不悦，因为她眼中闪烁的笑意正是我多年来一直等待的。我明白，她是在笑我的穿着。我穿了一条蓝色的警察裤，没穿衬衣，却套了件白色的厨师上衣，这衣服非常实用，既可以当夹克穿，领口又系到脖颈，完全不需要衬衣。还有外国人的狩猎靴和意大利的强盗帽都华丽地完善了我的打扮。

她拉着我的手走进房间，让我在椅子上坐下，站在我面前问道：

“为什么您打扮得这么好笑?”

“为什么……好笑?”

“您不要生气。”她友好地说道。

真是个奇怪的姑娘，可谁又会生她的气呢?

那个大胡子男人坐在床上，卷着烟丝。我用眼睛指指他，问道：

“这是您的父亲还是哥哥?”

“是丈夫!”他断然回答。

“怎么了?”她笑着问。

我仔细打量着她，想了一想说道：

“请您原谅!”

我们你一句我一句地交谈了五分多钟，我却觉得自己可以在这间地下室里一动不动地坐上五个小时、五个昼夜、五个年头。我望着这女人椭圆形的小脸和那双温情脉脉的眼眸，她的下唇比上唇厚了一点，好像有些肿，那头浓密的栗色卷发剪得很短，像是戴了一顶华丽的帽子，一缕缕发丝飘散在她粉红色的耳边和少女般柔美红润的面颊上。她倚靠在门旁时，我看见她的手臂一直裸露到双肩，非常美丽。她衣着简单，一件蕾丝宽袖的白上衣和缝制巧妙的下裙。那双淡蓝色的眼眸太过美好，它们闪烁着喜悦、温柔、友善而又好奇的光芒。毫无疑问，她的那种微笑正是一个二十多岁的青年，一个在粗鄙的生活中备受凌辱、满怀愤懑的人在心灵深处最最渴求的。

“就要下雨了。”她的丈夫用烟卷熏着胡子，突然说道。

我看了看窗外，布满繁星的夜空不见一丝云朵。我立刻明白自己妨碍了他，便带着无法自抑的喜悦离开了，那种欣喜就像是解开了自己长久以来暗暗寻找的秘密。

整夜我都在田间漫步，无比珍惜地回忆着那双淡蓝色的眼眸中散发的柔媚光辉。黎明时分，我终于坚定地得出一个结论：这位娇小的女人和她那懒猫一样拙笨的大胡子男人丝毫也不般配。我甚至开始同情她，可怜的女人，同一个大胡子里夹着面包渣的男人生活在一起！

第二天，我们在浑浊的奥卡河上划船，陡峭的河岸裸露出颜色各异的泥灰岩。那天定是创世以来最美妙的一天，晴朗明丽的天空里，太阳喜气洋洋地照射出惊人的光芒，河面上洋溢着草莓成熟的香气。所有人都想起，自己其实是真正美好的人，这种对他们的热爱之情让我内心无限欢乐，就连我心上人的丈夫此刻也变得更出色了。他没有和妻子同坐在我划的那条船上，一整天他都显得异常得体，先是给大家讲了许多非常有趣的格莱斯顿老头的故事，之后喝了一壶上等“牛奶”，便躺在灌木丛里像孩子一般沉沉地睡去了，直到晚上才醒来。

我们的船当然是第一个到达野餐地点的，当我把心爱的人儿从船上抱下来时，她说：

“您真是个大力士啊！”

我立刻觉得自己仿佛能推翻城市里任何一栋钟楼，我对她说自己可以一口气把她抱到城里去。她轻轻地笑了起来，目光温存地凝视着我，整整一天她的双眼都在我面前闪烁，而我，自然坚信，这双眼睛之所以闪闪发光，也是因为我的缘故。

接下来，事情发展得很快。对于一个女人来说，第一次遇见一个陌生而有趣的猎物，同时这个健康的青年又恰好需要女人的爱抚，发展的速度自然是不言而喻的。

不久我了解到，她尽管看起来像个少女，实际上却大我十岁，她在波兰的比亚维斯托克城上过贵族女校，曾是冬宫卫队长的未婚妻。她在巴黎生活过，学过绘画，又学了产科。后来了解到，她的母亲也是助产士，而且我出生的时候，竟然就是她母亲接生的。这缘分让我看到了某种奇妙的宿命，我感到惊喜不已。

与许多名士和侨民的结识，以及后来在巴黎、彼得堡和维也纳的地下室和阁楼里度过的漂泊无依、半饥半饱的生活，把这位女校学生变成了一个异常风趣又难以捉摸的人。她像山雀一般轻盈伶俐，总是用一个聪慧少女的敏锐的好奇心来看待生活和旁人。她热情地唱着法国小曲，烟卷抽得妩媚艳丽，绘画技术娴熟，舞台表演精妙，就连缝制衣裙和礼帽都十分巧妙。她并没有成为助产士。

“我只参与过四次助产，却是高达百分之七十五的死亡率。”她说。

这让她永远脱离了间接帮助到成千上万人的事业，她的女儿，一个漂亮可爱的四岁孩子，证明了她直接参与过这项事业。她讲述着自己的故事，那语气仿佛在讲述一个熟识却早已厌倦的另一个人。然而，她还时不时地表现出惊讶的神情，美丽的眼睛时明时暗，闪烁着娇羞的浅浅笑意，这是一种孩子特有的害羞的笑容。

我深切地感到，她思维敏锐，极具主见，比我更富有文化修养。我还看出她身上具有悲天悯人的情怀，她比我所见过的所有小姐太太都更有魅力，她讲故事时那种随性的语气深深地吸引着我。她知道一切，知道我那些有革命思想的朋友知道的东西，还知道比这更重要的东西，但她只是远远地站在一旁观察着，就像一个成年人在关注着孩子们玩那种有些危险却深爱的游戏。

她住的那间地下室有两个房间，一间小厨房也兼作门廊，大房间有三扇窗对着街道，还有两扇对着一个荒凉而脏乱的院子。这个地方给鞋匠当作坊倒还合适，可对于一个曾在巴黎生活过的优雅妇人而言，却是太不相称了。那可是一座爆发过伟大革命的圣城，是莫里哀、博马舍[①]、雨果和无数杰出人士生活过的地方。这里根本配不上她，我为此感到气恼，同时也对她产生了深切的同情。然而，对于我觉得会让她蒙尘的一切，她本人却表现得毫不在意。

她从早到晚都在干活儿，早晨做饭、打扫房间，之后坐在床下的大桌边，整日作画：对着照片给住户们画像，绘制地图、统计图，还帮丈夫整理地方统计册。大街上的灰尘从窗子飞进来，散落在她头上，行人的脚步在她的画纸上掠过粗重的阴影。她一边工作，一边唱歌，画累了，便站起身跳几步华尔兹，或是同小女儿玩上一会儿。尽管她每天面对着大量脏兮兮的工作，可她永远像小猫一样干净。

她的丈夫性格温和，人有些懒散。他喜欢躺在床上读翻译小说，特别是大仲马的作品。他说：“这会让人的头脑保持清醒。”他惯于用严谨的科学来观察生活，将吃饭称为“摄取食物”。吃过饭，他会说：

“将食物从胃部输送到身体的各个部分需要绝对的休息。”

于是，他忘了将面包渣从胡子上抖落下来，就躺到床上投入地读起大仲马

① 博马舍(1732—1799)：法国喜剧作家。代表作有《塞维尔的理发师》和《费加罗的婚礼》。

或是蒙特潘[①]，过不了几分钟，他的鼻子里便会发出抒情曲般的鼾声，光亮柔软的小胡子轻轻地颤动，仿佛里面有什么看不见的东西在爬动。两个多小时后，他才会醒过来，若有所思地盯着天花板的裂痕，然后突然想起来：

“昨天库兹马曲解了帕内尔[②]的思想。”

他要去揭穿库兹马，走之前对妻子说：

“你帮我把迈丹区没有马的住户统计好，我很快就回来!”

直到半夜，他才回来，有时还会更晚，回家时总是一副心满意足的样子。

“嗬，你知道吗，我今天把库兹马彻底制服了！这个家伙记性好得很，总是引经据典，可我在这方面也并不逊色。再说了，他完全不懂格莱斯顿的东方政治，真是个怪人!”

他常常把比奈[③]、里歇[④]和健脑学挂在嘴边，天气不好的时候，他就留在家里管教妻子的女儿。

“廖丽雅，吃饭的时候要细嚼慢咽，这样才能帮助胃里的食物快点转化成容易吸收的化学物质，有助于消化。”

吃过午饭，在自己进入“绝对安静的状态”之前，他先让孩子在床上躺好，讲故事给她听：

“当那个凶残的野心家波拿巴[⑤]篡夺政权后……”

他的妻子听到这儿，笑得眼泪都出来了。不过，他并没有时间生妻子的

---

① 格扎维埃·德·蒙特潘(1823—1902):法国作家,记者。

② 查理·帕内尔(1846—1891):爱尔兰资产阶级民主主义者,爱尔兰自治派领袖。

③ 阿尔弗雷德·比奈(1857—1911):法国心理学家。

④ 夏尔·罗贝尔·里歇(1850—1935):法国著名生理学家,1913年,因对于过敏反应的研究,获得诺贝尔医学奖。

⑤ 即拿破仑·波拿巴(1769—1821):法兰西第一共和国执政、法兰西第一帝国皇帝,出生在法国科西嘉岛,是一位卓越的军事天才。

气，因为他自己很快就睡着了。小女孩抓着他那顺滑的大胡子，卷着卷着也睡着了。这个孩子和我玩得很好，比起博列斯拉夫讲的波拿巴篡权以及与约瑟芬·博阿尔内之间悲惨的爱情故事，我的故事显然更吸引小女孩，这倒引得博列斯拉夫十分嫉妒。

“彼什科夫[①]，我抗议！应该先引导孩子懂得正视现实的基本原则，这样才能让孩子接触现实。您要是懂英语，又能读一读《儿童心理卫生学》的话……”

他懂英语，大概只会说一个词吧：Goodbye!

他比我年长一倍，却像小鬈毛狗一样，对什么都好奇，喜欢搬弄是非，自吹自擂，说自己不仅对俄国的、就连国外革命组织的秘密也了如指掌。不过，说不定他真的知道一些内情，总有些神秘人物来找他，这些人看起来就像是不得不扮演呆子的悲剧演员。我就在他那儿见到过地下工作者萨布纳耶夫，他带着一头劣质的红色假发，穿了件花花绿绿的衣服，又瘦又小，看上去有些可笑。

有一次，我去博列斯拉夫家，看见一个长得很机灵的人，他脑袋很小，穿着格子裤子、浅灰色上衣和吱吱作响的鞋，就像一个理发师。博列斯拉夫把我拉到厨房，小声说道：

“他是从巴黎来执行特殊任务的，他一定要见到柯罗连科[②]，请您走一趟，安排一下。”

我去了，可是街上已经有人告诉柯罗连科了。柯罗连科一眼就看穿了这个

---

① 高尔基原名彼什科夫。

② 柯罗连科(1860—1904)：俄国作家、社会活动家。代表作有《玛加尔的梦》、《即使没有太阳》、自传体小说《我的同时代人的故事》等。

人，说道：

“请不要把我介绍给这个花花公子！”

博列斯拉夫为这位巴黎人和“革命事业”打抱不平，连续两天都给柯罗连科写信，从怒斥到委婉地责备，各种语气都试过了，然后又把自己这些书信文学的样本统统扔进火炉。没过多久，莫斯科、尼日尼和弗拉基米尔等地开始了大搜捕，那个穿格子裤子的男人，原来就是后来有名的兰杰津·加尔京格，那是我见过的第一个奸细。

不管怎么说，我心上人的丈夫还是一个善良的人，有些多愁善感，身上背负着可笑的“科学行囊”。他是这么说的：

“知识分子生活的意义在于不断填充科学的行囊，从而将它们无私地分送给广大民众。”

我爱得越来越深，爱情变成了我心底的苦痛。我坐在地下室，看着心上人俯身在桌旁工作，心痛得不能自已，恨不得一把将她抱起，带她离开这该死的地下室。这里塞了一张大双人床，一个女孩睡的旧沙发和几张桌子，上面摆着一堆堆落满灰尘的书和纸。尤其让人无法忍受的是，路人的脚会不时地在窗前闪过，流浪狗还会将头探进窗子。房间里十分闷热，街边被晒干了的垃圾的臭气一股脑地涌进来。然而，这个娇小的女人却轻哼着小调，手中的笔沙沙作响，一双可爱的蓝眼睛柔情地向我微笑。我爱这个女人爱得癫狂，我心疼这个女人，为此感到了深深的痛苦。

“再讲讲您的故事吧。”她说。

于是，我开始讲了起来，可过了一会儿，她说道：

“您讲的不是自己的事。”

我自己也知道，我说的一切都还不是我，而是迷途中混沌的种种。我应该在我所经历过纷杂的过往中找到自我，可我做不到，也害怕这样做。我是谁？我在做什么？这个问题让我感到羞愧难当。我怨恨生活，它曾迫使我做出自杀这样耻辱的蠢事。我不了解人，他们的生活在我看来是不合理的、愚蠢的、肮脏的。我总是被强烈的好奇心驱使，生活中所有阴暗的角落，生活里一切深藏的秘密，我都必须探寻一番。有时候，我甚至觉得自己会出于好奇去犯罪，去杀人，只是因为想要知道，杀了人之后我会受到怎样的惩罚。

我觉得，我若找到自我，那么在心上人的眼里，定会成为一个癫狂可怕的人，一个脑子里交缠着各种奇怪念头和感情的恶人，她会惧怕我，会将我远远推开。我相信，就是这个女人，她不仅能帮我找到现在的自己，而且她有一种神奇的魔力，能够把我从生活黑暗的监牢中解救出来，让我的灵魂永远摒弃阴暗，让我的心点燃无穷的力量与幸福之火。

她讲述自己时那种漫不经心的语调，她对待别人那种宽宏的气度都让我确信，这个人了解许多不平凡的事情。她握有解开生活之谜的钥匙，因此，她总是那么快乐，那么自信。也许，我最爱她的正是她身上让人捉摸不透的东西，但我真切地用一个年轻人全部的心力和热情爱着她。这份爱折磨得我痛彻心扉，它将我全身烧毁殆尽，使我无力自持。如果我是一个简单粗暴的人，那我一定会比现在好过许多，可我相信，和女人的关系不能只局限于肉体的结合，那种极端粗野像牲畜一样简单的方式，只会令我感到厌恶，尽管我当时还是一个健壮多情又极易冲动的小伙子。

我想不通，这种浪漫主义情怀是如何在我心里产生并存活下来的，可我深信，在我不曾碰触过的领域，隐含着一种玄妙的感觉，那才是与女人交往最崇高而神秘的意义所在。在第一次拥抱中就能找到这种神圣、欢愉甚至可怕的感觉，一旦体味过这样的快乐，人就会得到重生。

我觉得这种幻想并不是从我读过的小说中得来的，而是在与现实相矛盾的感觉中培育起来的，因为：

“我来到这个世界，是为了反抗。”

此外，我心里还存留着一些奇怪模糊的回忆：

在某个远离现实的地方，在我年幼的时候，我曾体验过那种心灵迸发出的剧烈感受，那种灵魂甜蜜的战栗，准确地说，是一种和谐的预感，是一种比初生的太阳更加明朗的喜悦。也许，在我还安卧于母亲腹中之时，在她创造我的生命，点亮我的灵魂之时，母亲就把那份幸福的战栗和灼热的躁动传递给了我；也许，就是母亲生下我那无比幸福的时刻影响了我的一生，使我终生怀着一颗战栗的心等待着女人赠予我的惊喜。

当你不了解的时候，就会任意杜撰，人类最智慧的一点就是善于爱女人，崇拜女人的美，世间最美妙的一切都源自对女人的爱。

有一次我去游泳，当我从驳船船尾掉进水里的时候，胸撞在了船锚上，一只脚被缆绳缠住了，整个人倒挂在水里，呛了水。一个车夫把我救了上来，我的皮肤划破了，流了很多血，这使我不得不躺在床上吞食冰块。

我的心上人来看我，她坐在床边，详细询问我发生了什么。她用那轻柔的手抚摸我的头，一脸担忧地望着我。

我问她，是否知道我在爱她。

“知道。”她拘谨地笑笑，“我看出来了，这真糟糕，虽然我也爱上了您。”

听到她这句话，我感觉整个世界都颤动了，花园里的树木也跳起了幸福的圆圈舞。我沉醉在这突如其来的欣喜中，一头埋进她的膝间，忘乎所以，若不是紧紧地拥抱着她，我大概会变成一个肥皂泡从窗口飘向高空。

“您别动，还没康复呢。”她严厉地说，想把我的头扶到枕头上，“您别激动，不然我就走了。您真是个疯狂的人，我从没想过，会有这样的人。至于我们的关系和感情，还是等您病好了再谈吧。”

她十分平静地说出这些话，眼底闪烁着深沉而柔情的笑容。很快，她离开了，把我一个人留在那霞光般美妙而幸福的希冀里。我深信，有了她善良的扶助，我定能欢欣鼓舞地飞向崭新的感情和思想天地中。

几天后，我坐在山谷旁的草地上，风儿吹得树丛沙沙作响，昏暗的天空预示着雷雨的到来。我的心上人语重心长地同我分析我们之间年龄的差距，劝诫我应该集中精力学习，过早地背上妻儿的负担对我没有好处。她的话让我非常难过，但却不无道理，特别是她那母亲般的语气，更增添了我对这个可爱女人的爱和尊敬。我听着她的声音，感受着那温柔的话语，感到既甜蜜又痛苦，有生以来，第一次有人这样跟我讲话！

我眺望着山谷，灌木随着风儿摇曳起舞，犹如一条碧绿的溪流荡漾生姿。我暗下决心，要把自己全部的灵魂献给这个女人，以回报她对我的爱。

“在做出选择之前，我们都需要慎重考虑。”她低声说着，折下一根胡桃枝，一边轻轻地抽打自己的膝盖，一边凝望着隐匿在花园一般翠绿山冈中的城市。

“还有，我需要与博列斯拉夫谈一谈，他似乎有些察觉了，最近总是神经过敏，我是不喜欢悲剧的。”

一切进行得那么忧伤，那么美好，可却免不了发生些可笑的事情。

我的灯笼裤裤腰太肥，于是，我用一个三英寸长的大别针把裤腰别了起来。现在已经买不到那样的别针了，这绝对是贫穷恋人们的幸运。那个该死的别针一直用锐利的针尖刺我的皮肤，我只要稍不注意，它就插进我的腰里去了，我只得悄悄地把它拔出来。可是，我惊恐地发现，伤口流出的鲜血竟然浸湿了我的裤子！我没穿衬衫，厨师的上衣又很短，下摆刚刚齐腰，穿着血淋淋的裤子，我该怎么起身回去呢？

这件事太荒唐了，那种难堪的处境使我非常懊恼，由于紧张，我竟开始用一种做作的腔调胡诌了起来，就像一个演员突然忘记了自己应该扮演的角色。

她听了一会儿，开始听得很认真，后来显然是有些困惑了，她说：

“您真会说场面话啊！这似乎不太像您。”

我惊住了，像是被人掐住了脖子一般，立刻住了嘴。

“要下雨了，咱们回去吧。”

“我要留在这儿。”

“为什么？”

我该怎么回答她呢？

“您生我的气了？”她凝望着我的脸，问道。

“没有，我是生自己的气。”

“您不该生自己的气。”她站起身劝我说。

可我却坐在热流中不能起身，我觉得血就像是溪水一般，从我的腰间潺潺地流出，下一秒，她就会听到这声音，然后问我“是什么在响”。

“你快走吧！”我在心里暗暗乞求。

她又送了我几句甜言蜜语，才沿着山谷离开，曼妙的腰身在匀称的小腿上摇曳生姿。我看着她那柔软的身影渐渐消失，然后躺倒在地上，一种不祥的预感彻底击垮了我，我的初恋注定是一场悲剧。

该发生的终会发生，她丈夫的泪水和可怜的话语像一条宽阔的大河，横亘在我们之间，她实在不忍心穿过这黏乎乎的河水来到我身边。

“他是那么软弱，而您却坚强有力！”她含着泪对我说道，“我若是离开，他就会像失去阳光的花儿般死去。”

他那小短腿儿，女人似的胯骨，西瓜一样滚圆的肚子，一想到这样的小花儿，实在令人忍俊不禁。苍蝇就在他的胡子里安家，因为那儿总有东西可吃。

她笑着说：

“没错，说起来很可笑，但他的痛苦是真的。”

“我也很痛苦。”

“噢，您还年轻，您很坚强……”

那时，我第一次意识到自己成了弱者的敌人。后来，在更清醒的情况下，我总是看到，强者在弱者包围中的可悲和无助，为了维持那些注定毁灭的弱者毫无意义的生存，强者要浪费多少珍贵的心力和智慧啊。

不久，我拖着病快快的身体，以近乎疯狂的心情，离开了这座城市。接下来的两年，我像风球草一样在俄罗斯大地上游荡。我走过了伏尔加河、顿河、乌克兰、克里米亚和高加索，领略了形形色色的景致，经历了不计其数的磨难。我变得更加粗野，更加躁动，可是我的心中依然珍藏着这个可爱的女人，尽管我后来遇见过许多比她更漂亮更聪明的女人。

两年多过去了，一个秋天，在梯弗里斯，有人告诉我说她从巴黎回来了[①]。她听说我和她住在同一座城市，十分高兴，而我这个健壮的二十三岁小伙子，有生之年第一次昏厥了过去。

我一直不敢去看她，不过没过多久，她就通过熟人主动邀请我前去。

我觉得，她比以前更漂亮、更迷人了，依旧是少女的身姿，红润的脸颊，淡蓝色的眼中闪烁着亲切的光芒。她的丈夫留在了法国，只有那个像小羊似的

① 1892年8月卡明斯卡娅与科尔萨克离婚后，回到俄国梯弗里斯。

活泼聘婷的小女儿与她生活在一起。

我去看她的时候，城市上空电闪雷鸣，暴雨从圣大卫山上倾泻而下，卷携着石块，涌上街头。狂风呼嚎，水流奔溅，什么东西坍塌的轰隆声震得房子摇摇晃晃，窗户几乎要被震碎了，她的房间里充满了蓝色的火光，周遭的一切仿佛都坠入了无底深渊。

小女孩吓坏了，赶忙钻进被窝里。我们站在床边，被雷鸣震得昏昏沉沉的。我们聊着天，不知道为什么，声音压得很低。

“我还是第一次见到这样的雷雨。”心爱的女人站在我身边轻声说道。

她突然问：

“怎么样，您对我的相思病治好了吗?“

“没有。”

看得出，她很惊奇，但还是轻声说道：

“天啊，您真是变了，完全变成另外一个人了。”

她慢慢在窗边坐下来，一道闪电闪过，惊得她颤了一下。她小声说道：

“这里的人经常谈到您，您怎么会到这里来的？请告诉我，您过得怎么样。”

上帝啊，她是那么娇小，那么美好!

我就像在做忏悔，一直同她讲到午夜。雷雨总能刺激我的神经，让我兴奋异常。我一定讲得很生动，她那瞪大的双眼和专注的神情令我深信这一点。她时不时轻声说道：

“这太可怕了!”

离开的时候，我发现她脸上那种长辈对晚辈呵护的笑容不见了，以前我一看到这笑容，就觉得心里不舒服。我沿着湿漉漉的大街走着，望着那弯新月切开了残云，我已经幸福得忘乎所以了。第二天，我寄给她一首诗，这首诗她之后常常吟诵，每一字每一句都深刻在我的心中。

夫人！
为了您的爱抚，为了您目光中的温存，
神奇的魔术师甘愿做您的奴仆。
他精妙地通晓
妙趣横生的艺术。
用微不足道的东西，
凭空创造小小的欢愉！
请接受这愉快的奴仆吧！
也许，他会从细微的快乐中，
创造出无穷的幸福。
这浩渺的宇宙，
又何尝不是始建于尘埃呢？
噢，的确！这世界创造得并不快乐，
世间的欢乐少得可怜！
但也不乏微小的乐趣，
就像，在您忠实的奴仆心中，
永远留存着美妙的印记。
那就是您！
是您！
但是，我选择沉默！
与您圣洁的心相比，

我笨拙的语言是如此苍白。
在这片贫瘠的土地上，
您的心胜过世间所有繁花！

当然，这还算不上一首诗，可我却是无比真挚、满心欢愉地写下了它。

我又坐在她的对面，她在我心中是全世界最好的人，因而也是我最需要的人。她穿着天蓝色的连衣裙，宛若柔软芬芳的云团缠绕着她那曼妙的身姿。她一边摆弄着腰间的缨络，一边对我说着不同寻常的话语。我凝望着她那涂着玫瑰色指甲油的纤纤细指，竟觉得自己是她手中的提琴，正被她这位卓绝的琴师爱抚地拨弄。我宁愿立刻死去，将这个女人一口吸到心里，让她永远留在那儿。我无法抑制身体极度的紧张，强烈的冲动令我窒息，我觉得自己的心马上就要迸裂了。

我给她读了自己刚刚发表的第一篇小说[①]，但不记得她是如何评价的了，她好像很惊讶：

“怎么，您开始写小说了？”

她的声音仿佛是从遥远的梦境中传来的：

“这些年我常常想起您。难道是因为我，才让您承受了那么多的苦痛吗？”

我对她说，有她存在的世界里，就没有任何苦痛和恐惧。

“您真好！”

我想要抱她，想得要命，可那双笨拙的长臂却出奇得沉重，我丝毫不敢碰触她的身体，生怕会碰疼了她。我站在她面前，因心脏强烈的跳动而摇摇晃晃，声音轻得似乎只有自己才听得见：

① 1892年，高尔基发表第一篇小说《马卡尔·楚德拉》。

“和我一起生活吧！请与我一起生活吧！”

她浅浅地笑了，好像有些难为情，那双美丽的眼眸闪烁着耀眼的光彩。她走到房间的角落，站在那儿对我说：

“这样吧，您先去下诺夫哥罗德，我要留在这里好好想一想，然后写信给您。”

我学着曾经读过的一部小说里主人公的样子，对她恭敬地鞠了一躬，转身离开了。

冬天，她带着女儿来到了下诺夫哥罗德。

“贫贱夫妻百事哀。”这是人民含泪总结出来的至理名言，我亲身体验到了这则俗语中蕴含的深刻真理。

我们以每月两个卢布的价格租了一所“私宅”——神甫花园里的旧浴室。我住在更衣间，浴室既是妻子的卧房，也是我们的客厅。这栋“私宅”完全不适宜家庭生活，每个角落、每寸缝隙都结着冻冰。晚上工作的时候，我将所有的衣服都裹在身上，外面还盖着毛毯，可就算这样，我还是得了严重的风湿病。凭我当时引以为豪的身体和耐力，这实在是件不可思议的事情。

浴室里要暖和一些，不过，只要我点起炉子，整个房子就会弥漫着令人窒息的腐臭味、肥皂味和蒸浴用的桦条帚味。这时，我们那长着一双奇妙的眼睛、像瓷娃娃一样的小女孩就会头疼，吵闹个不停。

春天，成群的蜘蛛和潮虫都来拜访我们的浴室，母女俩吓得发抖，我时不时地就要用胶鞋去消灭这些虫子。几扇小窗上缠满了茂密的接骨木和长疯了的马林果树，它们把房间封闭得不见天日，可脾气暴躁的酒鬼神甫又不许我将这些树挖走，就连剪枝也不准。

当然，我们可以找到更舒适的住房，但我们欠了神甫的债，而他又很喜欢我，怎么也不肯放我们走。

“你们会习惯的！”他说，“要走就先还钱，还了钱，就算去英国人那儿我也不管。”

他讨厌英国人，总是想要说服别人：

“那是个懒散的民族，除了玩牌什么也不会，也不会打仗。”

他是个大块头，通红的圆脸，浓密的大红胡子，总是喝得醉醺醺的。教堂里的差事也干不下去了。此外，他还饱受爱情的折磨，常常为了那个黑得像乌鸦似的尖鼻子女裁缝痛苦流泪。

他给我讲那个女人如何阴险的时候，总是一面抹去大胡子上的泪珠，一面说道：

“我明白，她是个下贱的女人，可她长得太像女殉教者费米阿玛了，就为这个，我爱上了她！”

我仔细地翻阅了教历，里面却没有这样名字的女殉教者。

他对我不信教这件事愤懑不已，一直用传教的说辞来撼动劝导我：

“孩子，您看看现实，不信教的人数以十计，可信教的人却成千上万。这是为什么呢？因为鱼儿离开水就会死，人离开教堂也不能活。相信了吧？为了这个，干上一杯！”

“我不喝酒，我有风湿。”

他用叉子叉了一块鲱鱼，把它高高举起，恶狠狠地说：

“看吧，这就是不信教的后果。”

我整日忧心忡忡，夜不能寐，在我的女人面前羞愧不堪，为了这间破浴室，为了饭菜中常常没有肉，为了没钱给女儿买玩具，为了这该死的难堪的贫穷。贫穷这个恶弊丝毫不会令我窘迫忧愁，可对于这个优雅的小女人，特别是对她的小女儿来说，却是无比委屈、可怕的。

每天夜里，当我坐在屋角誊写呈文、上诉书或是写小说时，我常常咬牙切齿，诅咒自己，诅咒人们，诅咒命运，诅咒爱情。

她是那么宽宏，就像是母亲不愿让儿子看到自己的难处一样，从未对这种糟糕的生活抱怨过半句。我们的生活越艰苦，她的声音就越激昂，笑声越明朗。她从早到晚给神甫和他们的亡妻画像，描绘各县地图，地方自治会将这些地图拿出去展览，还获得了金质奖章。若是没有人订画像，她就用各种布头、干草和金属丝给我们街道上的小姐、太太们制作最时髦的巴黎式女帽。我对女帽一窍不通，不过，很显然，这帽子里隐藏着某种极度滑稽的东西。因为每一次，这位女师傅在镜子前试戴自己亲手制作的奇妙的帽子时，总会笑得前仰后合。然而，这些帽子却对买主产生了奇异的影响，当她们用这“鸡窝”装扮过脑袋之后，走在街上总是格外神气地挺着胸脯。

我在律师那里做事，也给当地报纸写小说①，每行字赚两个戈比。每天晚上喝茶的时候，要是没有客人来访，我的妻子就会饶有趣味地给我讲亚历山大二世的故事，说他当年驾临彼拉斯托克贵族女校，亲自给贵族小姐们分糖果，几位小姐竟然莫名其妙地怀孕了，还有些小姐陪着沙皇去别罗威日森林打猎，再也没有回来，后来在彼得堡嫁人了。

我的妻子讲起巴黎来更是引人入胜。以前，我是从书本中，特别是从马克西姆·杜-康的巨著中了解这座城市的，可她却是从蒙马特尔的酒馆和拉丁区慌乱的生活中解析巴黎。这些故事比美酒更能唤起我的热情，我觉得生活中一切美好的事物都是从对女人的爱情力量中创造出来的，为此我写下了几首赞美女性的颂歌。

---

① 1893年秋，高尔基开始在《伏尔加人报》上发表作品。

我最爱听她讲自己经历过的浪漫故事，她讲得那么有趣、那么坦白，有时，竟让我感到不好意思。她笑着讲述自己的未婚夫，像是用一只削尖了的铅笔，轻描淡写地勾画出那位列宾杰尔将军的可笑形象。有一次，他先于沙皇向野牛开了枪，然后立刻对着这头受伤的野牛喊道：

“请赎罪，陛下！”

她也经常讲俄罗斯侨民的故事，从她的话语中，我能感受到她对人的宽厚与谅解。她的坦白有时天真到不知羞的程度，她用猫一样粉红色的尖舌头趣味十足地舔着嘴唇，眼中闪烁着异样的光芒。有时候，我觉得那是一种嫌恶的光点，不过，更多的时候，她在我眼中就是一个沉醉于布娃娃的小女孩。

有一次，她说：

“恋爱中的俄国男人话多人又笨，有时喋喋不休得令人厌烦。只有法国男人最懂得如何美丽的恋爱，对于他们而言，爱情几乎等同于信仰。”

从这以后，我在她面前不由得表现得更加稳重谨慎了。

她是这样描述法国女人的：

“在她们身上很难寻觅到内心炽热的柔情，不过，她们有的是欢愉和细腻的性感，爱情于她们而言，就是一种精妙的技术而已。”

她讲这些的时候总是很严肃，用一种教导的口吻。这些知识我并不全都需要，但总算是知识吧，我便贪婪地聆听着。

“俄国女人和法国女人的差别，大概就是水果和水果糖的差别吧。”在一个月夜下，她坐在花园的凉亭里说道。

她就是一颗水果糖。在我们夫妻生活最初的日子里，我满怀激情地向她倾吐了自己对男女关系的浪漫主义观点，她听完非常诧异。

“您是认真的吗？您真是那样想的？”她躺在我的怀中，在淡蓝色的月影下问道。

她粉嫩的身体晶莹剔透，散发着醉人的、杏仁般的清香。她纤细的手指抚摸着我的头发，瞪大眼睛，惊慌地望着我，不敢置信地笑了笑。

“啊，天啊！”她大叫一声，跳到地板上，若有所思地在房间里走来走去。她的皮肤在月光下发出绸缎一般的光泽，赤裸的双脚无声地踏在地上。然后，她走到我跟前，抚摸我的脸颊，用母亲般的语气说道：

“您应该同一位姑娘开始生活的，没错！没错！而不是跟我！”

我一把将她抱了起来，她哭了，轻声说：

“您感觉到我有多爱您了吗？我跟您在一起多么快活啊，过去从没有感受过这么多的幸福，这是真的，您要相信我！我从没有这样柔情、轻松地爱过。与您在一起真是太幸福了。可是，我还是要说，我们做错了，我并不是您需要的那个人！是我错了。”

我并不懂她的意思，只是被她的话吓坏了，赶忙用爱抚的快感抑制她的悲伤。可是，这些话却在我心里留下了印记，几天之后，她又含着泪花，伤心地重复了那句话：

“唉，我要是个小姑娘该多好！”

我记得，这天夜里，暴风雪在花园里呼啸，接骨木的枝叶敲打着窗子，烟囱里发出狼嚎一般的风声。我们的房间里阴暗、湿冷，翘起来的壁纸响个不停。

每当我们赚了几块卢布，就会准备丰盛的晚宴，邀请朋友们参加：吃肉，喝伏特加和啤酒，吃甜品，总之，要好好享受一番。我的巴黎女人胃口极好，爱吃俄国菜：荞麦鹅油馅牛肚、鱼油鲶鱼馅烤饼、羊肉土豆汤。

她组织了一个“馋胃会”，有十几个会员，都是些爱好吃喝、精于品鉴、还善于高谈美食奥秘的吃客。可我对别的奥秘更感兴趣，吃得也不多，对填饱肚子的过程更不关心，这完全在我的美学需求之外。

“这些空虚的人啊！”提起这些“馋肚皮”时，我说道。

“只要激励他们，他们就会像其他人一样的。”她说，“海涅曾经说过：‘脱去外衣，我们每个人都是赤裸的。’”

她知道很多怀疑主义色彩的格言，可我觉得，她并不是每次都引用得恰当。

她很喜欢“激励”身边的男性，也总能轻而易举地做到这一点。她是那么活泼、聪慧，像蛇一般敏锐，常常轻易地点燃周围的气氛，激起一阵格调不高的热潮。

一个男人只要与她谈上几分钟，脸就会红到耳根，然后变紫，眼睛湿湿的，用一种公羊盯着白菜的眼神望着她。

“磁石一般有魅力的女人！”某个公证人的助理赞叹道。他是一个落魄贵族，长着与自立为王的德米特里一样的痦子，肚皮足有教堂圆顶那么大。

一个淡黄头发的雅罗斯拉夫贵族学校的学生为她写了不少诗，都是扬抑抑格。在我看来，这些诗真的糟糕透了，可她读起来的时候，却笑得眼泪直流。

“你干嘛要招惹他们呢？”我问。

“多有趣啊，就像钓鱼一样。这叫卖弄风情，没有哪个尊重自己的女人不爱卖弄风情的。”

有时候，她望着我的眼睛，笑着问道：

“你吃醋吗？”

不，我并不吃醋，可是介意他们打扰我的生活，我不喜欢庸俗的人。我是个快活的人，我知道，笑是人类最美好的天性。我认为马戏团的小丑、露天舞台的笑星和剧院里的喜剧演员都是些泛泛之辈，我自信比他们更会逗人发笑，我也经常引得客人笑到肚子痛。

“我的天啊。”她赞叹道，“你会成为一个非常优秀的喜剧大师！你该登台，去当演员！”

她自己就在业余剧团里演出，而且还小有成就，就连专业剧团也请她去表演。

“我热爱舞台，害怕在幕后。”她说。

她向来实话实说，从不掩饰自己的愿望和想法。

“你太爱发表议论了。”她教训我道，“生活其实就是简单粗糙的，不需要去探索什么特别的意义，只要使它不那么粗糙就好，不可能做到更多了。”

我感到，在她的哲学中含有太多妇科学的成分，那本《妇科学教程》简直就是她的《圣经》。

她曾对我讲过，当她从女校毕业，第一次读了这本科学巨著，便被它彻底震撼了。

“那时，我还是个天真的小女孩，读完这本书，我像是当头挨了一棍，仿佛被人从云端扔进了泥坑里。我大哭了一场，哀叹自己再也不能去相信一切，不过，我很快就意识到，这些虽然残酷，却是坚实可靠的土壤。我最可惜的是上帝，本来我那样坚信他就在我身边，可他突然像一阵烟似的消散了，那些天堂般爱的幻想也随之烟消云散。在女校的时候，我们是那么频繁、那么美好地憧憬爱。”

她在贵族女校和巴黎时形成的虚无主义对我产生了不好的影响。夜里，我常常从桌旁站起身，走过去看她，她睡在床上显得更加娇小、更加优雅、更加美丽。我望着她，非常痛苦地想着她破碎的心灵和糟糕的生活。这种怜悯之情更加深了我对她的爱意。

我们的文学兴趣完全不同：我狂爱巴尔扎克、福楼拜，她更喜欢保罗·费瓦尔①、奥克塔夫·费利耶和保罗·德·科克②，尤其爱看《少女基洛，我的妻子》，她觉得本书写得最有意思，可我却觉得它像《刑法典》一样枯燥无味。尽管如此，我们之间的关系依然亲密，丝毫没有丢失掉激情和乐趣。但在我们共同生活的第三个年头，我发觉自己心里出现了一种不祥的声音，而且这声音越来越响亮，越来越清晰。我如饥似渴地学习、读书，醉心于文学创作。而那些无聊的客人越来越严重地干扰到我，随着我和妻子的收入不断提高，客人的数量越来越多，举办宴请的次数也日渐频繁。

在她眼中，生活就像是蜡像展览馆，这些男人身上又没挂着“请勿触碰”的牌子，所以，她对待他们常常过于随性，她的这种好奇会让男人们产生误解，逼得我不得不出面解决。我在处理这些事情的时候，常常表现得不够克制，大概，总是粗暴处置。有一个被我扯过耳朵的人抱怨道：

“噢，好吧，我承认，是我错了！可是，怎么能扯我的耳朵呢，难道我是几岁小孩儿吗？我比这个野小子要大一倍，可他却扯我的耳朵！还不如直接打我一拳体面！”

显然，我并没有掌握好惩罚别人的艺术，没有顾及到他的自尊。

妻子对我写的小说毫无兴趣，这种态度倒也没有伤害到我，因为那时我并不相信自己能成为真正的文学家，只是把在报纸上发表作品看作一种谋生的手段。不过，那时的创作激情已经时不时地如热浪一般涌入我的脑海。然而，有

① 保罗·费瓦尔(1816—1887)：法国惊险小说作家。

② 保罗·德·科克(1793—1871)：19世纪法国多产作家，其名字一度被视为轻浮作家的代名词。

一天早晨，我把夜里刚写好的小说《伊则吉尔老婆子》读给她听的时候，她居然睡着了。当时，我并没有生气，只是停下来，望着她，沉思起来。

她那迷人的小脑袋靠在破旧的沙发背上，微微张着嘴，像孩子一般均匀平静地呼吸着。清晨的阳光透过接骨木的枝叶照进窗子，金色的光点如同灵动的花瓣，落在她的胸前和膝头。

我站起身，轻轻地走出了房间，一种深切的无力感刺痛着我的心，我第一次如此沮丧地怀疑自己的能力。

在我经历过的岁月里，我见到的女人不是生活在沉重的奴役中，就是在污浊、放荡和贫困里苦苦挣扎，或是得意地在庸碌的温饱中虚度光阴。我的记忆中只有一个美好的印象，那就是儿时回忆中的玛尔戈王后①，然而，就连她也被后来堆积如山的其他记忆冲淡了。我本以为，女人一定会喜欢伊则吉尔的生活故事，它会唤起她们对自由、对美的向往和渴求，可是，我的故事却连我最亲近的女人都没有打动，她睡着了！

为什么？难道是我心中用生命铸造的洪钟不够响亮吗？

在我心里，这个女人就像我的母亲一样。我曾经满怀期待，深信不疑，她定会用醉人的蜜汁浸润我，激发我创作的力量；我曾希望，她会将我在人生道路上养成的粗野变得柔和一些。

这是三十年前发生的事了，现在回想起来，觉得有些可笑。可是在当时，一个人想睡就睡的这种不容置喙的权利却着实刺痛了我。

我曾经相信，若是用愉快的口吻讲述悲伤的故事，悲伤就会消失。

我也曾经怀疑，世间是否存在一个狡黠的妖怪，专门以人们的痛苦为乐。我觉得，世上一定有制造人间悲剧的魔鬼，它随心所欲地破坏人们的生活。我

① 法国作家大仲马的名作《玛尔戈王后》中的主人公。

努力将这个无形的剧作家视为仇敌，竭力克制自己不被他所误导。

还记得，我曾经在高尔登堡的《佛及其生平，佛经总集》中看到过一句话——“有生皆苦。”这句话令我辗转反侧。尽管我的生活中鲜有欢乐，但我总觉得苦难是偶然的，并不是定律。后来，我细读了大主教赫利桑夫的著作《东方的宗教》，里面讲到的世界皆由恐惧、阴郁和痛苦构成，这个观点我完全无法接受，读完更是愤懑。想到自己曾经虔诚地信奉宗教，我为自己曾如此相信这些无稽之谈而羞愧难当。对苦难的憎恶激起了我对一切悲剧的怨恨，于是我学会了将悲剧幻化为轻松的喜剧。

当然，为了讲述我与妻子正在极力避免的“家庭悲剧”，完全不需要上面那番话，我之所以发了这些议论，只是想提一提我在寻找自我的道路上经历了多么可笑的曲折。

我的女人生性快活，很难去表演“心理”过分敏感的俄国人所热衷的家庭悲剧。

但是，那位浅黄头发的贵族学校学生伤感的格律诗还是像秋雨一般浸润了她的心田。他用圆润、漂亮的字体精细地写满了一张张信纸，然后偷偷地塞到各个地方：夹在书里，藏在帽子里，放到糖罐里。一旦发现这些叠得整整齐齐的纸片，我就会把它们交给妻子，对她说：

“接受这些试图激荡您心扉的利器吧。”

起初，丘比特的纸箭并没有什么影响，她把那一首首的长诗读给我听，碰到有趣的句子，我们还一同哈哈大笑：

日日夜夜，愿与您相伴，
您那小手的动作，您那脑袋的摇摆，
一切都映照在我的心间。

> 您宛若一只柔情的小斑鸠，咕咕叫个不休，
>
> 我愿做一只鹞鹰，在您头顶盘转。

然而，有一次她读过这样的“报告”后，若有所思地说道：

“我真同情他！”

我并不同情他，可从那以后，她再也没有朗诵过那些格律诗。

这位诗人是个矮小敦实的年轻人，比我大四岁，话不多，好喝酒，最大的特点是坐得住。节日里他下午两点来我家吃饭，可以一动不动、一言不发地坐到凌晨两点。他和我一样，也给律师当文书，他那漫不经心的态度让好心的律师大为震惊。他对待工作马马虎虎，还总是用嘶哑的低音说：

“总之，都是些微不足道的小事！”

“那什么不是小事呢？”

“怎么跟您说呢？”他抬起那双呆滞的灰眼睛，若有所思地反问道，然后就再也不说什么了。不知为什么，他总是摆出一副愁苦的样子，这点最让我难以忍受。他喝起酒来慢慢悠悠，喝醉了鼻子就会发出嘲讽的扑哧声，除此之此外我从他身上再也找不到什么特别之处了。因为有一条定律作祟：在丈夫眼中，追求他妻子的男人绝不是好人。

他的一个有钱的乌克兰亲戚每个月都寄给他五十卢布，这在当时算得上是一笔不小的数目。每逢节日，他都会给我妻子带来糖果，在她过命名日的时候，还送给她一台闹钟，青铜的钟座上猫头鹰正撕扯着游蛇。

这该死的闹钟总是提前一小时七分钟吵醒我。

妻子不再向贵族学校的学生卖弄风情，而是用女性的温柔抚慰他，她因扰乱了男人的心境而深感不安。我问她，这场悲剧要如何收场。

“我不知道。”她回答，“我也不确定对他是什么感觉，我想要激励他，他

心中的感情已经沉睡了，我可以将它唤醒。”

我知道，她说的是实话，她想要唤醒每一个人，这方面她总是轻而易举地成功。她唤醒了旁人，也唤醒了他们心中的兽性。我提醒她不要做瑟西[①]，可这也阻止不了她激励男人的渴望，我周围的公羊、公牛、公猪成群结队，越来越多了。

熟人们争相谈论着我家的奇闻轶事，我是个直脾气，总是粗暴地对造谣者警告道：

“小心我揍你！”

有些人油嘴滑舌地为自己辩解，也有些人真的动了气。可我的妻子却说：

“相信我，粗暴解决不了任何问题，只会让他们议论得更厉害。你不是说你不吃醋吗？”

是啊，当时我太过年轻，坚信自己不会吃醋。可有些感觉和想法，除了自己心爱的女人外，是不能同其他人说的。在与女人交往的过程中，我常常会情不自禁地向她敞开心扉，就像教徒在上帝面前一样。每每想到，她在幽会的时候，可能会向别人袒露只属于我的一切，我就变得异常沉重，我甚至觉得，这是一种背叛。也许，这种担忧就是醋意的根源吧。

我觉得生活会偏离我现有的轨迹。我开始思考，除了文学，生活中再也没有我的位置，然而在这样的环境里我根本无法工作。

在生活的征程里，我学会了忍耐，从未丢失过对人的关注和尊重，这使我避开了那些重大的丑闻。那时我已经发觉，在绝对真理的上帝面前，所有人都或多或少地犯下罪孽，而那些公认的正人君子们在人类面前更是罪孽深重。正

① 瑟西：希腊罗马神话中令人畏惧的女巫。瑟西力量强大，可以将人变成动物并制造幻象。

人君子是恶与善的杂种，这种交配不是恶强加于善或者相反，而是它们合法婚姻的自然产物，神甫在其中讽刺性地扮演了不可或缺的角色。婚姻不过是一场圣礼，极端矛盾的两个人一旦结合，往往就会产生可悲的庸才。那时，我像孩子喜爱冰淇淋一样钟爱这些奇谈怪论，这些俏皮话犹如美酒一般让我兴奋，它那反常的言论常常可以消除现实中粗鄙、难堪的怪异现象。

“我想，也许我该离开这里。”我对妻子说。

她想了想，同意了：

“没错，你是对的。我明白，你不喜欢这样的生活！”

我们沉默不语，只是紧紧地拥抱在一起，心中无限怅惘。随后，我便离开了这座城市[①]，不久，她也离开去做了演员。我的初恋就这样结束了，尽管结局并不完美，可留在记忆中的依然是美好的印记。

不久前，我的第一位妻子过世了。

我想要赞美她：她是一个真正的女人！

她懂得生活，能够用仅有的条件将生活打理得有滋有味。每一天于她而言都是节日的前夕，她总是期待着，明天大地上会绽放奇艳的花朵，会出现非常有趣的人，会发生令人惊奇的事件。

她常常以嘲笑和轻蔑对待生活中的悲苦，像驱赶蚊子一样将它们赶走。她总是怀着一颗颤栗的心准备迎接突如其来的欢乐。当然，这已经不是女校学生天真的欢乐，而是一个成年人正常的快感。她喜欢生活五彩缤纷的喧闹，喜欢人与人之间悲喜交加的关系，喜欢那像阳光下闪烁的微尘一般无穷无尽的琐事。

① 1894年12月，高尔基与卡明斯卡娅离婚后，受聘于《萨马拉报》，1895年2月离开下诺夫哥罗德前往萨马拉。

我不觉得，她爱过身边的那些人，不，她只是喜欢观察他们。有时，她会加速那些夫妻或情人之间的生活悲剧，她善于挑起一些人的醋意，又吸引另一些人的靠近，这种不无危险的游戏为她的生活增添了无尽的乐趣。

"'爱情和饥饿掌控着世界。'哲学则是世界的不幸，"她说，"为爱情而活吧，这才是生命的主题。"

我们认识一位国家银行的官员，他瘦高个子，走路像鹤一般缓慢、威严。他很讲究穿着，总是仔细地打量自己，用那干瘪枯黄的手指头掸着衣服上谁也看不到的灰尘。他无法容忍新奇的思想和鲜明的言论，仿佛那些是在讽刺他晦涩刻板的语言一样。他讲起话来庄重、威严，每当他说出什么不容置喙的高论之前，总要用冰冷的手指捋一捋稀疏的小红胡子。

"随着时代的发展，化学在原料加工业中将具有越发重大的意义。关于女人善变的言论是完全正确的。妻子和情人之间只有法律上的区别，在生理上没有任何差异。"

我曾严肃地问过妻子：

"你能肯定地说，所有公证人都是公正的吗?"

她面带歉意地回答道：

"噢，不，我不敢这么说，但我可以确定：用没煮熟的鸡蛋喂大象是很可笑的。"

我们的朋友听完，立刻指出：

"我认为，你们谈论这些问题的态度非常不严肃!"

有一次，他的膝盖撞到了桌腿上，他疼得皱了皱眉，斩钉截铁地说道：

"硬度，是物质不容置疑的特性。"

有时，送走他之后，妻子就会热情而轻盈地伏在我膝头，兴高采烈地说道：

“瞧，他就是一个彻头彻尾的蠢货，到处都透着蠢相，走路的样子、手势，都蠢极了！我喜欢他，因为他也是一种类型。摸我的脸吧。”

她喜欢我抚摸她的脸颊，喜欢我轻柔地舒展开她眼角的细纹。她眯着眼，像小猫似的蜷成一团，呢喃着说道：

“人是多么有趣啊！就连大家都觉得索然无味的人也能激起我的兴趣。我想探究他的内心，就像窥探一个小匣子似的，也许，那里珍藏着某种谁也不曾发现过、谁也不曾看见过的东西，只有我能第一个找到它。”

她总是轻而易举地找到那些“谁也不曾发现过的东西”，而且就像一个好奇的孩子初次踏入陌生人的房间一般欣喜雀跃。偶尔，她的确在那双暗淡的眼睛里点燃了思考艳丽的火光，但更多的还是想要占有她的执拗的欲望。

她爱自己的身体，常常赤裸着站在镜子前，赞叹道：

“创造得多么精妙——女人！女人身上的一切是多么和谐！”

她说：

“当我穿着艳丽的时候，我觉得自己更有力量、更有智慧了！”

的确是这样，穿得漂亮的时候，她就会变得又活泼又睿智，眼睛里还闪烁着得意的光芒。她会用花布缝制漂亮的衣裙，这些布裙子穿在她身上，就像是用丝绸做成的一样。她穿的衣服总是朴素简单，可在我眼中却是无比华美。女人们赞叹她的穿着，当然，并不总是出自真心，但她们确实高声赞叹并深深羡慕着她。我记得，有一个女人曾伤心地说道：

“我的裙子比您的贵两倍，可看上去却差了十倍，看着您我真是又难过又气恼！”

当然，女人们不喜欢她，她们编了许多关于我们的谣言。一个熟悉的女医士，长得很漂亮，但却不怎么聪明，她好心提醒我说：

“这个女人会吸干您的血！”

在我第一位妻子身上，我学到了很多东西。但是我们之间存在着不可调和的分歧，这种绝望灼烧着我的心。

于我而言，生活是一件严肃的使命，我看过的、想过的东西太多了，因此一直生活在无休无止的忧虑中，太多与这个可爱的女人格格不入的问题在我心中嘶吼。

有一次，警察在市场上毒打了一个仪表堂堂的独眼犹太老人，因为这个犹太人可能偷了小贩的一把姜。我在街上碰见这位老人，他满身是土，步履蹒跚，带着某种庄重的神情，他那只漆黑的大眼睛严厉地望着空旷炎热的天空，鲜血从他破裂的嘴里流出来，流过银白色的长须，将它们染成了鲜红色。

这是三十年前的事了，直到今天，老人那夹杂着无言的控诉遥望天空的目光，那银针一般颤抖的双眉，依然浮现在我的眼前。人是无法忘记屈辱的，是的，永远无法忘记！

我回到家，心里又难过又悲愤，那样的惨剧总把我带离生活的轨迹，将我变成另外一个人。生活为了折磨我，故意将世间肮脏的、愚蠢的、可怕的东西，将一切侮辱人灵魂的东西抛在我面前。在这种时候，在这样的日子里，我格外清晰地感受到，我最亲近的人离我是多么遥远。

我把这个犹太老人被毒打的事情告诉了她，她讶异地说道：

“你就为了这件事气得发疯？噢，你的神经也太脆弱了！”

接着，她问道：

“你说，是个漂亮的老头？他不是独眼吗，怎么会漂亮呢？”

她仇视苦难，不喜欢听悲惨的故事，抒情诗几乎无法打动她，在她那颗愉快的小心灵中，鲜有同情的火花闪现。她喜欢的诗人是贝朗瑞[1]和笑对苦难的海涅。

她就像孩子相信魔术师有无穷的魔力一般相信生活。已经表演过的魔术都很有趣，但最有意思的还在后面。魔术一个小时后就会上演，也许，明天再演，反正，一定会演！

我想，在她生命的最后一刻，她一定还在期待着欣赏妙不可言、神鬼莫测的神奇魔术。

---

① 贝朗瑞(1780—1857)：法国歌谣诗人，作品有《高卢人和法兰克人》、《白帽徽》、《传教士》、《人民的怀念》等。